Das Pfand meiner

Manon de Heus und Marijke van der Ploeg

Das Pfand meiner Mutter

Geschichten über das Leben in der DDR

Aspekt Verlag

Das Pfand meiner Mutter

Amersfoortsestraat 27, 3769 AD Soesterberg, Nederland
info@uitgeverijaspekt.nl – http://www.uitgeverijaspekt.nl

Lektorat: Josefine Andrae (veryfineideas.com)
Coverdesign: FÖRM (foerm.net)
Layout: Maxime Verhoeven & Thomas Wunderink

ISBN: 9789463387163
NUR: 402

„Es war nun mal so“

„Ich würde nie, wenn ich mich nicht geistig darauf vorbereitet habe, anderen etwas Persönliches über mich erzählen“, sagte Kathrin Bakker, eine der 20 interviewten Personen in diesem Buch. Als ihr Mann Ende der Achtzigerjahre seine Familie in West-deutschland besuchte und ohne ihr Wissen beschloss nicht wiederzukommen, blieb sie mit ihren drei Kindern in der DDR zurück. Laut Stasi hatte Kathrin damit ihre Pflicht, ihren Mann an den sozialistischen Staat zu binden, versäumt. Ein Jahr lang wurde sie intensiv verhört und beobachtet. Nach dem Mauerfall ist Kathrin in die Niederlande gezogen. Zusammen mit ihren Kindern und ihrem zweiten Mann hat sie sich ein neues Leben aufgebaut, aber über diese Zeit zu reden fällt ihr immer noch schwer.

Nicht nur Kathrin, sondern auch ein Großteil der anderen Interviewten fand es schwierig, persönliche Informationen preiszugeben. Manche Interviewten erzählten ihre Geschichte fast wie ein auswendig gelerntes Drehbuch. Wenn wir sie unterbrachen und um Erläuterung baten, redeten sie einfach weiter. Andere Gesprächspartner antworteten ausführlich, so lange es um Fakten ging, hatten aber große Schwierigkeiten, Meinungen oder Gefühle zu formulieren. Was hielten Sie davon? „Es war nun mal so.“ Was empfanden Sie dabei? Schweigen. Manche Gesprächspartner waren dagegen sehr offen, baten uns aber im Nachhinein, ihre Worte doch anders aufzuschreiben.

In der DDR waren Informationen ein kostbares Gut und konnten über das eigene Schicksal ebenso bestimmen wie über das geliebter Menschen. Sich kritisch über den Staat und gesellschaftliche Phänomene zu äußern, gehört zu einer Demokratie dazu: Es ist selbstverständlich. Nicht so für DDR-Bürgerinnen und -Bürger, für sie machten frei geäußerte Meinungen den Unterschied zwischen einem Leben im Gefängnis und einem Leben mit Privilegien aus. Als nach der Wende die Akteneinsicht ermöglicht wurde, wurde zum ersten Mal deutlich, wie viele persönliche Informationen der Staat über seine Menschen gesammelt hatte: In den Archiven befinden sich heute unter anderem 111 Kilometer Akten, 1,85 Millionen Bilder und 23.250 Tonbänder. Dass die Regierung ohne eigenes Wissen das Leben dokumentiert und aus den so gewonnenen Informationen ihre Schlüsse zieht, muss ein schreckliches Gefühl sein. Man verliert einen Teil von seinem Selbst, über das man keine Kontrolle mehr hat. Als Autoren machen wir das in gewisser Weise auch: Die Informationen, die wir von den Interviewten bekommen haben, haben wir verarbeitet und aufgeschrieben, um sie mit der Welt zu teilen. Die Kontrolle über ihre Geschichte liegt damit zum Teil bei uns, bei anderen. Einige unserer Gesprächspartner haben das möglicherweise als unangenehm empfunden, weil es Erinnerungen an die Vergangenheit ausgelöst hat. Um so gewissenhaft wie möglich damit umzugehen, haben wir uns dazu entschieden, die 20 Geschichten nicht in unseren eigenen Worten wiederzugeben, sondern die der Interviewten zu nutzen.

Über den Bau und Fall der Berliner Mauer, den Aufbau des sozialistischen Staates und die Stasi wurden zahlreiche Bücher geschrieben. Wir haben uns deshalb entschieden, kein klassisches Geschichtsbuch zu schreiben, sondern die Geschichten von 20 Menschen zu bündeln, die die DDR erlebt haben. Es war ihr Land, es sind ihre Erinnerungen: Sie verdienen eine Stimme. Wir wissen, dass Erinnerungen emotional gefärbt und selten fehlerfrei sind, insbesondere wenn sie auf Ereignissen beruhen, die vor mindestens 30 Jahren stattfanden. Wir möchten darum betonen, dass dieses Buch keine sachliche und umfassende Darstellung der DDR-Geschichte ist, sondern eine einzigartige Sammlung von Erfahrungen von Menschen, die gelernt haben, zu schweigen.

In der DDR wurden „Andersdenkende" als Gefahr für die sozialistische Gesellschaft gesehen. Bürger, die der Politik der Partei kritisch gegenüberstanden, hatten oft kein einfaches Leben. Auch ein vom Westen inspiriertes Aussehen, zum Beispiel lange Haare und eine Lederjacke, wurden als Beweis für Unzufriedenheit mit dem System gesehen. Punk **Stefan Lauter (1967)** *erlebte hautnah, wie junge Menschen, die aus der Reihe tanzten, zum Gehorsam gezwungen wurden. Er verbrachte einen großen Teil seiner Jugend in Gefängnissen und Jugendeinrichtungen.*

„1978 wurde mein Bruder verhaftet. Ich war elf, er war 15. Vor unserer Schule stand ein Fahnenmast mit der DDR-Fahne, die mein Bruder mit zwei Freunden nachts nach einer Fete im Suff runtergeholt hat. Die drei waren Fußballfans und waren sowohl Unterstützer von der Ost-Berliner 1. FC Union als auch der West-Berliner Hertha BSC. Wenn man FC Union-Fan war, dann war man auch Hertha-Fan. So war das oft, keine Ahnung warum. Da wir seit 1961 die Mauer hatten, hatte mein Bruder keine Hertha-Fahne und keinen Hertha-Schal. Er wollte irgendwas haben und hat dann aus der DDR-Fahne eine bundesdeutsche gemacht, indem er das Emblem auf beiden Seiten abgetrennt hat. Damit sind die drei von unserer Schule zum Alexanderplatz gelaufen. Sie haben ‚Hertha, Hertha, Hertha' gebrüllt und einer der Jungs hatte noch ein Kofferradio dabei mit den Rolling Stones oder irgendwelcher West-Musik. Das war alles, mehr ist da nicht passiert. Vor der Kongresshalle haben die Stasi und die Volkspolizei die drei verhaftet. Mein Bruder bekam 18 Monate Jugendknast wegen dem Zeigen von staatsfeindlichen Symbolen. Die Bengels wussten doch gar nicht, dass es verboten war, die bundesdeutsche Fahne in der Öffentlichkeit zu zeigen! Tja, und dann war mein Bruder plötzlich weg. Ich durfte ihn nicht besuchen in der Haft, ich durfte ihm nicht schreiben. Da fehlte alles plötzlich.

Bis zur Verhaftung meines Bruders war ich ein ruhiges und fleißiges Kind. Ich war bei allen beliebt und habe allen sozialistischen Kram in der Schule mitgemacht. Ich war Jungpionier und Thälmannpionier[1] und konnte in der vierten Klasse schon ein russisches Lied singen. Als mein Bruder in den Knast kam, wurde ich auf einmal ganz anders behandelt. Stell dir mal einen elfjährigen Burschen vor, der an seiner Schulbank sitzt und die ganze Klasse guckt ihn an und ruft: ‚Dein Bruder ist ein Verbrecher!' Viele Lehrer nannten mich ‚Knast-Bruder'. Das hat mich tief verletzt. Auch in unserem Wohnhaus haben die Nachbarn angefangen uns zu meiden. Wir wohnten

1 Die Junge Pioniere war die sozialistische Massenorganisation für Kinder von der ersten bis zur dritten Klasse. Von der vierten bis zur siebten oder achten Klasse war man Thälmannpionier. Ab 14 Jahren wurden die meisten Kinder Mitglied der Freien Deutschen Jugend (FDJ).

in einem Plattenbau in der Nähe vom Alexanderplatz, wo Leute wie der Generalmajor vom Ministerium für Nationale Verteidigung wohnten. Meine Mutter hat die Wohnung bekommen, weil sie in einem Vorzeigebaubetrieb gearbeitet hat, der dafür zuständig war, für die SED-Führung Sonderbauten wie den Palast der Republik[2] zu errichten. Was mit meinem Bruder passiert war, muss sich da rumgesprochen haben wie ein Lauffeuer, denn wir wurden komplett ignoriert.

Als es ganz schlimm wurde, haben meine Mutter und mein Stiefvater, den sie in der Zwischenzeit kennengelernt hatte, ein Einfamilienhaus in Pankow gekauft. Sie haben es bei einer Zwangsversteigerung für noch nicht mal 7.000 DDR-Mark bekommen, aber es war total baufällig. Da stand Wasser in den Wänden und es roch überall muffig. Wir haben eine Woche lang zu viert im späteren Schlafzimmer meiner Mutter gepennt, weil es so kalt war. Vor dem einzigen Kohleofen im ganzen Haus, der auch noch leicht kaputt war. Ich habe in meiner Freizeit nichts anderes mehr gemacht, als an dem Haus gearbeitet. Mein Stiefvater war ein aggressiver und jähzorniger Mann, der mir den ganzen Tag Aufträge gegeben hat: ‚Heute kommen anderthalb Tonnen Braunkohlebriketts. Die sind bis heute Abend im Schuppen!‘ In der Zeit habe ich mein Knie völlig kaputt gemacht, die Folgen davon trage ich heute noch. Weil ich keine Schulbefreiung bekommen habe, musste ich jeden Tag zwei Kilometer in die Schule humpeln. Manchmal hat ein Malermeister aus unserer Straße mich in seinem Trabant mitgenommen und einmal hat ein Volkspolizist mich hinten auf sein Dienstmotorrad gesetzt, aber so viel Glück hatte ich meistens nicht. Die Zeit mit unserem Stiefvater war eine ganz schreckliche Zeit für meine Schwester und mich. Zum Glück war es kurzfristig: Er kam schon schnell in den Knast. Ich weiß bis heute nicht, was der genau angestellt hat, aber er muss in seinem Betrieb mächtig geklaut haben. In der DDR nannten wir das ‚sozialistisch umlagern‘. Das heißt, die Bohrmaschine, die da auf der Baustelle rumlag, die hat er eingepackt, mit nach Hause genommen und verkauft.

2 In dem Palast der Republik tagte das Parlament der DDR, die Volkskammer. Außerdem wurden dort Konzerte und andere kulturelle Veranstaltungen veranstaltet.

Fast zeitgleich habe ich das allererste Mädchen in meinem Leben kennengelernt. Das erste Mädchen, das ich mit ganz anderen Augen gesehen habe, sagen wir mal so. Fast 14 war ich da. Wir haben uns jeden Tag nach der Schule gesehen, nur mittwochs nicht, denn mittwochs hatte sie nie Zeit. Nun war ich natürlich verliebt und hatte Schiss, dass sie sich mittwochs mit einem anderen trifft. Als ich sie das ganz ernsthaft fragte, meinte sie: ‚Huh, bist du blöd? Ich habe in einem halben Jahr Konfirmation und mittwochs sind immer die Vorbereitungsstunden.' Konfirmation, dachte ich, wir machen doch alle Jugendweihe? Da hat sich herausgestellt, dass sie gar nicht bei der FDJ[3] war, sondern bei der Jungen Gemeinde[4]. Das war nicht DDR-Standard.

Für mich war das alles aufregend und neu. ‚Weißt du was', habe ich zu ihr gesagt, ‚ich komme mit dir mit.' Am Ostkreuz, bei der heutigen East Side Gallery, gab es in einem Altbau unten im Erdgeschoss riesengroße Räume für die Junge Gemeinde. Sie hatten eine Küche, ein Büro für den Pfarrer und zwei oder drei große Veranstaltungsräume, in denen sie ihre Gebetskreise gemacht haben. Damit hatte ich nichts am Hut, aber bei der Jungen Gemeinde lagen auch Tageszeitungen aus West-Berlin. Bei uns in der DDR konnte man nicht einfach in die Kaufhalle gehen und sagen: ‚Hallo, ich hätte gerne den Spiegel.' Was glaubt ihr also, was Klein-Stefan gemacht hat, als seine Jugendfreunde mit dem Pfarrer gebetet haben? Ich habe gelesen, ich habe West-Zeitung gelesen. Gerade die spannenden Geschichten über Atomraketen interessierten mich. Uns wurde immer erzählt, dass die NATO uns mit Raketen bedroht. Das war keine Lüge, aber was uns zum Beispiel nicht erzählt wurde, war, dass die sowjetische Armee die eigene Atomrakete SS-20 schon vorgerückt hat, bevor es überhaupt eine direkte Bedrohung vom Westen gab. Der Pfarrer hat

3 Die Freie Deutsche Jugend (FDJ) war der sozialistische Jugendverband der DDR. Die Mitgliedschaft war auf dem Papier freiwillig, aber in Wirklichkeit hatte eine Nicht-Mitgliedschaft allerlei negative Folgen für unter anderem Studium oder den Beruf.

4 Die Jugendabteilung der evangelischen Kirche. Die Mitgliedschaft hatte allerlei negative Folgen für unter anderem Studium oder den Beruf.

da ganz offen mit uns drüber geredet. Er hat nicht nur über den christlichen Glauben und trallala erzählt, sondern er hat sich mit uns über tagespolitische Ereignisse ausgetauscht. Zum ersten Mal in meinem Leben wurde ich nicht mit rotem Gesülze vollgequatscht und belogen.

Bei uns in der Schule, vor allem im Staatsbürgerunterricht, kriegten wir immer zu hören, wie böse die NATO, die Yankees und die westdeutschen Faschisten waren. Nur wir in der DDR und im sozialistischen Lager waren großartig. Ich habe das lange geglaubt, weil ich Respekt vor meinen Lehrern hatte und davon ausgegangen bin, dass sie mir die Wahrheit erzählen. Durch die Junge Gemeinde und die ganze Geschichte mit meinem Bruder hat es angefangen zu arbeiten in meinem Kopf. Das hat echt klick, klack, klick, klack gemacht. Und dann war ich so blöd – oder so mutig – und habe angefangen, unbequeme Fragen im Unterricht zu stellen. Ich habe meinen Lehrer aufgefordert, mir den Unterschied zwischen einer amerikanischen Atomrakete zu erklären, die in Ramstein abgeschossen wird und in Berlin runtergeht, durch die alle Menschen in Ost- und West-Berlin, Frankfurt (Oder) und Potsdam gemeinsam verrecken, und der sowjetischen Atomrakete SS-20, die aus Eberswalde abgeschossen wird und irgendwo im Westen runtergeht, durch die alle Menschen in Braunschweig, Hannover, und Burg, wo Verwandte von mir wohnen, gemeinsam sterben. Er soll mir jetzt bitte mal den Unterschied erklären zwischen der bösen und der guten Atomwaffe. Da stand mein Lehrer vor mir und hatte keine Antwort mehr. Der hat geschluckt und hat mich vor der versammelten Klasse angebrüllt: ‚Stefan, du bist ein Staatsfeind!' So richtig eiskalt, zack! Er wusste ganz genau, dass er mich im Auftrag der SED belügt, denn das war sein Auftrag als Staatsbürgerkundelehrer: Die Schüler wissentlich indoktrinieren mit der eigenen Ideologie. Er wusste ganz genau, dass ich eigentlich eine richtige Frage gestellt hatte.

Am nächsten Montag um kurz vor acht war wie immer Morgenappell. Alle 700 Schüler standen auf dem Schulhof und ich wurde von der Schulleitung nach vorne gerufen. Ich bekam einen Verweis, weil ich unsere tolle Ideologie beschämt hatte. Von dem Moment an wurde ich richtig bockig. Ich war 15 und mitten in der Pubertät. Ich habe immer mehr unbequeme Fragen gestellt, immer mehr. Wenn ich mit der U-Bahn zum Kino gefahren bin, kam ich durch den Prenzlauer Berg. Der sah schlimmer aus als nach dem Zweiten Weltkrieg. Die Fassaden hatten Risse und Abplatzungen im Putz, die Häuser waren komplett verfallen. Und das Anfang der Achtzigerjahre, in der DDR! Ich habe meinen Lehrer gefragt, warum diese Altbauten nicht saniert wurden und wie die Wohnsituation der Menschen dort war. Ich habe ihn auch gefragt, warum bestimmte Leute eine Neubauwohnung bekamen und andere so leben mussten, in einem Staat, der behauptete, sozialistisch zu sein. Der ist Achten gelaufen mein Lehrer, ich weiß gar nicht, wie oft der mich gemeldet hat.

In der achten Klasse musste ich mich bei der Jugendhilfe melden. Meine Mutter musste auch öfter hin und hat eine richtige Erziehungsvereinbarung abschließen müssen. Das war ein drei- oder vierseitiger Vertrag, in dem drinstand, wie meine Mutter mich zu erziehen hat, damit ich nicht mehr so ein Störfaktor bin. ‚Frau Lauter kriegt von uns, der Jugendhilfe Berlin-Pankow, folgende Aufgaben: Frau Lauter kriegt die Aufgabe täglich das Hausaufgabenheft von Stefan zu kontrollieren. Frau Lauter kriegt die Aufgabe, Stefan ständig in seiner Freizeit zu kontrollieren.‘ Ja, solche Sachen standen da echt drin.

Zur Jungen Gemeinde bin ich nur noch sporadisch gegangen, weil das mit dem Mädel schon nach ein paar Monaten wieder vorbei war. Ich habe dann angefangen, mich mit ein paar Kumpels am Alexanderplatz rumzutreiben. Da trafen sich die Ost-Berliner Punks auch und, Mann, waren die geil. Die haben ihre Kassettenrekorder mitgebracht und haben ihre Punk-Musik gehört. Da habe ich zum ersten Mal Sachen wie Die Toten Hosen, Die Ärzte, Sex Pistols und Ramones gehört. Boah, war das spannend. Das war ja alles Musik aus dem Westen, das kannte ich alles gar nicht. Ich habe dann auch mal einen Schultag einen Schultag sein lassen und bin da schon um zehn hin. Direkt am Fernsehturm gab es eine SB-Gaststätte, wo der halbe Liter Bier nur 49 DDR-Pfennig kostete, also was denkt ihr, wohin Stefan immer als erstes gegangen ist? Bis mir ein erfahrener Punk gesagt hat: ‚Du musst immer erst eine Bockwurst essen, Mann.‘ Na jut, habe ich mir gedacht, dann esse ich eben erst eine Bockwurst und trinke danach meine Bierchen.

Wenn man an Punks denkt, denkt man an Lederjacken, Nietengürtel und Piercings. Ich hatte aber gar keine finanziellen und handwerklichen Fähigkeiten, um mich irgendwie zu stylen. Irgendwann hat mir ein Punk-Mädel erklärt, dass ich kein Haarspray brauche, sondern die Haare auch mit getrockneter Seife hochbekomme. In der Schule habe ich mich nicht getraut so rumzulaufen, aber in meiner Freizeit habe ich mir die Haare immer gestylt wie Bela B von den Ärzten. Boah, war das cool. Außer, wenn es angefangen hat zu regnen, dann ist mir die ganze Seife ins Gesicht gelaufen und ich sah eher scheiße aus.

Ich schätze, dass in der Punk-Szene in Ost-Berlin damals maximal 500 Menschen unterwegs waren.[5] Ost-Berlin hatte zu der Zeit knapp über eine Million Einwohner, also viele waren das nicht.[6] Der Geheimdienst der DDR, die Stasi, konnte die Punks nicht leiden, weil sie sich ‚anti-sozialistisch‘ verhalten haben. Denen wurde unter anderem unterstellt, dass sie Wühlaktivitäten machen, West-Propaganda verbreiten und gegen die humanistisch-sozialistische Bildungspolitik sind. Es gab alle möglichen Vorwürfe, die zum Teil berechtigt und zum Teil unberechtigt waren. Anderen Gruppen wie der Jungen Gemeinde und Bürgerrechtlern ging es genauso.

Die Stasi hat diese Gruppen als potenzielle Staatsfeinde behandelt und hat versucht, Misstrauen und Uneinigkeit zwischen den Mit-

5 Nach Schätzungen der Stasi lebten 1983 etwa 900 Punks in der DDR, davon fast die Hälfte in Ost-Berlin. Laut der Stasi waren das 900 zu viel (Brauer, 2012).

6 Ende der Siebziger erschienen die ersten Punks in der DDR. Punk war neu und Punk war aus dem Westen: Damit war es für viele junge Leute interessant. Die individuelle Unabhängigkeit spielte eine große Rolle (Hahn, 2013). Die Punks wollten der Partei nicht folgen, sondern ihren eigenen Weg beschreiten. Das Gesetz wurde dabei nicht immer eingehalten.

gliedern zu sähen. Sie hatten dafür verschiedene Strategien, zum Beispiel ‚im Lebensumfeld negative Erlebnisse schaffen', so nannten die das echt. So konnte es vorkommen, dass Mitglieder der Gruppe sehr teure oder peinliche Pakete bekommen haben. Ein Pfarrer aus West-Berlin hat zum Beispiel auf einmal Post bekommen von Beate Uhse, einem Sexshop. Seine Nachbarn haben das mitbekommen und er hat ihnen erklärt, dass er da noch nie was bestellt hat. Als die Stasi dahintergekommen ist, dass er sich herausreden konnte, hat sie noch viel mehr liefern lassen. Wochenlang hat er jeden Tag Pakete mit Sexspielzeug und Gummipuppen bekommen. Die waren so geschickt, das glaubt man gar nicht.

Bei den Punks wurde viel mit Spitzeln gearbeitet. Man kann sich das folgendermaßen vorstellen: Punker René arbeitet als Informant für die Stasi und schreibt über alles und jeden Berichte. Er möchte nicht enttarnt werden, was macht also Punker René? Punker René verbreitet Gerüchte. Er behauptet einfach, dass die Anja und der Peter und der Stefan für die Stasi arbeiten, obwohl er das selbst macht. Ich habe das damals alles nicht mitbekommen, weil es mir ja hauptsächlich um die Musik und das Abfeiern ging, aber nach dem Fall der Mauer kamen diese Geschichten langsam an die Öffentlichkeit. Das Ausmaß von allem, was die Stasi getan hat, wurde da erst wirklich klar. Wenn sie damals die heutigen Kommunikationsmöglichkeiten gehabt hätten, dann würde es keine 180 Kilometer an Stasi-Akten[7] geben, sondern 200.000 Kilometer. Die hätten Orwell geschaffen, das ist Fakt.

Ich war voll in der Punk-Szene drin und fühlte mich da richtig wohl. Zu Hause war ich kaum, weil es da immer Ärger gab. Meine Mutter hat sich von meinem Stiefvater scheiden lassen, als er in den Knast musste, aber jedes Mal, wenn er wieder kurz draußen war, kam er

7 Die Stasi-Akten enthalten alle Informationen (Fotos, Gespräche, Kontakte, etc.), die die Stasi durch Beobachtung und Abhören über eine bestimmte Person gesammelt hat. Ehemalige DDR-Bürger haben das Recht, ihre Stasi-Akte einzusehen. Laut Bundesbeauftragte für die Stasi-Unterlagen (BStU) stellen jedes Jahr Tausende von Menschen einen Antrag. In den Stasi-Archiven befinden sich noch über 111 Kilometer Akten, verteilt auf 13 Standorte.

wieder an. Meine Schwester und mich konnte er nicht ausstehen, er hat uns permanent angeschrien und hat uns auch geschlagen.

1982 habe ich ein paar Mopeds unbefugt benutzt, also entwendet. Ich bin damit herumgefahren und habe sie wieder abgestellt, aber im Dezember musste ich deswegen vor Gericht. Noch vor der Urteilsverkündung ist meine Mutter aufgestanden und hat gesagt: ‚Ich habe keinen Sohn Stefan mehr.' Da bin ich heulend zusammengebrochen. Weil die Richterin dadurch verstanden hat, dass irgendwas in meinem Elternhaus nicht gestimmt hat, hat sie mich nicht in den Knast, sondern in ein Heim geschickt. Ich war da fast 16 Jahre alt. Daran fand ich am schlimmsten, dass ich meine Poster nicht mitnehmen durfte. Mein Schlafzimmer hing voll mit Postern aus der Pop/Rocky[8] und der Bravo. Ich hatte Pink Floyd, AC/DC, Die Ärzte und ein Poster von Kiss, auf dem die alle mit bemalten Gesichtern auf ihren Motorrädern sitzen und Gene Simmons seine Zunge herausstreckt. Ich war da richtig stolz drauf, aber alles, was irgendwie nach dem Westen roch, durfte ich nicht mitnehmen.

Einmal hatte ich richtig schlechte Laune, als ich nach der Schule ins Heim gefahren bin und da habe ich einem 14-jährigen Jungen eine Backpfeife verpasst. Der ist natürlich gleich zu seinem Papi gerannt. Meine Bewährung wurde durch diesen Vorfall widerrufen und ich musste meine Haftstrafe doch antreten: sechs Monate für die Mopeds und zwei Monate für die Backpfeife. Ich kam ins Jugendhaus Halle, ein Jugendstrafvollzug mit Gittern, Wachhunden und Maschinenpistolen. Der vollständige Name war Jugendhaus Halle/Saale, ‚Frohe Zukunft', Wilhelm-Busch-Straße 53. Frohe Zukunft, das sah aus wie ein Arbeitslager in einem KZ! Es gab vier große Haftblöcke, die mindestens 150 Meter lang und mindestens 20 Meter breit waren, und in den Haftblöcken waren die verschiedenen Bereiche mit Gittern voneinander getrennt. Wenn wir von A nach B mussten, zum Beispiel von einer Etage zur nächsten, dann musste der Unteroffizier, der ‚Schließer', erst das Zwischengitter mit einem Schlüssel aufmachen. Sobald wir durch waren, hat er das Gitter hinter uns wieder zugemacht.

8 Eine Jugendzeitschrift aus den Achtziger- und Neunzigerjahren.

Weil ich Schüler der zehnten Klasse war und den Abschluss erreicht hatte, durfte ich eine Facharbeiterausbildung beginnen. Von den 800 Inhaftierten durften das nur ungefähr 120 machen, also das war echt ein Privileg. Ich hätte Kfz-Mechaniker oder Baumaschinist werden wollen, aber das konnte ich vergessen. Man durfte sich nicht aussuchen, was man machen wollte, das wurde einem zugewiesen. Ich musste eine Ausbildung zum Zerspanungsfacharbeiter anfangen und habe immer drei Wochen gearbeitet und eine Woche Berufsschule gemacht, alles intern. Inhaltlich war der Unterricht genauso wie draußen, aber alles andere war Knaststruktur. Wir sind in Marschkolonne bis zum Klassenraum geführt worden. Der Klassenraum wurde aufgeschlossen, wir mussten alle rein und hinter uns wurde die Tür wieder abgeschlossen. Der Lehrer hatte einen Schlagstock, die Fenster waren vergittert. Im Sommer wurde es da richtig heiß. Wir haben alle die abgetragenen Klamotten von den Matrosen der Nationalen Volksmarine getragen, die normalerweise nur noch zur Herstellung von Pappe benutzt wurden. Es gab so einen Mangel, dass alles, was noch halbwegs verwendet werden konnte, verwendet wurde. Also sind wir auch im Hochsommer bei 40 Grad in dicken Filzklamotten herumgelaufen.

In Halle hatten alle Inhaftierten Arbeitspflicht. Diese Arbeit wurde sehr, sehr gering entlohnt. Ich habe pro Monat sechs oder sieben Ost-Mark Taschengeld bekommen. Das war kein richtiges Geld, sondern Haftgeld aus Wachspapier. Während unserer täglichen Hofpause – pro Tag hatten wir ein Anrecht auf 20 Minuten frische Luft – konnten wir uns damit beim Kiosk Zigaretten, eine Tafel Schokolade oder anderes Zeug kaufen. ‚Kiosk' klingt übrigens ein wenig zu schick: Das Ding war von allen Seiten vergittert und hatte bloß eine kleine Luke, durch die man die Wachslappen durchschieben konnte.

Insgesamt saß ich fast drei Jahre fest. Ich war im Jugendhaus in Halle/Saale, im Jugendwerkhof Freital und im GJWH Torgau. Am 28. Mai 1985, der Tag vor meinem 18. Geburtstag, wurde ich aus Torgau entlassen. Ich bin sofort zu meiner Mutter gefahren, die zusammen mit dem Jugendamt eine Wohnung für mich geregelt hatte. Es war eine 25 Quadratmeter große Einraumwohnung, die zwar kein Bad, aber ein Innenklo hatte. Das war ein Luxus! Meine Mutter hatte meine alten Kindermöbel und eine Klappcouch reingestellt, aber meine Poster hatte sie alle verbrannt. Am nächsten Tag musste ich mich in einem Ost-Berliner Betrieb melden, bei dem ich ab sofort zu arbeiten hatte. Ich konnte mir nichts selbst aussuchen: Ich war frei, aber immer noch gefangen.

Die Beziehung zu meiner Mutter war schon immer recht kompliziert, aber nach meiner Freilassung wurde es noch schlimmer. Als ich ihr das erste Mal versucht habe zu erzählen, was im Gefängnis alles passiert war, hat sie mir an Kopf geknallt: ‚Hör auf zu lügen, du hattest als Kind schon eine blühende Fantasie.' Danach hat sie sich einfach immer geweigert mit mir drüber zu reden. Im Jahr 2005 habe ich in einer ARD-Dokumentation über die Jugendeinrichtungen der DDR mitgemacht und ganz offen über meine Erfahrungen gesprochen. Fünf Minuten nach Ende der Sendung hing meine Mutter am Telefon und hat mich zur Sau gemacht. Sie meinte, sie möchte nicht als schlechte Mutter dargestellt werden. Für meine Mutter war es nur wichtig, dass sie in ihrem Wohnumfeld keine Probleme mit den Nachbarn kriegt. Sie hat wirklich zu mir gesagt: ‚Ich trau mich ja schon wieder nicht einkaufen zu gehen, nur wegen dir.' Natürlich steckte da die ganze Geschichte mit meinem Bruder hinter, aber das war 2005! 2005! Ich habe das Telefonat abgebrochen und bin zu Hause völlig ausgerastet. Den Aschenbecher und den Kaffeebecher, die gibt es nicht mehr. Später gab es noch einen vergleichbaren Vorfall und seitdem ist das Thema durch. 2006 habe ich den Kontakt zu meiner Mutter abgebrochen.

Frei habe ich mich nach meiner Zeit im Knast nie mehr gefühlt und davor eigentlich auch nicht. Echt frei war ich erst am 9. November 1989, als ich 22 Jahre alt war. Ich hatte in der Nacht Nachtschicht in der Kaufhalle, in der ich gearbeitet habe. Von Donnerstagabend um zehn bis Freitagmorgen um sechs mussten wir die Regale auffüllen, aber so gegen 23 Uhr hörten wir auf einmal im West-Radio, dass die Mauer gefallen ist. Wir haben unsere Arbeit sofort unterbrochen und haben erst mal diskutiert: Was machen wir denn jetzt?

Hören wir auf zu arbeiten und rennen rüber oder machen wir die Schicht noch zu Ende? Wir haben uns für letzteres entschieden. Die Rentner brauchten ja früh um acht ihre frischen Brötchen, Milch und ihre Zeitung. Pflichtbewusst und blöd, so sind wir Deutschen nun mal.

Kurz vor sechs stand ich dann aber draußen, ich war noch nie so pünktlich aus meiner Schicht raus. Ich bin sofort in die nächste Straßenbahn eingestiegen und da war es merkwürdig still, das kannte ich so nicht. Fast jeder hatte eine Zeitung vor der Nase und tat so, als ob er las. Die haben natürlich nicht gelesen, die haben sich nur versteckt, damit keiner sieht, dass sie zum Grenzübergang Bornholmer Straße wollen. Als die Straßenbahn da ein paar Stationen später angehalten hat, guckten wir uns alle vorsichtig an. Da waren keine Stasi-Schergen, da waren keine Polizisten. Wir wurden nicht, wie sonst an jeder Ecke, kontrolliert. Alle haben laut losgelacht, haben die Zeitungen weggeworfen und sind aufgestanden.

Draußen standen hunderte Autos ohne Besitzer, in denen der Zündschlüssel noch dringesteckt hat. Alle sind zur ‚Bösen Brücke' bei der Bornholmer Straße gelaufen, die bis zu diesem Moment Ost und West voneinander getrennt hatte. Auf der Brücke habe ich einen Klassenkameraden getroffen: Hey Mike! Hey Stefan! Die Mauer ist offen! Die ist offen! Mike hatte schon irgendwie eine Flasche West-Sekt in der Hand und wir haben erst mal angestoßen und getanzt. Danach bin ich rüber, in den Westen. Da standen Busse von der BVG und da bin ich eingestiegen. Wir brauchten nicht zu bezahlen und ich habe mich ganz vorne hingesetzt. Als der Bus voll war, hat der Busfahrer die Tür zugemacht und sein Mikrofon genommen. Da war ich erst mal ganz baff. DDR-Busse waren zusammengeschweißte Blechkisten mit ein paar Stuhlreihen, nie im Leben hätten die Mikrofone und Lautsprecher gehabt. Der Busfahrer hat uns ganz herzlich begrüßt und hat gesagt: ‚Willkommen in der Freiheit.' Da habe ich geheult. Das ist ein Moment, den werde ich nie vergessen. Ich war zwar immer ganz cool, aber die Angst, dass die mich wieder einsperren, die war immer da. Erst als ich über diesen ehemaligen Grenzübergang war und der Busfahrer uns so begrüßt hat, ist die ganze Last von mir abgefallen. Das war, als ob Ketten gesprengt wurden. Ich fang gleich wieder an zu heulen."

Millionen von Menschen verließen die DDR, vor allem von Ost- nach West-Berlin. Um das eigene Volk nicht zu verlieren, wurde am 13. August 1961 mit dem Bau der Berliner Mauer begonnen: 156,4 Kilometer Beton um West-Berlin herum. Die Mauer wurde nicht über Nacht gebaut. Was anfangs eine menschliche Mauer und eine Reihe von Barrikaden war, wurde im Laufe der Jahre mit Minen, Stromkabeln und Wachtürmen ausgebaut sowie mit Hunden und Grenzsoldaten ausgestattet. Es wurde fast unmöglich, ohne Erlaubnis nach West-Berlin zu gelangen. Die Ostdeutschen versuchten aber trotzdem auf alle möglichen Arten zu flüchten. Einer von ihnen war **Reinhard Spiller (1941)**.

„Ich war ein guter Schüler, aber als ich 14 Jahre alt war, musste ich von der Schule runter. Nur zehn bis elf Prozent der Schüler durften zur Oberschule und das waren fast alles Kinder von Arbeitern und Bauern. Die DDR war ein ‚Arbeiter-und-Bauern-Staat', also sollte die neue Elite auch aus diesen Kreisen hervorkommen. Das stand so in der Verfassung. Im Klassenbuch war bei jedem Kind die soziale Herkunft vermerkt: ein ‚A' für Arbeiter und ein ‚I' für Intelligenzia. Weil meine Eltern keine Arbeiter oder Bauern waren, musste ich von der Schule runter.

Ich habe dann eine Lehrstelle gesucht und mich beim Kabelproduzenten Kabelwerk Oberspree beworben. Ich habe mich schon immer für Elektrotechnik und Radio interessiert und habe mich sehr gefreut, dass sie mich als Elektromonteurlehrling eingestellt haben. Das war im Jahr 1955. Eigentlich durfte Deutschland nach dem Verlust des Zweiten Weltkriegs keine Rüstung und keine wichtigen strategischen Güter mehr produzieren – Stahl und Kabel inklusive – aber die Sowjetunion hat das ganz geschickt umgangen. Sie haben sogenannte Sowjetische Aktiengesellschaften (SAGs)[9] gegründet, für die nicht mehr das deutsche, sondern das russische Recht galt. Kabelwerk Oberspree war bis 1952 eine SAG und alles, was sie produzierten, wurde in die Sowjetunion exportiert, um dort zum Wiederaufbau beizutragen. Offiziell fiel das Unternehmen ab 1955 wieder unter das DDR-Gesetz,[10] aber die Produkte wurden immer noch hauptsächlich in die Sowjetunion geliefert.

Die Ausbildung war richtig gut. Wir waren zehn Leutchen – acht Jungs, zwei Mädchen – und wir haben sechs Tage die Woche gearbeitet. Das war damals ganz normal. Weil wir täglich mit Strom gearbeitet haben, haben wir ganz genaue Verhaltensanweisungen bekommen. Unsere linke Hand mussten wir zum Beispiel immer in die Hosentasche stecken und wir durften nur mit unserer rechten Hand arbeiten. Oder, wenn man Linkshändler war, genau andersrum. Wenn wir nämlich mal ausgerutscht wären, dann hätten wir uns automatisch mit der freien Hand an ein gefährliches Gerät geklammert. Die Produktion durfte nicht abgeschaltet werden, also manche Geräte standen immer unter Spannung. Es war alles ganz schön komplex, aber ich konnte es gut. Ich war akkurat, habe die Regeln beachtet und habe mit Freude gearbeitet. Irgendwann wurde ich sogar als bester Lehrling des Lehrkollektivs ausgezeichnet und

9 Bereits bestehende oder neu gegründete Unternehmen in der sowjetischen Besatzungszone/DDR, die der sowjetischen Regierung gehörten, wurden als SAG bezeichnet. Die Unternehmen mussten die Rückforderungszahlungen an die SU decken.

10 Am 20. September 1955 bestätigte der Ministerrat der Sowjetunion die Souveränität der DDR. Die Beziehungen zwischen den beiden Ländern basierten auf der „uneingeschränkten Gleichberechtigung und der gegenseitigen Achtung der Souveränität des anderen".

bekam einen Wimpel auf den Tisch. Das war nur ein Stückchen Stoff, aber ich war schon irgendwie stolz.

In dieser Zeit – ich war 14, 15 Jahre alt – fühlte ich mich immer mehr zur Jungen Gemeinde hingezogen. Das war die Jugendgruppe der evangelischen Kirche und die einzige Alternative zur Freien Deutschen Jugend. Bei der FDJ fühlte ich mich gar nicht wohl. Es gab Wettkämpfe in Leichtathletik, Rennen und Gewehrschießen und ich war immer der Letzte. Das hat keinen Spaß gemacht. Den letzten Anstoß gab ein Ferienlager, das in den Schulferien von der FDJ organisiert wurde. Wir wurden mit einer Gruppe in einem abgelegenen Waldstück abgesetzt. Zelte bekamen wir nicht mit, sondern wir mussten unsere eigenen Hütten bauen mit Schilf und allem, was wir finden konnten. Nun, das haben wir mehr oder weniger hinbekommen, bis eine zweite Gruppe gekommen ist und unsere Hütten eingerissen hat. Danach mussten wir uns alle an einem großen Lagerfeuer versammeln. Zu meinem Entsetzen rief der Leiter des Ferienlagers mich nach vorne. Er behauptete, dass die Gruppe uns nur gefunden hatte, weil ich ein Verräter war. Ich hatte keine Ahnung, wovon er sprach, denn bis die Gruppe uns stürmte, wusste ich nicht einmal, dass es eine andere Gruppe gab. ‚Kommt schon, macht das Feuer größer', rief der Leiter, ‚dann können wir den Verräter besser sehen.' Ich weiß bis heute nicht, warum ich damals auserwählt wurde.

Danach wollte ich an solchen Sachen nicht mehr teilnehmen. Ein Bekannter nahm mich in der Zeit zu einem Treffen der Jungen Gemeinde mit und das hat mir sofort gefallen. Die Atmosphäre war viel freier, viel angenehmer. Wir haben nicht nur gebetet oder Lieder gesungen, sondern auch Tischtennis gespielt, Musik gehört und gemeinsam Bücher gelesen. Nach West-Berlin sind wir auch oft gefahren, ins Theater oder ins Kino. Manchmal haben wir da auch übernachtet. Die evangelische Kirche hatte überall evangelische Heime, die Unterbringungsmöglichkeiten angeboten haben.[11]

11 Bis zum Bau der Berliner Mauer war es relativ einfach, von Ost- nach West-Berlin zu kommen. So war es beispielsweise möglich, als Ost-Berliner in West-Berlin zu studieren. Die Menschen aus dem Osten gingen außer-

Auf der Arbeit habe ich kein Geheimnis draus gemacht, dass ich bei der Jungen Gemeinde bin. Ich habe ganz offen von den Aktivitäten erzählt, die wir zusammen unternahmen und da wurde nie negativ drauf reagiert. Bis zum Januar 1958. Ich war an dem Tag außerhalb des Betriebes eingesetzt und wurde morgens auf einmal von meinem Lehrlingsausbilder abgeholt. Wir sind zurück in die Fabrik gefahren und da bin ich völlig unvorbereitet, in meinem dreckigen Overall, in eine Versammlung reingelaufen. Alle Lehrlinge und Mitarbeiter vom ganzen Betrieb waren da, das waren bestimmt 150 bis 200 Leute. Ich wurde zusammen mit einem anderen Lehrling nach vorne gerufen. Unser Lehrlingsausbilder erzählte, dass wir bei der Jungen Gemeinde aktiv waren und dass unsere Väter keine Arbeiter waren. Er erzählte auch, dass mein Bruder Republikflucht begangen hatte und nicht mehr in der DDR wohnte. Er endete mit den genauen Worten: ‚Diesen Jugendlichen darf unser Staat keine Qualifizierung bieten.' Ich wurde sofort entlassen. Aus meinen Stasi-Akten erfuhr ich später, dass meine Entlassung bereits zwei Monate vorher von der SED-Kreisleitung[12] beschlossen wurde. Dass ich meine Arbeit über zwei Jahre lang sehr gut gemacht hatte, spielte überhaupt keine Rolle.

Die evangelische Kirche wurde zu DDR-Zeiten als Feind gesehen. Eigentlich ist es komisch, dass Glaube und Sozialismus nicht nebeneinander existieren können. Ich habe viel darüber nachgedacht und glaube, dass der Glaube irgendwie mit dem Sozialismus konkurrierte. Die Partei hat bestimmt, wo es langging, und tolerierte keinen Widerspruch. Wir spielten Tischtennis, anstatt ‚Es lebe der Sozialismus' zu singen. Das passte nicht in das Bild der Partei und alles, was nicht in das Bild der Partei passte, musste bekämpft werden. Bevor der Herr Honecker in den Staatsrat kam, war er der erste Sekretär der FDJ. In einem Originalschreiben aus der Zeit sagte er

---

dem in West-Berlin ins Kino, kauften dort ein oder besuchten Familienmitglieder und Freunde. Solange sie keine großen Koffer trugen, die auf eine mögliche Flucht hindeuteten, ließen die Grenzsoldaten sie meistens durch.

12 Die DDR war in 15 Bezirke aufgeteilt, die wieder in kleinere Einheiten untergliedert wurden: die Kreise. Ein Bezirk wurde von der SED-Bezirksleitung geleitet und ein Kreis von der SED-Kreisleitung. In der DDR gab es letztendlich über 200 Kreise.

aus, dass die Junge Gemeinde liquidiert werden soll und die Jugendlichen der Jungen Gemeinde aus Oberschulen und Universitäten entfernt werden müssen. Liquidierung! Das bedeutet Ausmerzung.

Meine Entlassung hat mich komplett überrascht, aber am Boden zerstört war ich nicht. Ich glaube schon, dass ich es unfair fand, aber ich habe das mehr oder weniger hingenommen. Es war eben so. Ich war immer einer, der sich sagte: Ich mach schon irgendwas daraus. Und das habe ich dann auch getan. Die fehlenden vier Monate meiner Lehre habe ich in einem Handwerksbetrieb, der noch nicht so staatlich dominiert war, zu Ende gemacht. Anschließend habe ich mich beim Fernmeldeamt, jetzt Telekom, beworben. Ich habe mir ein dickes Handbuch besorgt, in dem alles Fachwissen stand, bin einfach hingegangen und habe gesagt: ‚Das kann ich alles.' Ich wurde eingestellt und war sehr motiviert mich weiterzuentwickeln. Meine Aufgabe war es, mich hauptsächlich um Telefonstörungen in größeren Telefonanlagen zu kümmern und neue Anlagen aufzubauen. Alle Störungen, die bei uns gemeldet wurden, wurden auf separate Formulare aufgeschrieben und in Fächer gelegt. Das erste, was wir morgens gemacht haben, war, durch die Formulare zu blättern, um zu sehen, welche Störungen wir lösen sollten und welche Aufgaben vorlagen. Ich habe mir immer die schwierigen rausgesucht, denn die wurden besser bezahlt und waren viel interessanter.

Nach einem Jahr bei der Telekom wollte ich mehr. Schon als Kind interessierte ich mich für sehr viele verschiedene Dinge. Ich bin zum Beispiel regelmäßig in die Apotheke gegangen und habe mir dort für wenig Geld Erlenmeyerkolben, andere Versuchsgeräte und Chemikalien geholt. Zu Hause habe ich damit chemische Versuche gemacht. Mein großer Wunsch war es immer schon Ingenieur zu werden, aber durch die Art und Weise, wie das Schulsystem in der DDR organisiert war, ist der Wunsch in den Hintergrund getreten. Meine Arbeit beim Fernmeldeamt hat mich wieder angeregt. Ich habe mich dann bei der Gauß-Schule, einer staatlichen Ingenieurschule in West-Berlin, beworben. Das war im Jahr 1959, Schüler aus dem Ostteil konnten also noch ganz normal im Westen studieren. Ich vermute, dass 25 Prozent von allen Jugendlichen, die in

West-Berlin studierten, aus der DDR kamen. Natürlich hat man sich damit nicht sehr beliebt gemacht, aber an meinem Ruf konnte ich sowieso nichts mehr ändern. Weil ich die Schule schon verlassen musste, als ich 14 war, hatte ich noch kein Abitur. Ich musste darum über zwei volle Tage, von morgens bis abends, eine Aufnahmeprüfung machen. Danach wurde ich zugelassen.

Ich blieb in Ost-Berlin wohnen und fuhr jeden Tag mit der S-Bahn nach West-Berlin zum Studieren. Es war verboten, Bücher und Zeitungen aus dem Westen mit zurückzubringen, aber Fachbücher und andere Schulmaterialien konnte ich ganz normal mitnehmen. Manchmal sind da DDR-Polizisten durch die S-Bahn gelaufen und dann mussten wir alle unsere Taschen aufmachen, aber das war nicht immer so.

Tja, und dann wurde es August 1961. Am zweiten Wochenende war ich mit Freunden von der Jungen Gemeinde an der Ostsee, bei Warnemünde. Im Radio wurde pausenlos über die ‚Entwicklungen in Berlin' berichtet. Wir wussten also, dass etwas los war, begriffen aber nicht so wirklich, was. Sonntagmorgen, der 13. August, wurde auf einmal von einer Mauer gesprochen. Wir haben sofort unsere Sachen gepackt und sind nach Berlin zurückgefahren. Die Züge waren überfüllt und die Stimmung war bedrückend. Keiner hat irgendwie was gesagt und alle haben ganz versteinert vor sich hingestarrt. Zwischendurch sind Streifen durch den Zug gelaufen, die immer wieder Ausweise kontrolliert haben. Es war eine seltsame, beunruhigende Situation. Als wir am Sonntagabend in Berlin ankamen, bin ich erstmal nach Hause gegangen. Ich war müde und wollte schlafen.

Am Montag bin ich sofort zur Polizei gegangen. Der Polizist hat mir erzählt, dass das mit dem Studium nichts mehr war und dass ich erstmal Ernte-Einsatz machen sollte. Es war Sommer und es wurden Leute gebraucht. Im Herbst hätte ich mich dann zur Volksarmee melden müssen. Danach hätte ich wieder als Elektromonteur arbeiten dürfen, aber mein Studium konnte ich vergessen. Was ich in dem Moment genau dachte, weiß ich nicht mehr. Es ist ja schon fast 60 Jahre her. Woran ich mich aber noch sehr genau erinnere, ist, dass das Gefühl von ‚Nein, das geht nicht' sehr stark war. Ich wusste: Ich muss hier raus.

Noch am selben Abend bin ich in die Friedrichstraße zum Grenzübergang Checkpoint Charlie gegangen – auch vor dem Mauerbau gab es schon Grenzübergänge – um in den Westen zu gehen. Es war aber schon kein Durchgang mehr. Mitten auf der Straße stand eine menschliche Mauer. Soldaten mit Maschinenpistolen und -gewehren standen dicht an dicht, in einem Abstand von zwei Metern voneinander. Sie rollten große Stacheldrahtrollen aus, das ging alles blitzschnell. Ich habe mich damals gefragt, wo diese ganzen Soldaten so schnell hergekommen waren – die endgültige Mauer war 156 Kilometer lang, also müssen es ganz viele gewesen sein – aber mittlerweile weiß ich, dass das alles schon im Vornherein geplant war. In der DDR gab es sogenannte ‚Betriebskampfgruppen': Zuverlässige Arbeiter, die innerhalb von Betrieben eine Art freiwillige Armee bildeten, um den Betrieb gegen den Westen zu schützen. Am Samstag, den 12. August, wurden diese Kampfgruppen nach Berlin geschafft. Kampfgruppen aus Ost-Berlin wurden nicht eingesetzt, weil man denen nicht traute. Sie kannten die Gegend zu gut und die Partei hatte Angst, dass sie entweder selbst flüchten oder andere Flüchtlinge durchlassen würden. Die Gruppen aus anderen Teilen der DDR schlugen ihre Lager in den Wäldern außerhalb der Stadt auf und kamen in der Nacht von Samstag auf Sonntag auf ihre Position: Es war der Beginn der Berliner Mauer.

Im Radio hörte man ständig, wie weit die schon waren, also wusste ich, dass es immer schwieriger wird. In der Bernauer Straße wurden die ersten Mauersteine schon gesetzt. Manche Leute sind mit Autos durchgebrochen, indem sie einfach in den Stacheldraht reingefahren sind, aber ich hatte kein Auto und meine Eltern hatten kein Auto. Einen echten Plan hatte ich nicht, aber am Dienstag bin ich wieder Richtung Mauer gegangen, dieses Mal in die Mauerstraße, Ecke Friedrichstraße. Die Ecke war schon völlig abgesperrt, aber in der Mauerstraße gab es einen nicht ganz so stark bewachten Übergang. Ich hatte gehofft, da irgendwie durchschlüpfen zu können, aber als ich ankam, standen überall Leute: Leute aus dem Westen, die zurück in den Westen wollten. Der Grenzsoldat war so beschäftigt mit der Kontrolle der ganzen Ausweise, dass ich mich entschlossen habe, das Risiko einzugehen: Ich habe mich zu den anderen Leuten gestellt und bin einfach um den Grenzsoldaten herum gegangen.

Ich bin weitergegangen, bis ich 60 bis 80 Meter weiter an einen zweiten Kontrollposten kam. Der Grenzsoldat hat in meine Richtung geschaut und ich war in dem Moment der Einzige, der da lief. Ich wusste, dass er wahrscheinlich gesehen hatte, wie ich den ersten Grenzsoldaten ausgetrickst hatte. Ich habe versucht mich unauffällig zu verhalten und bin so entspannt wie möglich auf ihn zugelaufen. Als ich vor ihm stand, sagte er: ‚Na, zeigen Sie mal Ihren Ausweis.' Ich steckte fest. Zurück konnte ich nicht, weil da der andere Grenzsoldat stand und meinen ostdeutschen Ausweis konnte ich auch nicht zeigen. Was habe ich also gemacht? Ich habe ausgeholt und ihm mit der Faust ins Gesicht geschlagen. Er ist erschrocken und nach hinten getaumelt und ich bin die letzten zehn Meter gerannt, so schnell ich konnte. Am Ende der Straße war ein Bürgersteig: Das war West-Berlin. Die Straße selbst war Ost-Berlin, aber der Bürgersteig war West-Berlin. Da standen sehr viele Leute, die natürlich sehen wollten, was da alles los war. Ich bin auf sie zu gerannt und habe mich, ohne mich noch einmal umzudrehen, in diese Menschenmasse reingeworfen.

Ja, und dann war ich also in West-Berlin. Meinen Ausweis hatte ich in der Unterhose versteckt, aber das war's. Ich hatte keine Klamotten, keine Bilder, keine Unterlagen, keine Zeugnisse, einfach nichts. Ich habe mich erst im Notaufnahmelager Marienfelde gemeldet, das musste jeder Flüchtling. Nur mit der Registrierung konnte man sich als Einwohner von West-Berlin anmelden. Ich musste verschiedene Tests machen, zum Beispiel medizinische Tests, und mir wurden Fragen zu meiner Flucht gestellt. Der Westen wollte verhindern, dass Spione aus der DDR ins Land kamen. Später habe ich von anderen gehört, dass die Registrierung sehr lange gedauert hat, aber bei mir ging das ruckzuck. Es waren zwar unheimlich viele Leute im Lager, aber ich bin immer zu den Büros gegangen, wo die Schlangen am kürzesten waren. Innerhalb von ein paar Tagen hatte ich alle notwendigen Stempel gesammelt und durfte das Notaufnahmelager verlassen.

Durch meine Flucht konnte ich mein Studium fortsetzen. Ich bin in einem Studentenwohnheim im Wedding untergekommen und habe erstmal jede Arbeit angenommen, um Geld zu verdienen. Ich habe Güterwagen mit Kohle entladen und sah permanent aus wie ein Schwein. Ich hatte ja nichts, brauchte unbedingt die notwendigste Kleidung und was zum Essen. Das Leben im Westen war keine allzu große Umstellung für mich. Ich war ja schon vorher viel in West-Berlin und kannte es gut. Auf persönlicher Ebene war es aber anders, als ich es gewohnt war. Bei meinen Eltern musste ich mich nicht darum kümmern, ob genügend Brot oder Margarine da war, im Westen musste ich auf einmal einkaufen und für mich selbst sorgen. Wäsche waschen war auch so ein Thema. Es ist mir oft passiert, dass ich kein sauberes Hemd mehr hatte. Tja, dann bin ich halt mit feuchten oder nassen Klamotten weggegangen.

Ein paar Monate nach meiner Flucht, im Januar 1962, erreichte mich ein Brief meiner Mutter. Sie schrieb ganz verzweifelt, ‚ob ich denn nicht wüsste, was sie wollen, und das lieber heute als morgen.' Damit meinte sie, dass sie und mein Vater auch in den Westen wollten, aber aus Angst, dass die Stasi mitliest, schrieb sie das nicht so wortwörtlich. Darum hatte sie den Brief auch nicht unterschrieben und ohne Absender verschickt. Ich wollte meinen Eltern helfen und fühlte mich dazu auch verpflichtet, aber meine Ausgangssituation war natürlich denkbar schlecht: Ich hatte kein Geld, kein Auto und keinen Führerschein.

Ich habe lange über die verschiedenen Möglichkeiten, wie ich meinen Eltern helfen kann, nachgedacht. Ich wusste, dass ich erst die Grenze nach Ost-Berlin passieren und danach auch wieder nach West-Berlin zurückgelangen musste. Damals war das Reisen von West- nach Ost-Berlin noch nicht erlaubt und für DDR-Flüchtlinge sowieso nicht. Wie war das möglich, ohne ausführlich kontrolliert und verhaftet zu werden? Irgendwie habe ich dann mitgekriegt, dass Diplomaten und Soldaten der drei Besatzungsmächte an der

Grenze nicht wirklich kontrolliert worden sind. Die mussten nur kurz ihren Pass zeigen und durften dann weiterfahren. Ich beschloss daraufhin, mich als Diplomat auszugeben und habe neben meinem Studium angefangen Vorbereitungen zu treffen. Das war ganz schön kompliziert, aber ich bin das sehr konsequent angegangen. Mit dem Geld, das ich verdient habe, habe ich erstmal meinen Führerschein gemacht. Ich habe mir außerdem einen schwarzen Anzug gekauft und habe Englisch gelernt, denn als Diplomat wäre es ja komisch gewesen, wenn ich nur Deutsch gesprochen hätte. Einen gefälschten Diplomatenpass habe ich mir selbst erstellt.

Am 4. Mai 1962 habe ich meinen Führerschein gemacht, am 8. Mai bin ich mit einem gemieteten Chevrolet nach Ost-Berlin gefahren, um meine Eltern abzuholen. Das war meine erste Fahrt: Ich hatte es nicht ausprobiert, aber bin ohne Probleme mit meinem Pass über die Grenze gekommen. Meine Eltern wussten zwar, dass ich ihre Flucht vorbereiten würde, wussten aber nicht, wie und wann sie stattfinden würde. Ich habe einfach bei ihnen geklingelt und meine Mutter hat aufgemacht. Ich bin hinter ihr her mit in die Küche gelaufen, wo meine Eltern gerade beim Essen waren. Ich weiß noch, dass meine Mutter ganz ruhig ihre Schürze abgenommen hat und sie und mein Vater, ohne viel zu sagen und ohne den Tisch abzuräumen, hinter mir hergelaufen sind, zurück zum Auto. Die Nachbarn sollten natürlich nicht mitkriegen, was los war, also haben meine Eltern, genau wie ich damals, nichts mitgenommen.

So sind wir zurück zur Grenze gefahren. Ich hatte einen schwarzen Anzug mit weißem Hemd und Krawatte an, meine Eltern saßen als angebliches Diplomaten-Ehepaar auf dem Rücksitz. Als wir an der Grenze ankamen, mussten wir durch drei Grenzkontrollpunkte. Wir brauchten nicht auszusteigen und das einzige, was ich tun musste, war, die drei Pässe – die Pässe für meine Eltern hatte ich auch über Bekannte geregelt – aus dem Fenster rauszureichen. Das ging alles gut: Drei Mal wurden wir durchgewunken und dann ging der Schlagbaum ohne Probleme auf. Wir waren im Westen! Es war alles sehr spannend, aber ich habe nicht gezittert und war sehr ruhig und konzentriert. Angst nimmt einem die Fähigkeit klar zu denken, also war Angst einfach keine Option.

Meine Eltern waren jetzt zwar im Westen, aber viele meiner Freunde von der Jungen Gemeinde und andere Bekannte waren noch im Osten. Sie waren, genauso wie ich, von ihren Bildungschancen abgeschnitten und ich wollte ihnen helfen. Mit denen habe ich es genauso gemacht wie mit meinen Eltern. Ich habe nie einen Zeitpunkt ausgemacht, also wussten sie nie, wann ich sie genau abhole. Ich hatte nämlich die Angst – oder sagen wir, die Sorge –, dass ich irgendwie verraten werde. Natürlich ist es manchmal passiert, dass ich irgendwo hingefahren bin und derjenige nicht zu Hause war. In dem Fall habe ich es einen Monat später nochmal versucht und dann hat es auch immer geklappt.

Was außerdem ein spannender Faktor war, war, ob ich am Tag der Flucht auch wirklich einen passenden Leihwagen finden würde. Um nicht zu sehr aufzufallen, habe ich jedes Mal versucht, ein anderes Auto bei einer anderen Firma zu mieten, aber natürlich gab es damals nicht viele Firmen, die große schwarze Limousinen im Angebot hatten. Aber irgendwie hat auch das immer funktioniert. Zwischen Mai 1962 und November 1963 habe ich 50 Freunden und Bekannten geholfen, in den Westen zu flüchten.

Ich habe immer gewusst, dass ich das Risiko eingehe, geschnappt zu werden. Im Osten, aber auch im Westen, denn auch da war die Stasi aktiv. Bis Mitte der Sechziger wurden viele Menschen durch die Stasi und den sowjetischen Geheimdienst, den KGB, aus dem Westen in den Osten entführt. Oft waren das Menschen, die aus dem Osten geflüchtet waren und sich in irgendeiner Weise gegen das DDR-Regime widersetzt hatten – Menschen wie ich. Es war also sehr wichtig, dass keiner wusste, wie ich heiße. In meinem Studentenzimmer gab es zum Beispiel keine Zettel, auf denen mein Name stand, und in Fachbücher habe ich niemals persönliche Informationen reingeschrieben. Wenn ich Briefe bekommen habe, in denen mein Name vorkam, habe ich den Teil immer sofort rausgeschnitten. Was ich damals nicht wusste, aber später in meiner Stasi-Akte erfahren habe, ist, dass ich schon sehr schnell gesucht wurde. Wenn im Osten jemand ‚verschwand', wurde das ja irgendwie registriert. Die Stasi wusste zwar nicht, wer ich war, wusste aber, dass es jemanden gab, der als Diplomat verkleidet einer großen Gruppe von Ost-Berlinern zur Flucht verhalf. Mein Deckname war ‚der Adler' und alles drehte sich darum, den Adler zu fangen.

Sie haben versucht, mir eine Falle zu stellen. Ein Mann, von dem ich gefälschte Pässe bekam, hat mich irgendwann gebeten, seine Verlobte aus dem Osten rüberzubringen. Sie wohnte in Halle und wir hatten abgemacht, dass ich sie in Ost-Berlin abhole. Sie hatte einen Freund gebeten, sie von Halle nach Ost-Berlin zu begleiten, aber was sie nicht wusste, war, dass dieser sogenannte Freund ein inoffizieller Mitarbeiter[13] der Stasi war: ‚IM Giesbert' wurde er in meinen Stasi-Akten genannt. Die Stasi wusste durch diesen IM Giesbert von unseren Fluchtplänen und hat die Frau verfolgt. Sie wussten zwar nicht, wo wir uns genau treffen, aber dafür brauchten sie sie ja nur zu beschatten. Sobald sie mich im Visier hatten, haben sie mich mit mehreren Autos verfolgt. Ich bin durch ganz Ost-Berlin gefahren und sie waren pausenlos hinter mir her. Sie hätten mich fast gehabt und hätten nur noch schießen brauchen, aber ich bin gerade so entwischt und habe es zurück in den Westen geschafft. Der Adler war wieder weggeflogen.

In meinen Stasi-Akten las ich später, dass sie zu dem Zeitpunkt schon rausgefunden hatten, dass ich Spiller heiße. Sie haben Fahndungen mit meinem Bild an allen Grenzübergängen gehabt, damit

13 Inoffizielle Mitarbeiter (IM) waren freiwillige oder erzwungene Informanten, die nicht offiziell bei der Stasi angestellt waren. Das IM-Netzwerk war das Fundament der Beobachtungsaktivitäten. So musste ein IM beispielsweise auf der Arbeit oder in seinem Freundeskreis darauf achten, wer die Partei kritisiert oder wer Fluchtpläne hat. Manchmal handelte ein IM aus politischer Überzeugung. Oft aber bekam er Berufschancen, Luxusprodukte oder eine schönere Wohnung als Gegenleistung für seine Dienste. Weigerte er sich, konnte es sein, dass er nicht studieren durfte oder dass sein Sohn wegen des Besuchs eines verbotenen Punkkonzertes inhaftiert wurde. Schätzungsweise ein Drittel der Menschen ging nicht auf das Angebot ein. Ende 1989 gab es etwa 189.000 IMs.

ich dort verhaftet werden konnte. Später habe ich rausgefunden, dass sogar meine eigene Schwester Informationen über mich an die Stasi weitergeleitet hat. Irgendwann habe ich ein Paket für sie in Ost-Berlin bei der Post aufgegeben. Ich habe das ganz bewusst im Osten gemacht, weil ich wusste, dass Pakete aus dem Westen streng kontrolliert und auch geplündert wurden. Es war gut gemeint von mir, aber letzten Endes hat mir dieses Paket das Genick gebrochen. Die Stasi wusste dadurch, dass ich regelmäßig im Osten war und konnte eins und eins zusammenzählen.

Zum Glück habe ich mit der Fluchthilfe aufgehört bevor sie mich schnappen konnten. Die ganze Sache hat mich sehr erschöpft und krank gemacht. Außerdem wollte ich mich völlig meinem Studium widmen. Ich wollte die Bildung nachholen, die die DDR mir verweigert hat. Das mache ich auch heute noch. Ich sitze nicht vor dem Fernseher, sondern beschäftige mich gerne mit der Kultur, Politik und Wirtschaft anderer Länder.

Nachdem ich erfahren habe, dass meine eigene Schwester mich hintergangen hatte und ich in Ost-Berlin verfolgt wurde, wusste ich lange Zeit nicht mehr, wem ich vertrauen konnte. Ich habe Kontakte zu Freunden und Verwandten, auch hier im Westen, abgebrochen, weil ich bei allen dachte: Das könnte auch ein Spitzel sein. Wenn ich zu irgendeiner Feier eingeladen wurde, habe ich mich nicht gemeldet oder bin einfach nicht hingegangen. Das ist natürlich nicht gut, aber ich habe jedem misstraut. Seit der Wende ist das besser geworden, aber man findet mich bis heute nicht im Telefonbuch. Die Zeit damals hat bei mir Spuren hinterlassen.

Ich habe noch Kontakt mit meiner Schwester, aber wir sprechen eigentlich hauptsächlich über alltägliche Sachen. Das ist auch besser so, glaube ich. Meine Schwester ist der Meinung, dass in der DDR alles besser war. Es gibt ja viele, die so denken. Zehn Jahre nach der Wende war ich mal auf einer Gartenparty in Brandenburg, bei der viele ehemalige Stasi-Mitarbeiter waren. Die standen da im Garten mit einem Glas Sekt und haben sich darüber unterhalten, wie bei einer neuen Gemeindegliederung das eine Dorf mit dem anderen zusammengelegt werden konnte. ‚Und dann kriegst du einen Dezernentenposten', sagten sie zueinander, ‚und du auch.' Die haben wirklich auf dieser Party ihre Posten verteilt. Dass ich genau daneben stand und alles mitbekommen habe, hat die gar nicht gestört. Ich konnte in der Nacht nicht schlafen.

In Ost-Berlin bin ich immer noch nicht gerne. Ich war eine Zeit lang bei einer Institution tätig, die nach Ost-Berlin verlagert werden sollte. Ich habe daraufhin einen Brief an die Verantwortlichen und staatlichen Stellen geschrieben und erklärt, dass ich nicht durch die Straßen gehen möchte, durch die mich die Stasi gejagt hat und in denen sie auf mich geschossen hat. Die Verlegung wurde abgeblasen. Gut durchgekämpft habe ich mich ja immer schon."

Nach dem Mauerbau fanden DDR-Bürger immer kreativere Wege, um von Ost nach West zu gelangen. Sie benutzten gefälschte Pässe, schwammen durch die Spree oder buddelten einen Tunnel. Es wurden schätzungsweise 70 Tunnel gebaut, die meisten von West nach Ost. Hunderte von DDR-Bürgern gelang so die Flucht, aber eine vergleichbare Zahl wurde während des Tunnelbaus oder der Flucht verhaftet. **Joachim Rudolph (1938)** *hat den bekannten „Tunnel 29" in der Bernauer Straße mit gegraben.* **Evi (1941)** *war die erste von 29 Ost-Berlinern, die durch den Tunnel in den Westen gekrochen sind.*

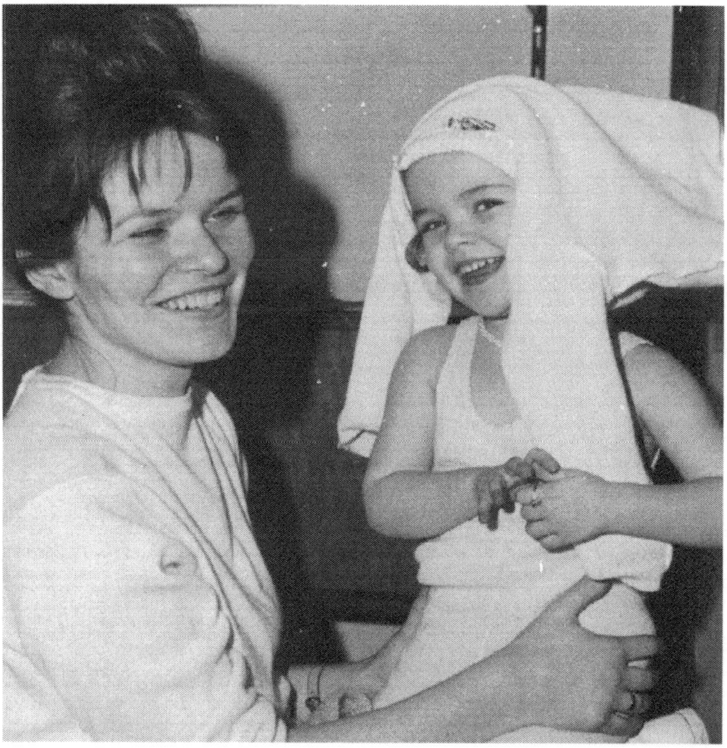

Joachim: Vor der Grenzschließung am 13. August 1961 konnten wir Ost-Berliner unkontrolliert von Ost-Berlin nach West-Berlin gehen oder fahren. Wenn wir keine großen Pakete oder Koffer dabei hatten, die so aussahen, als würden wir nicht zurückkommen, ließ die Grenzpolizei uns ganz unproblematisch durch. Wir sind zum Beispiel regelmäßig mit dem Fahrrad rübergefahren und ins Kino gegangen, wo wir als Ost-Berliner große Vorteile hatten. Die West-Berliner mussten für eine Vorstellung eine West-Mark bezahlen und wir durften für eine Ost-Mark rein. Weil eine West-Mark damals aber vier Ost-Mark gekostet hat, konnten wir uns genau dieselbe Vorstellung für weniger Geld anschauen. Es war ein schöner Gedanke, dass wir immer nach West-Berlin konnten und da auch so lange bleiben durften, wie wir wollten.

Joachim: Am Wochenende vom 13. August 1961 war ich mit ein paar Freunden auf einem Campingplatz auf Rügen. Irgendwann wurde über die Lautsprecheranlage kundgetan, dass in Berlin die Grenzen geschlossen seien und dass wir jetzt ungestört den Sozialismus aufbauen könnten, ungehindert von den bösen Kapitalisten, den Saboteuren, den Kriegstreibern. Es würde jetzt nicht mehr lange dauern, bevor das sozialistisch-kommunistische System das westliche System überholte. Das wäre die Zukunft für Deutschland und so weiter und so fort. Zwischen den Ansagen wurde immer diese Marschmusik gespielt.

Evi: Man hat einfach ein ganzes Volk eingesperrt.

Joachim: Wir konnten es uns aber noch gar nicht vorstellen und haben gedacht: Ja ja, lass die mal reden, wir feiern schön weiter. Ein paar Tage später kam aber wieder ein Bericht und es wurde erzählt, dass sie angefangen haben, das Brandenburger Tor zuzumachen. Zwei Freunde von mir wohnten im Prenzlauer Berg in Ost-Berlin, haben aber in West-Berlin studiert.[14] Als sie diesen Bericht gehört haben, wollten sie nach Hause, um mit eigenen Augen sehen zu können, ob die Grenze wirklich zu war. Wir haben unsere Sachen zusammengepackt und sind mit dem Auto nach Berlin zurückgefahren. Wir sind abends im Dunkeln angekommen und sind sofort zur Grenze gefahren. Da stand ein Grenzschild, auf dem stand: ‚Sie verlassen jetzt den demokratischen Sektor von Berlin.' Damit war also Ost-Berlin gemeint,

14 Bis zum Mauerbau war es möglich, in Ost-Berlin zu leben und an einer West-Berliner Universität zu studieren.

West-Berlin war ja der kapitalistische Sektor. Vollkommen absurd, aber so war es. Wir haben fünf Grenzsoldaten mit einem Stahlhelm auf dem Kopf und einer Kalaschnikow um den Hals gesehen. ‚Was macht ihr hier?' haben sie uns angebrüllt. ‚Ihr habt hier nichts zu suchen!' Wir sind schnell nach Hause gefahren und haben uns am nächsten Abend wieder getroffen. ‚Was machen wir denn jetzt?' haben wir zueinander gesagt. ‚Was haben wir denn für Möglichkeiten?' Die Grenzen waren geschlossen und wurden immer strenger bewacht. Meine zwei Freunde wussten, dass sie ihr Studium in West-Berlin nicht hätten weiterführen können. Sie wussten auch, dass sie nicht ohne Weiteres an einer Ost-Berliner Universität zugelassen werden würden, weil sie im ‚bösen' Westen studiert hatten. Wir haben an dem Abend keine Lösung gefunden.

Am 1. September, also zwei Wochen nach dem Bau der Mauer, bin ich nach Dresden zurückgefahren, wo ich damals studiert habe. In der Tageszeitung, die ich abonniert hatte, stieß ich auf ein Foto von Häusern mit einer großen Antenne auf dem Dach. Die Antennen haben Richtung Westen gezeigt, um West-Radio und -Fernsehen empfangen zu können.[15] Der Bezirk Dresden wurde damals das Tal der Ahnungslosen[16] genannt, weil es durch die Lage in einem Tal kaum West-Empfang hatte. Die abgebildeten Häuser standen aber am Stadtrand, der etwas höher lag: Mit einer großen Antenne Richtung Westen hatten die Leute dort tatsächlich Empfang. Neben dem Bild stand der Name der Bewohner und ihre Adresse, mit der Aufforderung, sie sollten doch bitte so schnell wie möglich die Antenne zu einem DDR-Sender drehen. Falls sie Probleme damit hätten, würde eine FDJ-Truppe gerne mit anpacken. Das und viele andere Dinge, die sich nach

15 ARD-Sendungen wurden über den Fernsehturm Sender Ochsenkopf in Bayern übertragen. Durch die Ausrichtung der Antenne in westliche Richtung, konnten die Bewohner am Stadtrand von Dresden Westfernsehen empfangen. Eine nach Westen gewandte Antenne wurde auch als „Ochsenkopf" bezeichnet.

16 In diesem Gebiet konnten kaum Fernseh- und Radiosender aus Westdeutschland empfangen werden. Die Bewohner waren sich daher der Nachrichten weniger bewusst.

der Grenzschließung verändert hatten, fand ich so extrem und erschreckend, dass ich am nächsten Morgen den Entschluss gefasst habe, mein Studium aufzugeben.

Ich bin nach Ost-Berlin zurückgefahren, um zusammen mit meinen Freunden einen Weg zu finden, in den Westen zu gelangen. Wir kamen auf die Idee, jeden Tag mit dem Fahrrad an einem Teil der Grenze entlangzufahren. So wollten wir einen passenden Fluchtweg ausfindig machen. Wir haben im Süden von Berlin begonnen und sind an der Grenze entlang Richtung Norden gefahren. Die Grenze wurde aber schon so streng bewacht, dass wir keine sichere Ecke mehr gefunden haben. Wir haben uns dann eine andere Strategie überlegt und wollten West-Berlin nicht mehr von Ost-Berlin aus erreichen, sondern von dem ostdeutschen Umland aus.

Wir sind sozusagen außen rum Richtung West-Berlin gefahren, bis wir Schilder sahen, auf denen stand: ‚Grenzgebiet, betreten verboten'. Wir haben die Schilder einfach ignoriert und kamen irgendwann an eine große Wiese, wo wir in der Ferne Traktoren sahen. Mein Freund, der Kraftfahrzeugschlosser gelernt hat, sagte sofort: ‚Das sind westdeutsche Traktoren.' Das war also der Westen, den wir dort sahen. Durch das Fernglas, das wir dabei hatten, entdeckten wir einen Wachturm. Die Grenzsoldaten schauten mit ihren Ferngläsern genau in unsere Richtung. Es war super Wetter ohne auch nur eine Wolke am Himmel, also wir wussten sofort, dass sie uns gesehen hatten. Wir haben uns schnell wieder auf unsere Fahrräder gesetzt und sind nach Hause gefahren.

Trotz der Soldaten fanden wir die Ecke sehr geeignet zum Flüchten. Wir trafen uns jeden Abend in einer Kneipe, um zu besprechen, ob der richtige Zeitpunkt gekommen war. An einem der Abende zogen dunkle Wolken auf. ‚Ok, heute Abend geht es los', sagten wir zueinander. Wir sind schnell nach Hause gegangen und haben unsere wichtigsten Sachen – Ausweise, Zeugnisse – geholt. Um mehr mitnehmen zu können, haben wir zwei Paar Hosen übereinander getragen und natürlich haben wir unsere dunkelsten Klamotten angezogen. Danach haben wir uns mit einem Freund von mir getroffen, der angeboten hatte, uns mit dem Auto zu der Stelle zu bringen. Wir sind nördlich in die DDR reingefahren und mussten unsere Personalausweise zeigen. Zum Glück haben die Grenzsoldaten nicht in unser Auto reingeschaut. Wenn sie gesehen hätten, was wir alles anhatten, wäre das schon auffällig gewesen.

Mein Freund hat uns abgesetzt und wir haben uns sofort ins Gras geworfen. Gegen 23 Uhr sind wir los gekrochen. Ganz, ganz langsam, damit keiner uns hört. Nach ein paar Stunden waren wir beim Tegeler Fließ. Irgendwo dahinter hatten wir die Traktoren gesehen, aber an einem Grenzzaun waren wir noch nicht vorbeigekommen: Wir mussten also noch im Osten sein. Wir sind in den Fluss gestiegen, aber die Strömung war an der Stelle sehr stark. Das Wasser plätscherte gegen unsere Beine und auf einmal hörten wir ein lautes Geräusch. Es hat sich angehört wie Schüsse aus einer Maschinenpistole und wir haben uns wahnsinnig erschrocken. Zum Glück war uns schon nach ein paar Sekunden klar, dass es nur ein Schwarm schlafender Gänse war, die sich von uns gestört fühlten. Deren Flügelschläge und Geschnatter machten unglaublich viel Krach. Wir haben kurz überlegt wieder umzudrehen, aber da wir schon so weit gekommen waren, haben wir uns dagegen entschieden. Wir sind auf der anderen Seite aus dem Fluss gekrochen und sind in geduckter Haltung ein Stück gerannt. Wir sahen immer noch kein Grenzschild und keinen Zaun, hatten aber trotzdem das Gefühl, dass wir in West-Berlin waren. An der Stelle, an der wir die Traktoren gesehen hatten, waren wir nämlich schon vorbei.

Gegen fünf Uhr morgens wurde es langsam hell. Wir kamen in ein Dorf und erreichten den Dorfplatz. Da stand ein Haus mit einem blauen Fenster, hinter dem ein junger Mann saß. Er döste vor sich hin und kam sofort raus, als er uns bemerkte. Er fragte uns, wo wir herkamen und wir haben erstmal nur gestottert, weil wir ja nicht sicher wussten, ob wir schon im Westen waren. Der Mann sagte nur: ‚Ihr habt es geschafft, ihr seid in West-Berlin.' Wir sind uns um den Hals gefallen und waren unfassbar glücklich.

Weil wir uns nicht sicher waren, was zu tun ist, sind wir danach relativ schnell zur Polizei gegangen. Wir fragten die Polizisten, wie es denn sein konnte, dass wir überhaupt keinen Stacheldrahtzaun passiert hatten. Sie erzählten uns, dass der Boden in Flussnähe so sumpfig war, dass der Zaun sich immer wieder geneigt hatte. Die Armeeführung hatte daraufhin ungefähr alle 25 Meter den alten Zaun durch einen neuen Zaun mit längeren Pfosten ersetzt. Zufälligerweise hatten wir gerade den Abschnitt erwischt, der an dem Tag weggenommen und noch nicht ersetzt worden war. Wir hatten ein Riesenglück.

Evi: Ich wohnte zu der Zeit in Ost-Berlin und Joachim und ich kannten uns noch nicht. 1960 habe ich Peter geheiratet und 1961 wurde die Tochter geboren. Ich arbeitete, wie gesagt, in der Universitätsbibliothek und alles lief seinen sozialistischen Gang. Bis der 13. August 1961 kam, der Tag, an dem meine Tochter getauft wurde und es auf einmal eine Mauer gab. Mein Mann hat sofort Panik bekommen. Er studierte in West-Berlin an der Kunsthochschule und konnte da auf einmal nicht mehr hin. Er wurde sehr unruhig und sagte irgendwann: ‚Ich muss hier raus.' Mit dem Gedanken, eingesperrt zu sein, konnte er nicht gut umgehen. Weihnachten 1961, ein paar Monate nach dem Mauerbau, waren zwei Italiener aus West-Berlin bei uns zu Besuch. Gigi war ein Studienfreund von Peter und Mimmo war wiederum ein Freund von Gigi. Peter erzählte den beiden, dass wir gerne in den Westen wollten, aber dass es mit einem kleinen Kind schwierig war. Man hat von Leuten gehört, die auf eine S-Bahn sprangen oder mit einem Lkw durch die Mauer brachen, aber das kam für uns alles nicht in Frage. Wahrscheinlich hatten Gigi und Mimmo irgendwas von Plänen, einen Fluchttunnel zu bauen, mitbekommen, denn noch während des Besuches sagten sie: ‚Wir bauen euch einen Tunnel.'

Joachim: Sie hatten aber gar keine Ahnung, wie man einen Tunnel baut und sprachen kaum Deutsch. Sie wussten, dass sie Hilfe brauchten und haben einen deutschen Studenten aus dem Nachbarzimmer überredet mitzumachen. Das war Wolf. Wolf war ein

Bekannter von mir, aber ich hatte zu dem Zeitpunkt noch nichts mit der Sache zu tun. Die Italiener und Wolf sind durch ganz Berlin gefahren, um eine geeignete Stelle zu suchen und haben sich schließlich für die Bernauer Straße entschieden. Weil die Staatsgrenze der DDR entlang der Bernauer Straße lief, kamen Touristen aus der ganzen Welt her, um sich die absurde Situation anzuschauen. Es waren sogar Podeste aufgebaut, auf die man raufsteigen konnten, um nach Ost-Berlin zu blicken. Für einen Fluchttunnel war die Ecke also sehr unerwartet. Dass sie sich trotzdem dafür entschieden haben, hatte damit zu tun, dass die meisten Tunnel im Süden von Berlin gebuddelt wurden. Die Stasi war aber dahintergekommen und danach wurde der Teil der Stadt sehr streng bewacht.

Die Italiener sind die ganze Bernauer Straße entlanggelaufen und kamen irgendwann zur Bernauer Straße 78. Da haben sie Kontakt zum Eigentümer hergestellt und haben ihn gefragt, ob es im Haus auch einen Keller gäbe. Sie behaupteten, sie wollen Musik machen, aber der Eigentümer fing schon schnell an zu grinsen: ‚Jetzt hört mal auf, diese Märchengeschichte zu erzählen.' Es stellte sich heraus, dass er eine kleine Fabrik in Magdeburg gehabt hatte. Als 1956 und 1957 die landwirtschaftlichen Betriebe enteignet wurden[17], hatte er seine Fabrik verloren und war nach West-Berlin gezogen. Er hatte dadurch diese typische Haltung, die Leute in der DDR, deren Eigentum geklaut wurde, oft hatten. ‚Ihr seid genau beim Richtigen', sagte er. ‚Ihr könnt die Kellerräume benutzen und so viel Strom und Wasser nutzen, wie ihr braucht.'

Der Plan war, den Tunnel so zu graben, dass er in der Rheinsberger Straße in Ost-Berlin wieder herauskommt. Die Rheinsberger Straße war eine zweite Parallelstraße zur Bernauer Straße und dort wohnte ein Bekannter von den Italienern, der übrigens nichts von den Plänen wusste. Um diesen Abstand überbrücken zu können, musste der Tunnel 185 Meter lang werden, viel länger

17 Die Zwangsenteignung und Kollektivierung von (Agrar-)Unternehmen in der DDR trug dazu bei, dass ehemalige Eigentümer in den Westen zogen.

als alle bisherigen Tunnel zu der Zeit, die nur 20 oder 25 Meter lang waren. Die Italiener waren ganz euphorisch und sagten sich: Mensch, lass uns einfach anfangen, wir schaffen das schon irgendwie. Im Januar oder Februar haben sie mich gebeten mitzuhelfen.

Wir haben zu fünft angefangen: die zwei Italiener, Wolf, ich und ‚der Lange', einer der Freunde, mit denen ich geflüchtet war. Nach eins, zwei Wochen kam Hasso dazu, der als studentische Hilfskraft bei einer Friedhofsgärtnerei arbeitete. Das war praktisch, denn wir hatten ja nichts. Wir sind nachts zum Friedhof gefahren, sind über das Tor geklettert und haben uns Schubkarren, Spaten und solche Sachen geholt. Die standen da einfach in der Ecke. Geld haben wir über Peter und Evi, die ich zu der Zeit noch nicht kannte, bekommen. Peters Mutter wohnte in Ost-Berlin, hatte aber noch ein Konto in West-Berlin, auf dem 3.000 West-Mark drauf waren. Sie wollte uns das Geld gerne für den Tunnelbau schenken, aber wir konnten das ja nicht einfach so bei der Bank abholen. Peters Mutter hat deshalb eine Vollmacht in eine Zigarette gerollt, die einer der Italiener abgeholt und mit in den Westen genommen hat. Das Geld haben wir hauptsächlich in einen VW-Bus investiert, mit dem wir das gesamte Holz zum Abstützen des Tunnels zum Keller gebracht haben. Außerdem haben wir damit die Tunnelbauer abgeholt und wieder weggebracht, damit nicht immer vier junge Männer zur gleichen Zeit rein- und rausgelaufen sind. Das wäre viel zu auffällig gewesen.

Wir haben im regelmäßigen Wechsel gegraben. Zu Anfang haben wir abends angefangen und die Nacht durchgearbeitet. Danach sind wir zwei Tage zur Uni gegangen, danach haben wir wieder eine Nacht gegraben. Wir haben dann aber ganz schnell festgestellt, dass wir nicht mehrere Monate, sondern mehrere Jahre brauchen, wenn wir in dem Tempo weitermachen. Wir haben alle in unserem Verwandten- und Freundeskreis gefragt und so kam noch der eine oder andere dazu. Dadurch konnten wir rund um die Uhr graben und in der letzten Phase haben wir immer in zwei Schichten von zwölf Stunden gearbeitet.

Zuerst haben wir den Betonfußboden aufgemeißelt und einen Schacht gegraben. Weil es kein Sandboden, sondern Lehmboden war, war das richtig schwierig. Wir haben den Tunnel 85 bis 90 Zentimeter hoch und 70 bis 75 Zentimeter breit gemacht und haben ihn alle ein, zwei Meter mit Holz abgestützt. So haben wir uns langsam vorgearbeitet. Als wir laut unseren Messungen genau unter der Mauer waren, haben wir das Grenzschild bei Checkpoint Charlie nachgemacht: ‚Jetzt verlassen Sie den amerikanischen Sektor von Berlin.' Das war eine großartige Aktion.

Im Mai 1962 lief es plötzlich schief. Wir waren genau unter den Häusern der Bernauer Straße, als wir plötzlich merkten, dass das Holz, mit dem wir die Tunneldecke abgestützt hatten, feucht wurde. Wir haben uns erst keine großen Sorgen gemacht, bis es auf einmal anfing zu tropfen und der Wasserstrahl immer stärker wurde: Durch unsere Graberei und die Erschütterungen der Straßenbahn war ein Trinkwasserrohr gebrochen. Wir haben uns eine Handpumpe besorgt, das Wasser rausgepumpt und weitergearbeitet, aber es hörte nicht auf. Das Wasser lief ganz nach vorne, weil der Tunnel da etwas tiefer war. Einer von uns kam dann auf die absurde Idee, zu den Berliner Wasserwerken zu gehen. Er meinte, dass wir einfach zu einem höheren Beamten hingehen sollten, denn vielleicht war er auch ein typischer West-Berliner mit einer ausgeprägten Anti-Haltung gegen alles, was mit der DDR zu tun hatte. Zwei von uns sind dann wirklich hingegangen und haben klipp und klar gesagt, dass wir einen Tunnel unter der Bernauer Straße bauen und Hilfe brauchen. ‚Ok, Jungs, ich werde euch helfen', hat der Typ gesagt.

Nach ein paar Tagen kam tatsächlich ein Bautrupp, um das gebrochene Rohr zu reparieren. In den anschließenden Wochen haben wir das ganze Wasser rausgepumpt und mit einem großen Ventilator die Feuchtigkeit rausgeholt, aber leider ging es nach ein paar Wochen wieder los. Wir mussten also schnell feststellen, wo wir genau waren, denn vielleicht konnten wir schon einen Ausgang für den Tunnel graben. Laut den Vermessungen waren wir unter der Schönholzer Straße, genau genommen unter der

Nummer 7. Die Westseite dieser Straße wurde streng bewacht, weil sie sehr dicht an der Grenze lag. Die Leute, die da wohnten, mussten immer ihren Ausweis vorzeigen und durften keinen Besuch bekommen. Die Gefahr bestand nämlich, dass der Besuch auf das Dach gehen würde – die Dächer waren alle verbunden – und auf die Dächer der Bernauer Straße laufen würde. Wären sie da in ein Sprungtuch gesprungen, wären sie im Westen gewesen. Die Hausnummer 7 lag aber auf der anderen Straßenseite, auf der Ost-Seite. Die Seite wurde nicht so streng bewacht, aber natürlich hatten die Grenzsoldaten auch diese Straßenseite im Blick. Es war also ein Risiko, den Tunnel in der Schönholzer Straße hochkommen zu lassen, aber durch das ganze Wasser hatten wir keine andere Wahl.

Wir haben einen Termin festgelegt – den 14. September 1962 – und haben sofort begonnen, die Flüchtlinge zu benachrichtigen. Am Fluchttag sollten sie in eine Gaststätte in der Brunnenstraße, einer großen Querstraße von der Bernauer Straße, kommen. Da sollten sie auf ein Zeichen warten, dass der Tunnel offen ist. Am 14. sind wir, wie abgemacht, mit ein paar Tunnelbauern in den Tunnel gekrochen und haben den Durchbruch gemacht. Das hat alles gut geklappt, aber natürlich mussten wir erstmal feststellen, ob wir auch wirklich in der Hausnummer 7 waren. Als gerade niemand zu hören war, bin ich aus dem Keller geschlüpft und vor die Haustür gegangen. Ich sah überall Stacheldraht und Armeeleute, die gerade ein paar Bewohner kontrollierten. Ich bin schnell ein Stück nach vorne gelaufen und sah zum Glück ein Schild mit der Nummer 7.

Evi: Von Ellen, der Freundin von einem der Italiener, hatten wir zwei Adressen bekommen: die Adresse der Kneipe, in der wir warten sollten, und die Adresse von dem Haus, in dem der Einstieg sein sollte, die Schönholzer Straße 7. Am frühen Nachmittag am 14. September 1962 sind wir los: mein damaliger Mann Peter, seine Mutter und meine Tochter, die ein Jahr und fünf Monate alt war. Wir kamen in einer typischen Berliner Eckkneipe an. Es war Freitag, die ganze Kneipe war also voll mit Arbeitern, die gerade ihren Lohn gekriegt hatten. Ich hatte mir noch ein Kostüm nähen lassen und hatte meine neuen Festschuhe an, also sahen wir schon etwas anders aus. Wir wussten nicht wirklich, was wir machen sollten und haben uns erst einmal zwischen diese ganzen Arbeiter gesetzt. Nach einer halben Stunde kam noch ein gut gekleidetes Ehepaar mit einem kleinen Kind rein. Das war die Schwester von Hasso, der auch mitgegraben hat, aber das wussten wir nicht. Wenn damals die falsche Person durch das Fenster geguckt hätte, hätte sie bestimmt gesagt: ‚Was macht ihr denn hier? Zeigt eure Ausweise!'

Mit Ellen hatten wir ausgemacht, dass sie in die Kneipe kommt und eine Schachtel Streichhölzer kauft, wenn der Tunnel offen ist. Das machte sie und fünf Minuten später haben wir uns auf den Weg gemacht. Um nicht zu sehr aufzufallen, haben wir uns getrennt. Meine Tochter und ich sind um den einen Block herumgelaufen, mein damaliger Mann und seine Mutter um den anderen. Irgendwann standen wir vor der Nummer 7. Wir liefen durch den Hausflur in den Innenhof, wo sich schon schnell eine Kellertür öffnete. Im Dunkeln standen ein paar junge Männer, die uns in Empfang nahmen. Einer von ihnen war Gigi. Er flog Peter sofort um den Hals.

Joachim: Das ist einer der wenigen Momente in meinem Leben, die ich nie wieder vergessen werde. In dem Moment wusste ich, dass sich alles gelohnt hatte. Die schwere Arbeit, die Wassereinbrüche, das Auspumpen, dieser nasse Lehm: Das war es alles wert.

Evi: Ja, und dann ging's die Treppe runter, in den Keller rein. Einer der Männer hat uns zu dem Loch geführt und da sind wir fast wie von selbst reingerutscht. Der Tunnel war vollgelaufen mit Wasser, aber die Männer haben alles ganz toll organisiert. Der Tunnel war beleuchtet und Studenten haben mir das Kind abgenommen, damit ich besser kriechen konnte. Alles war voller Lehm und meine Knie waren schon schnell ganz kaputt, aber ich bin einfach immer weiter gerobbt. Meine schönen Schuhe habe ich verloren, die liegen heute noch irgendwo unter der Erde. Irgendwann kam eine Leiter und die bin ich hochgeklettert. Mimmo hat mich fest gepackt und mich auf eine Holzbank gesetzt. Da bin ich das erste und letzte Mal in meinem Leben in Ohnmacht gefallen. Als ich wieder zu mir kam, haben sie mir das Kind in die Arme gelegt und alles war wieder gut. Wenn sie uns damals geschnappt hätten, wären die Konsequenzen natürlich fürchterlich für mich gewesen. Republikflüchtlinge mussten sechs bis acht Jahre in den Knast und sie hätten mir mein Kind weggenommen. Ich habe das damals, glaube ich, alles verdrängt. Was blieb mir denn sonst übrig? Ich war 21 Jahre alt und hatte ein Kind. Ich konnte doch nicht einfach zu meinem Mann sagen: ‚Ich komme nicht mit, ich bleibe in Ost-Berlin'.

Joachim: Evi und ihre Familie waren die ersten Flüchtlinge. Sie kamen gegen 18 Uhr in den Keller und danach kamen, in einem Abstand von 15 Minuten, immer wieder zwei bis vier neue Leute. Als es 20 Uhr wurde, hat der Hauswart die Vordertür abgeschlossen. Die Flüchtlinge kamen dadurch nicht mehr ins Gebäude rein, also habe ich die Tür mit dem Werkzeug, das wir dabei hatten, wieder aufgemacht. Sobald ein weiterer Bewohner nach Hause kam, wurde die Tür aber wieder abgeschlossen. Es war ein Katz-und-Maus-Spiel: Ich bin an dem Abend bestimmt fünf Mal rausgegangen, um die Tür wieder aufzuschließen. Nachdem wir 29 Menschen durch den Tunnel geholfen hatten, haben wir aufgehört: Der Tunnel war bis zur Decke mit Wasser vollgelaufen. Unser Einstiegsloch in der Bernauer Straße haben wir wieder mit Lehm aufgefüllt, auf Ost-Berliner Seite haben wir es so gelassen. Zwei Wochen später wurde der Tunnel durch Pressemitteilungen aus West-Berlin und ein Absacken des Bürgersteigs der Schönholzer Straße von der Stasi entdeckt. Sie haben ihn daraufhin mit Beton gefüllt.

Evi: Joachim und ich haben uns zum ersten Mal beim Tunnel gesehen, aber da waren wir mit ganz anderen Sachen beschäftigt. Natürlich war er für mich sofort ein Held. Dass er immer wieder rausgegangen ist, um die Tür für die Flüchtlinge aufzumachen, fand ich unglaublich toll. Er war auch der einzige, der keinen rübergeholt hat. Seine Mutter und Schwester waren schon im Westen, also hat er es wirklich für andere getan. Das hat mich echt beeindruckt. Mein Typ war er aber eigentlich nicht, überhaupt nicht sogar.

Joachim: Evi und ich haben uns das zweite Mal auf einem Fest zu Ehren des Tunnels gesehen. Ich habe an dem Abend überhaupt nicht mit ihr gesprochen, aber dass sie schön ausgesehen hat, ist mir natürlich aufgefallen. Etwas später war ein Fest in einem Studentenwohnheim und da waren Evi und Peter auch. Wir haben uns unterhalten und miteinander getanzt, aber irgendwann ist sie natürlich wieder mit ihrem Mann nach Hause gegangen.

Evi: Peter war an dem Abend ein bisschen betrunken und hat sogar noch ein übertriebenes italienisches Lied gesungen. Irgendwann habe ich zu Achim gesagt: ‚Es tut mir leid, ich muss mich jetzt um meinen Mann kümmern.'

Joachim: Evi hat später einen Job an der TU in West-Berlin bekommen und ich habe da studiert. Wir haben uns ab und zu zum Mittagessen in der Mensa verabredet. Ja, da knisterte es schon ein bisschen.

Evi: Als ich gemerkt habe, dass ich mich langsam in Achim verliebe, habe ich den Kontakt abgebrochen. Ich wollte meine Ehe nicht aufs Spiel setzen und habe es Peter auch ganz ehrlich gesagt, aber er hat es nicht wirklich ernst genommen. Als Peter mit seinem Studium fertig war, mussten wir umziehen. Während des Umzugs ist er für einen Lithografiekurs nach Holland gefahren und hat mich einfach mit dem Kind allein gelassen. Tja, und dann hat Joachim mich angerufen.

Joachim: Genau, ich habe sie angerufen. Ich hatte mitbekommen, dass ihr Ehemann nicht da war und habe gefragt, ob ich ihr vielleicht beim Umzug helfen kann. Natürlich hatte ich gewisse Hintergedanken dabei. Jetzt sind wir schon 46 Jahre verheiratet.

Evi: Ich sage immer, was hat sich das Schicksal nicht alles einfallen lassen müssen, damit wir uns kennenlernen. Wie hätten wir uns denn sonst getroffen, wenn sie die Mauer nicht gebaut hätten? Es ist absurd, wie alles gelaufen ist. Völlig absurd. Die Mauer hat Leute auch zusammengebracht.

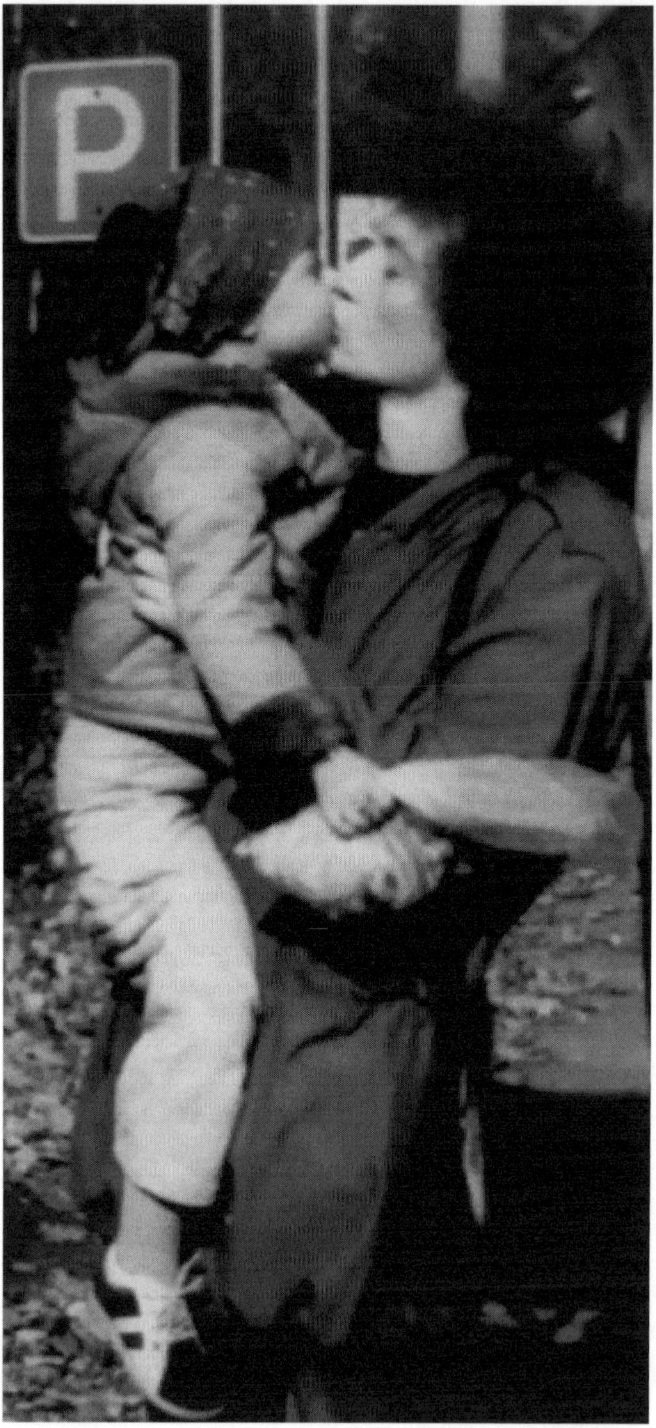
P

Nach dem Mauerbau nahm die Zahl der Flüchtlinge ab. Immer mehr Menschen versuchten, die DDR auf bürokratische Weise zu verlassen: Sie stellten einen Ausreiseantrag. Mitte der Siebzigerjahre erhielt der Staat mehrere tausend Anträge pro Jahr. Ende 1986 waren es fast 80.000, in den folgenden Jahren mehr als 100.000. Nicht alle Anträge wurden genehmigt. Manchmal wurden Menschen unter Druck gesetzt, ihren Antrag zurückzuziehen, manchmal wurden sie auch gesellschaftlich bestraft oder sogar verhaftet. Der Ausreiseantrag von **Valeria Steins**[18] **(1975)** *Vater wurde 1986 gewährt. Er lebte seitdem ein paar hundert Meter von ihr entfernt, war aber unerreichbar.*

„Meine Eltern waren erst 17 Jahre alt, als ich geboren wurde. Sie waren im Prinzip noch viel zu jung, aber es war für sie beide die erste große Liebe. Ich war ein Wunschkind, sie freuten sich von Herzen auf mich. Als sie 18 Jahre alt wurden, heirateten sie. Mein Vater wurde fast zeitgleich zur Armee einberufen und war dadurch anderthalb Jahre nicht zu Hause. Er feierte gern mit seinen Kameraden und natürlich – wie junge Männer so sind – bauten sie oft Mist. Der Ausgang nach Hause wurde ihm deshalb häufig gestrichen. Einmal passierte das, als meine Eltern auf eine Hochzeit eingeladen waren. Meine Mutter ging allein zu der Feier und lernte dort meinen Stiefvater kennen. Wäre mein Vater nach Hause gekommen, wäre das vermutlich nicht passiert. Sie war zu dem Zeitpunkt ja auch noch sehr jung, vielleicht gerade erst 19 Jahre alt. Als mein Vater irgendwann wieder nach Hause durfte, haben sie sich getrennt. Unsere Wohnung in der Kollwitzstraße im Prenzlauer Berg wurde von meiner Mutter geteilt. Mein Vater wohnte vorn, meine Mutter, mein Stiefvater und ich in den beiden hinteren Zimmern.

Die Trennung von meiner Mutter hat meinen Vater natürlich sehr verletzt. In dieser Zeit hat er versucht, sich das Leben zu nehmen. Als seine Vorgesetzten erfuhren, dass sich eine Familie trennen wird, haben sie sich sofort gekümmert und versucht, die Ehe zu retten. Einer der Offiziere ist zu meiner Mutter in die Kinderkrippe gefah-

18 Name geändert.

ren, in der sie damals ihre Ausbildung absolvierte. Er sprach mit ihr und versuchte sie zu überzeugen, denn sie hatten doch ein gemeinsames Kind, waren verheiratet und mein Vater versuchte, als Soldat für das Land da zu sein. Es war damals normal, dass der Staat sich als Beschützer der Ehe sieht, denn die Familie war in der DDR heilig. Meine Mutter konnten sie aber nicht überzeugen. Als ich etwa zwei Jahre alt war, haben meine Eltern sich scheiden lassen. Meine Mutter ist bei meinem Stiefvater geblieben. Sie haben zwei weitere Kinder miteinander bekommen und wir sind in eine andere Wohnung gezogen.

Mein Vater hat nach der Trennung reichlich neue Bekanntschaften geschlossen, war auf vielen Partys und hat sein Leben genossen. Er ist in der Wohnung in der Kollwitzstraße geblieben und ich habe ihn dort ab und zu besucht. Für mich war es total aufregend, bei ihm zu sein. Er hatte oft irgendwelche Freunde und deren Kinder zu Besuch, mit denen ich spielen konnte. Irgendwann habe ich verstanden, dass mein Vater auch immer wieder mit neuen Freundinnen zusammen war, die zum Teil auch selbst Kinder hatten. Mein Vater war ein besonderer Mensch. Er konnte sehr lustig und auch sensibel sein und hatte ganz lange, krause Locken. Es gab aber auch eine andere Seite an ihm. Er war oft cholerisch und hat die Meinungen anderer Menschen, insbesondere politische Meinungen, nicht immer akzeptiert. Er stritt dann häufig. Auch mit denen, die er eigentlich liebte. Aber als ich Kind war, fand ich meinen Vater einfach nur sehr cool.

Ich kann mich noch erinnern, dass an seiner Wohnungstür viele Aufkleber hingen, was zu Ost-Zeiten ungewöhnlich war. Auf einem der Sticker stand folgender Spruch: ‚Stell dir vor es ist Krieg und niemand geht hin.' Mein Vater hat mir viele gute Werte mitgegeben und beigebracht, dass die Welt in Frieden leben sollte, dass Krieg zerstört und dass Atombomben schlecht sind. Er stand politisch nicht hinter dem Staat und ich habe später gehört, dass er sich damals schon gemeinsam mit der Kirche für Ausreisewillige engagiert hat. Sie haben versucht, Leuten zu helfen, die in den Westen fliehen wollten. Irgendwann hat er selbst einen Ausreiseantrag gestellt, der 1986 bewilligt worden ist. Das muss im Februar gewesen sein, denn im März 1986 wurde meine zweite kleine Schwester geboren. Ich kann mich noch genau daran erinnern, dass meine Mutter mit meiner frisch geborenen Schwester aus dem Krankenhaus kam und mein Vater einige Wochen vorher gegangen war. Ich war damals elf Jahre alt.

Ich erfuhr erst kurz vor seiner Ausreise, dass mein Vater die DDR verlässt. Er kam mich noch ein letztes Mal besuchen und ich erinnere mich daran, dass meine Mutter uns im Kinderzimmer allein ließ. Wir haben uns auf mein Bett gesetzt und er hat mir ein Armband geschenkt, ein silbernes mit kleinen Anhängern. Leider habe ich es nicht mehr, es ist verschwunden. Er hat mir auch ein kleines Monchhichi-Äffchen aus dem Intershop[19] mitgebracht, das habe ich aber noch. Mein Vater hatte zwei Stück davon – eins in jeder Hand. ‚Tipp mal auf eine Hand', hat er zu meiner kleinen Schwester und mir gesagt. Ich habe auf die eine getippt, sie auf die andere und so bekamen wir beide einen Mini-Monchhichi. Danach sagte er, ich bräuchte mir keine Sorgen machen, weil er ja nicht wirklich weit weg sein wird: West-Berlin wäre ja ein Teil Berlins und ich solle mir vorstellen, dass er nur 150 Meter hinter der Grenze lebt. Wir könnten auch telefonieren und wenn ich später mal erwachsen bin, könnten wir uns vielleicht wiedersehen. Ja, so in etwa hat er das gesagt. In meiner Vorstellung war das natürlich alles ganz komisch, aber ich kann mich nicht erinnern, dass ich geweint habe. Man hat damals ja von vielen gehört, die in den Westen ausgereist sind, und irgendwie war es dann halt so. Bei uns vor der Tür saßen danach regelmäßig irgendwelche Leute im Auto, die unsere Wohnung beobachteten. Das lag bestimmt auch daran, dass die beste Freundin

19 In Intershops wurden Luxusprodukte aus dem Westen verkauft. Der erste Intershop wurde 1962 gegründet. Es waren hauptsächlich Zigaretten erhältlich, aber das Sortiment wurde schnell erweitert. Damit der Staat an West-Geld kommen konnte, konnte man in den Intershops nur mit West-Geld bezahlen. Ab 1979 konnten DDR-Bürger nur noch mit sogenannten Forumschecks bezahlen. Sie durften keine ausländischen Devisen mehr besitzen und mussten ihr West-Geld bei der Bank gegen Forumschecks eintauschen. Besucher aus anderen Ländern konnten ganz normal mit ausländischer Währung bezahlen.

meiner Mutter einen Mann aus dem Westen geheiratet hatte und später mit ihren Kindern ausgereist ist.

Im Februar 1987 haben meine Großeltern und ich meinen Vater in Prag getroffen. Als wir uns am Flughafen wiedersahen, habe ich vor Freude geweint. Das war einer dieser ‚Ooh, mein Papa!'-Momente. Ich war damals zwölf Jahre alt und mein Vater war erst 28 Jahre alt, also war er noch super jung. Er übernachtete in einem super schicken Hotel und saß dort gern in der Lobby auf der Couch und hat sich eine Pepsi bestellt. Ich staunte mit großen Augen, dass ihm die Pepsi mit einer Zitronenscheibe und einem Strohhalm serviert wurde. Vom Typ her begann er sich zu verändern. Er war kein cooler Friedenskämpfer mehr, sondern wurde langsam zu einem echten Wessi.

Ich habe in Prag mit meinen Großeltern zusammen in einer kleinen privaten Pension in irgendeinem Hinterhof geschlafen und war eigentlich mehr mit ihnen unterwegs, als Zeit mit meinem Vater zu verbringen. Als ich sie fragte, wo er denn sei, sagte Oma: ‚Naja, Papa schläft noch, er war gestern lange unterwegs.' Ich war natürlich sehr traurig, aber als Kind versteht man solche Situationen, glaube ich, erstmal nicht so in der Tiefe, sondern akzeptiert sie, wie sie sind. Erst Jahre später habe ich verstanden, dass er zwar in Prag war, um seine Eltern und mich zu sehen, aber dass ihn die abendlichen Partys und die schönen Frauen dort auch interessiert haben. Die Absurdität seiner Ausreise ist mir auch erst viel später wirklich klargeworden. Wer verlässt sein Kind und geht in ein anderes Land? Welcher Vater verlässt seine Tochter in dem Bewusstsein, sie vielleicht nie wieder zu sehen? Mein Vater hat es getan, er hat mich im Grunde genommen verlassen. Und das viele Male. Als er zur Armee ging und oft nicht nach Hause kam. Als er das Land verließ. Als er später heiratete und ich es erst Wochen danach durch eine Postkarte erfuhr.

An dem Abend, als die Mauer fiel, lag ich schon im Bett und habe geschlafen. Erst als ich in der Schule ankam, habe ich es mitbekommen. Auf dem Schulhof haben alle drüber gesprochen. Wir dachten uns: Heute ist alles egal, heute können wir machen, was wir wollen.

Wir haben uns dann dazu entschlossen, das erste Mal im Leben zu schwänzen. Nur die Streber und die ‚Roten' sind zum Unterricht gegangen, wir anderen sind zur Bornholmer Straße[20] gelaufen. Von unserer Schule aus waren das nur 15 Minuten oder so. Es waren viele Menschen an der Grenze, alle wollten rüber. Wir hatten in unserem Alter noch keinen richtigen Personalausweis, sondern nur unseren Pionierausweis. Die Grenzsoldaten waren aber sowieso völlig überfordert, die haben einfach alle so durchgelassen. Wir sind über die Bornholmer Brücke gelaufen und standen auf einmal auf der anderen Seite. Unglaublich, wir waren im Westen.

Wir haben uns aufgeteilt und ich war mit fünf anderen Mädchen in einer Gruppe. Eines der Mädchen begann zu weinen, weil sie Angst hatte, dass die Mauer wieder geschlossen werden könnte und wir dann für immer im Westen feststecken würden. Ich weiß noch, dass ich über diesen Umstand kurz nachgedacht habe, aber dann alle Zweifel wegwischte und sie beruhigte: ‚Du, das kann ich mir nicht vorstellen. Die können nicht die Kinder ohne ihre Eltern im Westen lassen.' Das hat sie überzeugt und dann sind wir einfach losgelaufen. Ich kann mich noch erinnern, dass ich mich umgeschaut habe und dachte: Hier sieht es ja genauso aus wie bei uns. Die Häuser waren so grau wie im Osten, da war scheinbar alles gleich. Da habe ich mich, jung und politisch unwissend wie ich war, schon verarscht gefühlt. In meiner Vorstellung sah es im Westen ganz anders aus. Ich kann nicht mehr genau beschreiben, was ich erwartet habe, aber es hatte definitiv etwas mit Reichtum, Überfluss und vielen bunten Farben zu tun.

Ich kannte die Anschrift meines Vaters: Tegeler Straße im Wedding. Wir haben einen West-Berliner nach dem Weg dorthin gefragt und er hat ihn uns beschrieben und erklärt, wir sollten die U-Bahn nehmen. Er schenkte uns einen Stadtplan und 20 Mark. Das war richtig nett. Er meinte, Fahrkarten bräuchten Ossis üblicherweise nicht zu kaufen. Wir sind dann zum U-Bahnhof Osloer Straße gelaufen und von dort aus zum Leopoldplatz gefahren. Da

20 Am Grenzübergang Bornholmer Straße überquerten am 9. November die ersten DDR-Bürger die Grenze zu West-Berlin.

haben wir uns weiter durchgefragt und standen nach kurzer Zeit vor dem Haus meines Vaters. Wir sind die Treppe hoch gepoltert und haben Sturm geklingelt. Die Tür ging erstmal nicht auf, aber es war ja auch ein Donnerstag um neun, halb zehn Uhr morgens: Die Menschen waren natürlich arbeiten. Daran habe ich gar nicht gedacht. Wahrscheinlich habe ich geglaubt, mein Vater würde mich nach dem Mauerfall nach all den Jahren als Erstes sehen wollen. Wir haben dann noch mal geklingelt und endlich öffnete die Frau meines Vaters die Tür. Sie ist nur fünf Jahre älter als ich, also war sie damals gerade 19 Jahre alt. Sie stand in einem weißen Bademantel in der Tür und sah uns mit verschlafenen Augen an. Ich glaube, sie wollte uns erst nicht wirklich reinlassen, aber was sollte sie tun? Es war für mich ein komisches Gefühl, in der Wohnung meines Vaters zu sein. Ich erkannte Möbel wieder, seinen Stil, sogar seinen Geruch. Ich fühlte mich fremd in dieser Wohnung und doch kam mir alles so vertraut vor. Die Frau meines Vaters bot uns Apfelsaft an und der Fernseher lief. Nach kurzer Zeit sind wir wieder gegangen. Sie kramte beim Abschied zehn Mark aus ihrem Portemonnaie und gab uns die mit.

Wir sind dann losgeschossen – immerhin waren wir sechs nun stolze Besitzer von 30 West-Mark – und sind in irgendeinem Einkaufszentrum gelandet, wo es viel Gratiskram, Broschüren und Proben gab. Alles, was wir so mitnehmen konnten, haben wir mitgenommen. Ich weiß bis heute nicht mehr, was wir von dem Geld gekauft haben. Es ist so lange her. Irgendwann sind wir dann wieder an der Bornholmer Brücke gelandet. Die Grenzsoldaten haben uns wieder nach unseren Ausweisen gefragt und ich erinnere mich, dass einer von denen gesagt hat: ‚Naja, der Pionierausweis ist ja auch blau, wie ein richtiger Ausweis. Passt schon.' Das hätte man sich mal Jahre vorher überlegen sollen. Die Welt war völlig auf den Kopf gestellt.

Als ich wieder nach Hause kam, war meine Mutter total sauer. ‚Du kannst doch nicht einfach allein über die Grenze gehen', hat sie geschimpft. ‚Wenn etwas passiert wäre, dann hätten wir dich nicht gefunden.' Kurz danach kam mein Stiefvater mit vollen Tüten und Taschen rein. Er war auch drüben gewesen und hatte seinen Onkel und dessen Frau besucht, die mit ihm einkaufen waren. Er hatte Lebensmittel – Schokolade, Joghurt, Käse und andere leckere Sachen, die wir noch nicht kannten – gekauft, also wirklich was Sinnvolles für uns alle. Nicht wie ich, die mit Taschen voller kostenloser Kataloge und Werbekram nach Hause kam. Aber über die vollen Taschen meines Stiefvaters war meine Mutter auch nicht so glücklich.

Meine Mutter war eine der wenigen Personen zu dieser Zeit, die der Mauerfall nicht sonderlich erfreute. Nicht aus politischen Gründen – meine Mutter war keine ‚Linientreue' oder ein Parteimitglied – sondern weil sie Angst hatte, dass sich durch den Mauerfall die Position der Frauen verschlechtern würde.[21] Ich bin mit dem Verständnis erzogen worden, dass Männer und Frauen gleichberechtigt sind. Natürlich sind Frauen und Männer unterschiedlich, aber sie haben die gleiche Wertigkeit. So habe ich das immer gesehen und so war die DDR-Gesellschaft auch aufgebaut. Nach meiner Geburt kam ich mit sechs Wochen in die Kinderkrippe und meine Mutter konnte ihre Ausbildung als Krippenerzieherin beenden.[22] Das war zu dieser Zeit absolut normal. Mein Mann hat mir später erzählt, dass es bei ihm im Betrieb einen ‚Frauenruheraum' gab. Das waren Räume, in denen Frauen sich ausruhen konnten, wenn sie ihre monatlichen Beschwerden oder andere Probleme hatten. Es gab auch für jede Frau einen ‚Haushaltstag' pro Monat. Frauen brauchten an diesen Tagen nicht arbeiten, sondern konnten ihren Haushalt regeln, zum Friseur oder einkaufen gehen. Nach 18 Uhr waren die Geschäfte ja auch schon geschlossen, also war so ein Haushaltstag eine wichtige Unterstützung.

21 Die Mehrzahl der Frauen arbeitete (86 % im Jahr 1989) und war finanziell unabhängig. Kinder konnten früh am Morgen für sehr wenig Geld in den Kindergarten gebracht werden und es wurde auch eine außerschulische Betreuung angeboten. Frauen arbeiteten jedoch häufiger in den weniger gut bezahlten Sektoren und besetzten kaum hohe Positionen. Auch die Erziehung und die Hausarbeit wurden hauptsächlich von Frauen getragen (Wolle, 2013).

22 In der DDR hatte jeder ein Recht auf einen Job, aber es gab auch eine Arbeitspflicht. Menschen, die sich ohne guten Grund weigerten, zu arbeiten, wurden mit einer Geldstrafe oder sogar mit einer Gefängnisstrafe geahndet. Sie wurden wegen „asozialen Verhaltens" verurteilt.

Ich habe auch gelernt, dass es normal ist, der Mutter im Haushalt zu helfen. Meine Mutter hat 48 Stunden in der Woche gearbeitet, also mussten meine Schwester und ich immer mit anpacken. Ich habe zum Beispiel oft mit der Wäsche geholfen. Es gab damals noch keine Waschmaschine mit integrierter Schleuder. Wir hatten eine extra Schleuder, die hatte nicht jede Familie. Ich durfte mich beim Schleudern immer auf die Schleuder setzen, weil die so gewackelt hat, dass sie sonst durch das Badezimmer gewandert wäre. Wenn die Maschine kurz Pause machte, musste man die Schüssel unten vor dem Ausguss der Maschine leeren, damit sie nicht überlief. In der wurde das Wasser vom Schleudern aufgefangen. Danach habe ich oft geholfen, die Wäsche aufzuhängen und später zusammenzufalten. Dass man einander in der Familie hilft, wurde in der DDR richtig vermittelt, fast unterrichtet. Ich kann mich noch gut an eins meiner Kinderbücher erinnern, in dem es darum ging, dass ein Kind zu faul zum Helfen war und zu Hause keinen Handschlag rührte. Die Mutter in dem Buch kam dann von der Arbeit und musste erst das Geschirr spülen. Als das Kind im Bett eine Gute-Nacht-Geschichte hören wollte, hatte die Mutter natürlich keine Zeit. Die Moral der Geschichte war: Hilf deiner Mutter, dann hat sie auch Zeit für dich. Es war außerdem selbstverständlich, dass auch Männer im Haushalt geholfen haben. Mein Vater war beispielsweise sehr reinlich und hat sehr auf Ordnung und Sauberkeit geachtet, mein Stiefvater hat fast immer gekocht.

Meine Mutter hatte zwar ihre Bedenken, als die Mauer fiel, aber ich wollte Zeit mit meinem Vater verbringen. Das hat sie selbstverständlich nachvollziehen können. Einen Tag nach dem Mauerfall brachte sie mich zu ihm. Dieses Mal war er natürlich zu Hause und erwartete mich. Wir sahen uns zum ersten Mal nach fast drei Jahren wieder. Ich erinnere mich noch gut daran, wie es war, als ich die Treppe hochkam und er nach all den Jahren vor mir stand. Ich war ein Kind, als er ging aber inzwischen war ich 14 Jahre alt. In Kindheitserinnerungen ist alles und jedermann so viel größer und ich wunderte mich, dass er so viel kleiner als in meiner Erinnerung war. Und seine Haare! Wo waren all die langen Locken? Er hatte sich die Haare inzwischen kurz geschnitten und ich musste mich daran gewöhnen, mir meinen Vater nicht mehr aus Briefen und aus meiner Erinnerung vorzustellen, sondern ihn ganz real wahrzunehmen. Ich bin das Wochenende über bei ihm geblieben, das waren anstrengende Tage. Ich fand es schade, dass ich nicht mit ihm allein war. Mein älterer Onkel verbrachte Zeit mit uns und dann waren da auch noch die Frau meines Vaters, meine Großeltern und mein anderer Onkel, der auch schon seit einem Jahr in West-Berlin lebte. Wir waren also nie unter uns, um uns neu kennenzulernen. Das hat mich sehr belastet. An dem Wochenende sind wir viel durch Berlin gefahren, weil er uns den Westteil zeigen wollte. Mein Vater bremste immer so hart und mir ist übel geworden. Mein Onkel, der neben mir saß, sagte noch zu ihm, dass er mal rechts anhalten solle, aber mein Vater meinte: ‚Wir sind ja gleich da.' Ich musste mich in seinem Auto übergeben und er war stinksauer.

Als ich selbst Jahre später Mutter wurde, hatten mein Vater und ich ein relativ gutes Verhältnis und wir sahen uns häufig. Als mein Sohn zweieinhalb Jahre alt war, wurde auch mein Vater noch einmal Vater. Seine Frau verließ ihn jedoch direkt nach der Geburt meines Bruders. Mein Vater kam an dem Abend, als er verlassen wurde, nach Hause und die Wohnung war leer: Seine Frau war weg, sein Sohn war weg und die meisten Möbel hatte sie mitgenommen. Es waren danach harte Jahre für ihn, in denen er versucht hat, sein Leben zu regeln. Er erhielt nach langen Streitigkeiten vor dem Gericht Besuchsrecht für meinen Bruder. Alles, was er bei mir als Vater versäumt und falsch gemacht hatte, hat er in den Jahren danach bei meinem Bruder versucht richtig zu machen. In dieser Zeit hat er sich sehr verändert. Er hat sich voll auf meinen Bruder fixiert und diese Obsession wurde immer extremer. Mein Vater war Mitglied der altapostolischen Kirche und sehr gläubig. Auch der Glaube und sein Engagement in seiner Gemeinde wurden mit den Jahren immer obsessiver. Wir haben uns in der Zeit sehr oft gestritten, weil er meine Art zu leben nicht akzeptieren konnte. Ich selbst war zu diesem Zeitpunkt alleinerziehende Mutter und erzog meinen Sohn genauso frei, wie ich selbst erzogen worden war. Kurz vor meinem 30. Geburtstag habe ich den Kontakt zu ihm abgebrochen.

Als er später schwer erkrankte und viel zu früh verstarb, war ich aber bei ihm. Jeden Tag. Bis zum Schluss. Er hat sich kurz vor seinem Tod bei mir entschuldigt. Ich habe geweint und ihm alles verziehen. Neben meinem Bett steht ein Foto von uns beiden: Ich bin darauf drei Jahre alt, mein Vater 20. Ich habe eine Tüte Kastanien in der Hand und ein fröhliches, rotes Tuch auf dem Kopf. Mein Vater, mit seinen langen dunklen Locken, hält mich sicher auf dem Arm und küsst mich. Ich erinnere mich sehr gerne an den Tag, wie auch an viele andere gute Momente mit ihm. Ich denke, dass es im Leben auf diese Erinnerungen ankommt und viele Menschen es sich oft zu schwer machen. Die Liebe zu den Eltern hält vieles aus. Meinen Vater vermisse ich heute sehr und ich bin trotz allem dankbar für die schönen Zeiten, die wir hatten.“

Nicht jeder, der in den Westen wollte, traute sich etwas zu unternehmen. Schüler **Detlef Matthes (1968)** *wollte liebend gern Joints rauchen und westliche Musik hören, aber fand das Risiko einer Flucht zu groß. Um seine Sehnsucht nach einem anderen Leben zu stillen, machte er Fotos von der Berliner Mauer.*

Schillerstraße mit Hinterlandsicherungsmauer, Berlin-Wilhelmsruh, 1986

© Detlef Matthes

„Ich komme aus Biesenthal, einem Dorf nordöstlich von Berlin. Es hat kaum 5.000 Einwohner, einen ‚Stadtkern' mit ein paar Bäckern und eine Broilerbar, wo früher Goldbroiler verkauft wurden. Die Goldbroiler waren nichts anderes als hochgezüchtete Hähnchen, die goldbraun gebraten und mit Salz, Pfeffer und einem Glas Bier serviert wurden. Bei uns im Dorf war das eine Anlaufstelle, bei der immer viel los war. In den Siebzigern und Achtzigern ist Biesenthal immer mehr verfallen und keiner hat sich wirklich dafür interessiert. Es gab ja keine Marktwirtschaft, sondern eine Planwirtschaft. Die Partei hat die Wirtschaft bestimmt und das Geld in Ost-Berlin investiert. Das war das Zentrum der Macht, das musste glänzen. Der Rest der DDR hatte darunter zu leiden.

Trotzdem hatten im Dorf alle Arbeit. Meine Mutter hat in der Apotheke gearbeitet, mein Vater war Bauingenieur. Als ich 15 bis 18 war, war ich im selben Betrieb wie mein Vater tätig. Der Betrieb hat Futter für Schweine, Broiler und anderes Schlachtvieh hergestellt und dieses Futter musste von A nach B transportiert werden. Das passierte in Metalltrögen, die im Laufe der Zeit zerschlissen sind. Damit sie wieder benutzt werden konnten, musste ich das Metall entweder ersetzen oder zusammenschweißen. Ja, das war meine Arbeit, acht Stunden am Tag. Morgens habe ich einen Arbeitszettel in die Hand bekommen und da stand meistens eine Sache drauf, die ich innerhalb von acht Stunden zu erledigen hatte. ‚Lass dir Zeit, Detlef', hieß es. Ich musste immer zusehen, wie ich diese ganzen Stunden rumkriegte. Das war nicht schön, das war langweilig. Offiziell gab es keine Arbeitslosigkeit in der DDR, aber wir mussten aus Scheiße Bonbons machen.

Meine Eltern haben viel West-Besuch bekommen. Weil es in Biesenthal nicht viel gab, haben wir mit ihnen Ausflüge gemacht, unter anderem nach Ost-Berlin. Da sind wir regelmäßig von Unter den Linden bis zum Brandenburger Tor gelaufen, wo es plötzlich nicht weiterging, weil da eine Mauer stand. Über der Mauer sah ich Köpfe, das habe ich nicht begriffen. Erst später wurde mir klar, dass es auf West-Berliner Seite Podeste gab, von denen aus die Leute in den Osten schauen konnten. Als ich neun oder zehn Jahre alt war, habe ich meinen Vater zum ersten Mal gefragt, was das denn alles ist. ‚Das ist die Mauer', hat er gesagt, ‚und dahinter ist West-Berlin.' ‚West-Berlin? Was ist denn West-Berlin?' wollte ich wissen. Ich weiß nicht mehr, was er darauf geantwortet hat, aber es hat mich sofort fasziniert. Immer wenn meine Eltern mit ihrem Besuch nach Ost-Berlin gefahren sind, bin ich mitgekommen.

Als ich ein bisschen älter wurde, habe ich mir immer mehr Gedanken gemacht über diese Mauer und dieses West-Berlin dahinter. Ich habe mich gefragt, wie das denn aussieht da und was da so passiert. Als ich mir einen Stadtplan gekauft habe, war West-Berlin aber nur als weiße Fläche dargestellt. Ich fand das faszinierend, weil ich vom Brandenburger Tor aus doch immer diese Köpfe sehen konnte. Diese Leute mussten doch auch irgendwo wohnen? Als ich 14 oder 15 war, bin ich zum ersten Mal allein nach Ost-Berlin gefahren. Ich bin mit der jetzigen U2 ganz zur Endstation gefahren und bin parallel zur Mauer gelaufen. Ich wurde aber sofort von einem Polizisten angehalten und musste meinen Ausweis vorzeigen. Es war natürlich verdächtig, dass ich da langlief, obwohl ich da nicht wohnte – in meinem Ausweis stand, dass ich aus Biesenthal kam –, also hat der Polizist mich gefragt, was ich da denn mache. Da ich ihm ja nicht sagen konnte, dass ich an die Mauer ran will, sagte ich: ‚Ich suche das Brandenburger Tor.' ‚Das ist da vorne', antwortete er streng. ‚Hauen Sie ab.' Mit wackeligen Knien bin ich langsam weggelaufen. Mann, hatte ich einen Schiss.

In derselben Zeit hatte ich meine Konfirmation und bekam von meinen Eltern eine Kamera mit zwei Objektiven geschenkt. Davor habe ich mir immer die Kamera von meinem Vater ausgeliehen, aber irgendwie hatte Klein-Matthes sich doof angestellt und das Ding kaputtgemacht. Mit meiner eigenen Kamera war ich narrenfrei und konnte machen, was ich wollte. An einem trüben Sonntagmittag im Oktober oder November habe ich mein erstes Mauerbild damit gemacht. In Biesenthal gab es nur Arbeit, Arbeit, Arbeit, Fernsehen, ein Bierchen trinken und schlafen. Das war das Leben, mehr gab es nicht. Ost-Berlin hat sich angefühlt wie eine Befreiung und ich habe an dem Tag mein Moped angeschmissen und bin einfach losgefahren. Ich kam rein in Pankow und war dann irgendwann in der Schillerstraße, wo ich auf die Hinterlandmauer gestoßen bin und nicht weiterkam. Naja, und dann stand ich da und habe Fotos gemacht. Ich weiß nicht mehr, ob ich das so geplant hatte, aber so sind wenigstens die ersten Mauerbilder entstanden. Die Mauer, die ich damals da fotografiert habe, steht heute noch.

Nachdem ich die Bilder gemacht hatte, war ich stolz. Endlich passierte mal was! Seitdem bin ich wöchentlich nach Ost-Berlin gefahren, oft an Wochenenden. Am Wochenende lief immer Sport, was heißt, dass viele Leute zu Hause geblieben sind, um Radio zu hören oder Fernsehen zu schauen. Für mich war das eine super Möglichkeit, um weniger aufzufallen. Zur Sicherheit habe ich irgendwelche Tüten aus der Kaufhalle[23] mitgenommen, wodurch es so aussah, als würde ich in der Ecke, wo ich mich rumgetrieben habe, wohnen. Manchmal habe ich einen Stadtplan mitgenommen und so getan, als ob ich Tourist war. Ja, ich hatte dazugelernt.

Oft ging ich zum ‚Komplex Leipziger Straße'. Das sind die vier Hochhäuser in der Leipziger Straße, in denen damals viele Stasi-Mitarbeiter wohnten. Die Hochhäuser standen in Mauernähe und die Südseite zeigt Richtung Westen, nach West-Berlin. Ich habe mich gefragt, ob man von ganz oben aus was von West-Berlin sehen könnte und irgendwann habe ich mich getraut und bin ich einfach reingelaufen. Ich habe auf einen Knopf am Hauseingang gedrückt und die Tür ist wie von allein aufgegangen. Ja, und dann stand ich also drin im Flur und bin in den Fahrstuhl gegangen. Oben konzentrierte ich mich auf die Südseite der Häuser und am Ende der Flure gab es Türen, die zu kleinen Balkonen führten. Von da aus hatte ich einen Wahnsinnsblick nach West-Berlin. Ich sah Straßen, Mietskasernen und Hochhäuser, Menschen sah ich von dort oben aber nicht. Dann ist mir auf einmal aufgefallen, dass hinter der Hinterlandmauer noch eine Mauer stand: die Mauer, die an West-Berlin grenzte. Es gab also nicht eine Mauer, es gab zwei Mauern! Zwischen diesen beiden Mauern war ein geharkter Sandstreifen: der Todesstreifen.[24]

23 Ähnlich wie ein Supermarkt, in dem Lebensmittel verkauft wurden, aber auch Reinigungssachen und Drogerieartikel.

24 West- und Ost-Berlin und die DDR waren nicht durch eine einzige Mauer getrennt. Um die Flucht in den Westen so schwierig wie möglich zu gestalten, wurde die Bewachung des Grenzgebietes im Laufe der Jahre kontinuierlich ausgebaut. Die Berliner Mauer war die Grenzmauer zwischen Ost- und West-Berlin. Auf Ost-Berliner Seite stand eine zwei bis drei Meter hohe Hinterlandmauer. Zwischen der Grenzmauer und der Hinterlandmauer befand sich das Grenzgebiet oder: der Todesstreifen. Von Ost-Berlin

Ich habe da oben einen Film nach dem anderen verknipst. Zoomen konnte ich mit meiner Kamera nicht, aber, wie gesagt, ich hatte zwei Objektive: ein 50-Millimeter-Objektiv und ein 200-Millimeter-Objektiv. Um zu wechseln, musste ich erst das eine Objektiv abschrauben, um das andere raufschrauben zu können. Das hat natürlich eine Weile gedauert, auch weil meine Hände so gezittert haben. Zum Glück bin ich in dem ‚Komplex Leipziger Straße' nie jemandem begegnet. Vielleicht haben echt alle die Sportschau verfolgt oder vielleicht hatte ich einfach ganz viel Schwein.

Ich habe die Bilder zum Stadtfotograf gebracht, aber der meinte: ‚Herr Matthes, Sie dürfen keine Fotos von Grenzsicherungsanlagen machen.' Er hat mir ein paar Abzüge gezeigt und ich habe richtig große Augen gekriegt. Er wollte mir meine Bilder aber nicht aushändigen, nur die Negative habe ich bekommen. Das habe ich nicht verstanden, es war nicht konsequent genug. Was er mit den Bildern gemacht hat, weiß ich nicht. Vielleicht hat er sie zerrissen oder vielleicht hat er sie an die Stasi weitergegeben. Ich war sehr enttäuscht, aber ein wenig später wurde in der Berufsschule, in die ich damals gehen musste, ein Fotokurs angeboten. Den habe ich besucht und danach habe ich immer zu Hause meine Bilder entwickelt. Wenn ich vom Fotografieren nach Hause gekommen bin, bin ich immer sofort in mein Zimmer. Ich habe RIAS[25] gehört und habe in der Nacht von Sonnabend auf Sonntag die Fotos entwickelt. Ich habe mir die Bilder immer wieder angeschaut und konnte mich gar nicht an ihnen

aus gesehen musste man zuerst über die Hinterlandmauer, danach über einen hohen Metallzaun, der unter Strom stand. Danach begegnete man oft Hunden, Wachtürme gab es auch in regelmäßigen Abständen. Die vielen Laternen stellten sicher, dass niemand den Todesstreifen unbemerkt passieren konnte. Als nächstes kam ein Kolonnenweg, eine Straße für motorisierte Patrouillen. Nach dem Kolonnenweg kam ein Kontrollstreifen aus Sand, so dass man leicht erkennen konnte, ob jemand durchgelaufen war. Um Kraftfahrzeuge zu stoppen, wurden kurz vor der Grenze zu West-Berlin außerdem tiefe Gräben ausgehoben. Als letztes gab es die drei bis vier Meter hohe Betonmauer, wie die West-Berliner sie sahen.

25 Rundfunksender aus West-Berlin.

sattsehen. Oft sah ich Details, die mir beim Fotografieren durch die ganze Anspannung nicht aufgefallen waren. Das war immer ein tolles Gefühl. Ein paar Mal habe ich die Bilder auch meinen Freunden gezeigt, aber ‚Boah, geil!'-Reaktionen gab es nie. Sie hatten offenbar kein großes Interesse dran. Im Nachhinein glaube ich, dass ich der Einzige war, der wirklich nach West-Berlin wollte.

Ich bin immer strukturierter vorgegangen. 1986 bis 1987 habe ich den Mauerbereich von Wilhelmsruh bis nach Treptow abgehakt. Auf meinem Stadtplan markierte ich die Stellen, die ich schon fotografiert hatte. Weil Misstrauen im Osten irgendwie andauernd in der Luft hing, war ich immer allein unterwegs. Meine Eltern haben zum Beispiel nie über ihre Vergangenheit geredet. Wenn ich mal nach dem Krieg fragte, kam da kaum was. Dadurch wusste ich, dass irgendwas nicht stimmt. Das ist ja meistens so, wenn Menschen über etwas nicht reden wollen. Mit der Mauer war das genauso. Das Ding stand da, aber nur sehr wenige haben – hinter vorgehaltener Hand – drüber gesprochen. Ich glaube, dass meine Faszination auch dadurch entstanden ist. Wenn etwas nicht stimmt, regt es mich zum Denken an.

Einmal war ich auf dem Friedhof in der Nähe des Grenzübergangs Chausseestraße. Der Friedhof grenzte genau an die Mauer und ich wollte da ein paar Fotos machen. Gerade in dem Moment, als ich meine Kamera aus meinem Rucksack rausholen wollte, kam ein Polizist vorbei. Jetzt haben sie mich, dachte ich. Ich habe mich schnell vor irgendein Grab gekniet und die Kamera ganz ruhig wieder in meinen Rucksack reingesteckt. Mein Herz hat gepocht wie wild, aber der Polizist ist ganz langsam an mir vorbeigelaufen, ohne was zu sagen. Als er weg war, bin ich ganz ruhig aufgestanden und mit wackeligen Knien weggelaufen. Natürlich wusste ich, dass das, was ich mache, gefährlich ist, aber ich konnte nicht aufhören. In Biesenthal passierte, wie gesagt, nichts und diese Ausflüge zur Mauer haben meinem Leben Farbe gegeben.

Ich wollte eigentlich gar nicht die Mauer fotografieren. Ich wollte nach West-Berlin, ich wollte sehen, wie es da ist, aber die Mauer hat mir den Blick versperrt. Die kleinen Einblicke, die ich durch die Bilder bekam, haben mir nicht gereicht. Das West-Berliner Lebensgefühl konnte ich dadurch nicht erleben. Ich wollte auch in so eine Clique rein, wie ich sie im West-Fernsehen sah, und einfach einen ordentlichen Joint durchziehen. Diese Cliquen gab es im Osten vielleicht auch, aber ich kannte sie nicht. Das Verlangen, so zu leben wie die, war bei mir sehr groß. Das hing auch mit unseren West-Besuchen zusammen. Der Trabi und Wartburg haben gestunken, aber die West-Autos haben gut gerochen. Die hatten ein ganz anderes Benzin-Gemisch – da war Benzol drin, ein aromatischer Kohlenwasserstoff – und darum war der Geruch süßlicher. Auch die Pakete, die sie uns schickten, rochen anders. Wenn wir sie aufgemacht haben, gab es immer diesen starken Misch-Geruch aus Seifen-, Schokoladen- und Kaffeearomen. Das war unglaublich, wie eine andere Welt.

Was mich aber am meistens beeindruckt hat, waren die Menschen. Unser West-Besuch ist ganz anders aufgetreten, als ich es von Leuten aus dem Osten gewohnt war. Sie waren entspannt und haben laut geredet und Witze gemacht. Einmal, als wir mit meinem Onkel in der Broilerbar waren, hat er ganz offen und locker über den Krieg geredet. Das kannte ich nicht, ich wollte auch so sein. Auch weil ich gespürt habe, dass diese Art zu einem ganz anderen, freieren Leben gehört. Irgendwann ist der West-Besuch wieder in seinen Alltag zurückgefahren und ich bin zurückgeblieben. Ich habe mich dann immer sehr einsam und traurig gefühlt, denn ich hatte an einem anderen Leben geschnüffelt, konnte aber kein Teil davon sein.

Über eine Flucht habe ich trotz meines Verlangens nie wirklich nachgedacht. Aus den West-Medien wusste ich, dass es viele Tote gab und ich wollte mich nicht von den Idioten abschießen lassen. Das heißt aber nicht, dass ich nicht drüber fantasiert habe. Einmal stand ich auf einem Balkon in der Leipziger Straße im 25. Stock, als ich auf einem Parkplatz auf West-Berliner Seite einen VW-Bus gesehen habe. Hier, ich bin doch hier, nehmt mich mit, habe ich innerlich geschrien. Die Luftlinie war vielleicht 20 oder 30 Meter und wenn ich ein Seil gehabt hätte, hätte ich mich rüberhangeln können. Naja, nicht ganz so einfach natürlich, aber das ist jetzt egal. Ich wäre in diesen Bus gestiegen, ich wäre da gewesen. Aber natürlich passierte das nicht. Stattdessen habe ich von dem Bus und dem Parkplatz ein Bild gemacht, mein Lieblingsbild. Was blieb mir anderes übrig?

Ich habe ständig neue Wege gesucht, um dichter an West-Berlin ranzukommen. Einmal habe ich einen West-Berliner Freund gebeten, Fotos für mich zu machen. Ich war vor allem interessiert an Mauerfotos aus West-Berliner Sicht, aber er hat mir Bilder von Laternen mitgebracht. Das war natürlich schade, aber für ihn war das Leben im Westen ja selbstverständlich. Denselben Kumpel habe ich später mal gefragt, ob er mir einen richtigen Berlin-Plan mitbringen könnte. Also einen kompletten Plan, auf dem West-Berlin keine weiße Fläche ist. Diese Karte war für mich die Bestätigung, dass es West-Berlin echt gibt. Natürlich sah ich im Fernsehen und von den Hochhäusern in der Leipziger Straße aus, dass es da auch Häuser gab, in denen Menschen wohnten, aber es war trotzdem sehr abstrakt. Auf der Karte sah ich zum ersten Mal die West-Berliner Straßen, die auch Namen hatten: Kommandantenstraße, Alte-Jakobsstraße, Sebastianstraße. Es gab sie also wirklich.

Im Juni 1987 wurde drei Tage lang der 750. Geburtstag der Stadt Berlin gefeiert. West- und Ost-Berlin haben das beide auf ihre eigene Art gemacht. Im Osten gab es ‚Es lebe der Sozialismus'-Paraden, im Westen das Concert for Berlin. Das Konzert fand vor dem Reichstagsgelände statt und Genesis, David Bowie und viele andere Bands traten auf. RIAS hatte es schon weit im Voraus angekündigt und damit die DDR-Bevölkerung richtig wuschig gemacht. Endlich passierte mal wieder was. Wir wussten natürlich, dass wir nichts davon sehen würden, aber weil das Reichstagsgelände direkt bei der Mauer war, haben wir gehofft, dass wir was hören können. Am ersten Konzerttag bin ich sofort mit einem Kumpel hin. Die Lautsprecher wurden tatsächlich auch nach Ost-Berlin gerichtet und alle wollten dabei sein. Unter den Linden war voll mit Menschen – zwischen 6.000 und 10.000 Leute waren es bestimmt – die langsam in Richtung Musik gelaufen sind.

Am dritten Tag gab es richtige Krawalle. So viel Gewalt, wie ich da gesehen habe, hatte ich noch nicht erlebt. Immer mehr Ost-Berliner wollten zur Mauer, um die Musik zu hören und wurden von der Stasi und der Volkspolizei zurückgedrängt. Es gab mehr Leute als Polizei. Wenn die Masse zurückgedrückt hätte, hätten die Bullen keine Chance gehabt. Die Leute hatten aber zu viel Angst. Die Stimmung ist immer mehr gekippt und viele Jugendliche haben angefangen ‚Weg mit der Mauer' zu rufen. Die Bullen haben sie rausgegriffen, haben sie in ihre protzigen Ladas reingezerrt und sind mit quietschenden Reifen weggefahren. Viele wurden in das Polizeigefängnis in der Keibelstraße gebracht. Für Ostdeutsche ist die Keibelstraße ein echter Begriff: Alle wussten, dass da keine guten Sachen passierten. Es war ein komischer Ort. Oben auf dem Dach war ein Freigang für die Gefangenen und von da aus konnte man einen Blick auf das Reisebüro am Alexanderplatz erhaschen. ‚Reisebüro der DDR' stand da ganz groß drauf. Das ist schon hart, oder? Ob das bewusst so angelegt wurde, weiß ich nicht. Vielleicht war es auch Zufall.

Mein Kumpel und ich haben nicht viel von der Musik mitbekommen, weil die Stimmung immer aggressiver wurde. Die Masse hat geschrien, Papierkörbe sind zu Bruch gegangen. Ich habe meine Kamera aus meiner Tasche geholt und habe angefangen zu fotografieren. Zwei Stasimänner haben mich dabei beobachtet und mich aufgegriffen: ‚Komm her, mein Freundchen!' Sie haben mich gezwungen, den Film rauszunehmen und meine Personalien aufgenommen. Danach haben sie mich wieder gehen lassen, aber den Film haben sie mitgenommen. Ich hatte zufällig gerade einen neuen Film eingelegt, also hatte ich noch einige Fotos. Ein paar Tage später habe ich die Bilder zusammen mit einem Erlebnisbericht zum West-Berliner SFB-Politmagazin Kontraste[26] geschickt.

26 In den Sendungen ging es oft um die DDR oder die Beziehungen zwischen der DDR und der BRD. Kontraste wurde 1968 erstmals ausgestrahlt.

Sechs Wochen nach Pfingsten musste ich auf einmal zur Personalabteilung meines Betriebs kommen. Die Kaderchefin hat mich aufgefordert schriftlich zu bestätigen, dass ich den Betrieb in den nächsten zwei Jahren nicht verlassen würde. Ich wollte eigentlich einen Schweißerlehrgang machen und fand es komisch, dass sie mich das gefragt hat. Weil ich meine Arbeit aber nicht verlieren wollte, habe ich es trotzdem gemacht. Später habe ich herausgefunden, was da genau passiert ist: Die Stasi war heimlich in den Betrieb gekommen und hatte eine Kamera im Büro der Chefin versteckt. Sie hatten mich beim Schreiben aufgenommen, wodurch sie eine frische Handschriftenprobe von mir hatten, die sie mit dem Erlebnisbericht vergleichen konnten. Meine Chefin war eingeweiht und der Erlebnisbericht war nie bei Kontraste angekommen: Die Stasi hatte ihn vorher abgefangen. Im Erlebnisbericht stand zwar mein Name, aber das hätte nicht gereicht, um mich festzunehmen. Der Name hätte gefälscht sein können oder was auch immer. Die Stasi musste auch ganz offiziell beweisen, dass man gegen ein DDR-Gesetz verstoßen hat.

Jedenfalls stand am 21. Juli 1987 um sieben Uhr morgens die Stasi im Betrieb: ‚Wer sind Sie?‘ haben die mich gefragt. ‚Detlef Matthes. Was wollen Sie denn?‘ ‚Staatssicherheit, kommen Sie mit. Klärung eines Sachverhaltes.‘ Ich musste in deren Lada steigen und damit haben sie mich von Eberswalde nach Berlin gefahren, in den Knast in der Magdalenenstraße. Ich musste meine Taschen leeren und da waren zufällig drei Mauerfotos drin. Tja, das war natürlich richtig blöd für mich. Was ich damals noch nicht wusste, war, dass andere Stasi-Mitarbeiter später an dem Tag mein Zimmer durchsucht haben. Da haben sie die anderen Mauerbilder gefunden. Ich hätte die natürlich verstecken müssen, aber dafür war ich damals zu doof. Wie viele Bilder es genau waren, weiß ich nicht, aber die Stasi hat während einer der Verhöre was von 189 Fotos gesagt. Angeblich war ich derjenige, der die meisten Bilder von Grenzsicherungsanlagen gemacht hat. Darauf war ich stolz, aber ich wusste auch: Jetzt haben sie meine Mauerfotos und meinen Erlebnisbericht, jetzt haben sie mich.

Am Abend meiner Verhaftung lief Kontraste im Fernsehen. In dieser Sendung kamen ein paar Fotos von mir vor. Nicht von der Mauer oder dem Konzert, sondern von ein paar Ortschaften in der Nähe von Biesenthal. Ein Sowjetsoldat war in der Gegend desertiert und sicherlich auch nach seiner Verhaftung erschossen worden. Ich hatte von einem Kumpel, der für Kontraste arbeitete, den Auftrag bekommen, ein paar Bilder von der Gegend zu machen. West-Verwandte haben diese Fotos für mich rüber geschmuggelt und die wurden genau an dem Tag, als ich verhaftet wurde, gezeigt. Das hat die Stasi natürlich gesehen und aufgenommen. Sie haben mir mit zehn Jahren Bautzen gedroht: fünf Jahre für die Kontraste-Bilder und fünf Jahre für Spionage, die man mit den Mauerbildern glaubte nachweisen zu können. Das ist aber nicht passiert. Ich fiel unter die politische Amnestie von 1987, die erlassen wurde, weil Erich Honecker Helmut Kohl in Bonn besucht hatte.[27] Nach sechs Wochen wurde ich wieder freigelassen.

Nach meiner Entlassung wollte ich sofort Urlaub machen. Ich hatte vor meiner Verhaftung ein Ticket nach Budapest gekauft, das drei Monate gültig war. Als ich beim Flughafen Schönefeld ankam, wurde ich aber nicht reingelassen. Ich stand unter Ausreisesperre und durfte das Land gar nicht verlassen, aber das hatte mir keiner mitgeteilt. Die haben sich bestimmt gedacht: Was ist das denn für ein Idiot? Wie blöd muss man sein? Aus meinen Stasi-Akten kam später hervor, dass sie dachten, dass ich über Budapest rüber nach Österreich wollte. Das war nicht der Fall, aber so haben die damals gedacht, die Jungs. Jedenfalls haben sie mich nicht fliegen lassen und das war für mich ein weiterer Grund, aus der DDR raus zu wollen. Ich stellte einen Ausreiseantrag und empfinde es heute noch so, dass ich dazu regelrecht genötigt wurde.

27 Vom 7. bis 11. September wurde Erich Honecker von Bundeskanzler Helmut Kohl in Bonn empfangen. Offiziell war es kein Staatsbesuch, aber Honecker wurde mit allem Drum und Dran, was zu einem offiziellen Staatsbesuch gehört, begrüßt. Er empfand es als politischen Triumph. Kohl wollte während des Besuchs bestimmte Ziele erreichen, zum Beispiel die Ausweitung der Reisefreiheit. Die Ankündigung der Amnestie für Gefangene im Juli 1987 kann als Vorbereitung verstanden werden.

Ich bin dann erstmal wieder ganz normal zur Arbeit gegangen, weil ich ja keine andere Wahl hatte. Sechs Monate später rief der Chef meines Vaters mich auf der Arbeit an: ‚Detlef, komm mal hoch.' Nee, nee, dachte ich, jetzt geht das ganze Spiel wieder von vorne los. Zum Glück standen dieses Mal keine Stasi-Leute da, sondern nur mein Vater und, wie gesagt, sein Chef. ‚Detlef, du musst heute ausreisen', sagte er. Das war am 26. Februar 1988 um ungefähr 14 Uhr. Bis Mitternacht musste ich draußen sein, das war die Bedingung. Das Problem war, dass an einem Freitagnachmittag das Motto ‚Ab eins macht jeder seins' galt: Die meisten bürokratischen Stellen machten schon früh zu. Jedenfalls habe ich einen Laufzettel in die Hand bekommen, auf dem draufstand, wo ich mich überall abzumelden hatte. Die Sparkasse, die Versicherung, alles Mögliche. Ohne diese Stempel hätten die mich am Grenzübergang Friedrichstraße nicht rausgelassen. Meine Eltern haben das für mich übernommen, damit ich noch nach Hause konnte, um ein paar Klamotten zu packen. Sie haben es tatsächlich rechtzeitig geschafft.

Mit meinem Laufzettel voller Stempel stand ich vor Mitternacht am Grenzübergang Friedrichstraße. Zeit, um nachzudenken oder mich richtig von meinen Eltern zu verabschieden, hatte ich nicht. Als ich den Tränenpalast[28] reingelaufen bin, knallte die Tür sofort hinter mir zu. Ich wusste nicht, was passiert und was mich erwartet. Ich musste durch drei verschiedene Kontrollen, danach hat es gesummt und ich stand in einem engen Tunnel. Ich bin da durchgelaufen und kam im Bahnhofsgebäude der Friedrichstraße wieder raus. Nicht, wie sonst immer, im Ostteil, sondern im Westteil.

28 Der Tränenpalast war ab 1962 die Ausreisehalle und der Kontrollpunkt des Grenzübergangs Friedrichstraße. Dieser Grenzübergang führte die Besucher in den westlichen Teil des Bahnhofs Friedrichstraße. DDR-Bürger, die in den Westen gehen durften, ausländische Touristen, Rentner oder Westdeutsche, die Familie oder Freunde in der DDR besucht hatten, passierten diesen Übergang. Heutzutage gibt es im Gebäude des ehemaligen Tränenpalasts eine Ausstellung über diesen Grenzübergang und die deutsche Teilung.

Ich war da, ich war wirklich im Westen. Ich war 19 Jahre alt und hatte eine Identifikationsurkunde vom Staat DDR bekommen, auf der stand, dass ich ‚entlassen wurde aus der Staatsbürgerschaft der Deutschen Demokratischen Republik.' Einen vorläufigen West-Berliner Pass hatte ich noch nicht. Vor nicht allzu langer Zeit ist mir zum ersten Mal durch den Kopf gegangen, dass ich in dem Moment staatenlos war. Das ist vollkommen abgefahren. West-Verwandte haben mich auf dem Westteil des Bahnhofs abgeholt. Mit der U-Bahn sind wir zum Bahnhof Kochstraße gefahren, denn ich wollte sofort an die Mauer. Wir sind dort auf ein Holzpodest rauf und auf einmal war ich einer dieser Köpfe, die ich schon als Kind am Brandenburger Tor gesehen hatte. Zum ersten Mal sah ich die bunte Seite der Mauer, zum ersten Mal sah ich alles von der anderen Seite. Das war verrückt und unglaublich schön, diesen Moment vergesse ich nie mehr. Nach ein paar Minuten sind wir weitergezogen und ich habe meinen ersten Döner gefuttert. Der hat geschmeckt!

So hat also mein Leben in West-Berlin angefangen. Einen Plan hatte ich nicht. Ich habe gelebt, wie ich mir das immer vorgestellt habe, wie ich das in den Filmen gesehen habe. Ich habe Bier getrunken, gekifft und habe meine erste große Liebe kennengelernt. Über die Zukunft habe ich mir damals noch keine Gedanken gemacht, ich habe einfach in den Tag hinein gelebt. Irgendwann habe ich mir eine Kamera gekauft und angefangen, die Westseite der Mauer zu fotografieren. Das war eine coole Zeit, weil ich ja zum ersten Mal keine Angst haben brauchte, dass ich jeden Moment geschnappt werden könnte. Am kuriosesten fand ich den Bahnhof Wollankstraße. Der lag auf Ost-Berliner Gebiet, konnte aber nur von West-Berliner Seite aus betreten werden. Als ich noch in Ost-Berlin wohnte, konnte ich da nie rein und ihn nur von außen sehen. Irgendwann bin ich mit einer Flasche Whisky hin und habe geprostet: ‚Hier, Jungs, grüßt mir die Genossen!'

Die Mauer ist ungefähr anderthalb Jahre nach meiner Ausreise gefallen. So ganz habe ich das zu Anfang gar nicht mitbekommen. Kennt ihr den Film Herr Lehmann? Da geht es um einen Herrn Lehmann, der von Bremen nach West-Berlin zieht und da anfängt, in einer Kneipe in Kreuzberg zu arbeiten. Er ist so beschäftigt mit Feiern und Verliebtsein in seinem West-Berlin 1989, dass er den Mauerfall irgendwie halb vor dem Fernseher erlebt. So ähnlich war das bei mir auch. Ich wohnte damals in Kreuzberg und war allein zu Hause. Plötzlich standen meine Kumpels aus dem Osten vor der Tür, unglaublich war das alles. 1995 habe ich meine Stasi-Akten eingesehen. Aus einem der drei Ordner purzelten 60 Mauerfotos. Boah, das hat mich richtig überwältigt. Ich hätte nie gedacht, dass ich die noch mal wiedersehe. Die Originale durfte ich mitnehmen, die Kopien nicht, die sind Teil der Akte. Völlig irre natürlich.

Ich wohne immer noch in derselben Wohnung in Kreuzberg. Manchmal, wenn ich aus dem ehemaligen Osten wiederkomme und über die Oberbaumbrücke nach Hause laufe, bekomme ich ein komisches Gefühl. Früher sah ich beim Grenzübergang Oberbaumbrücke immer so alte Omchens, die in den Westen reisen wollten oder gerade mit vollen Taschen zurückgekommen sind.[29] Ich stand da und habe meine Fotos gemacht, aber das war nicht was ich wollte. Immer nur beobachten, das ist blöd, das macht auf Dauer keinen Spaß. Ich wollte dabei sein, auch Sachen erleben. Auch weil ich wissen wollte, ob das Bild, das ich mir vom Westen gemacht hatte, überhaupt gestimmt hat. Im Grunde genommen habe ich ja ständig nach etwas verlangt, das ich gar nicht kannte. Ich weiß jetzt, dass das Leben im Westen auch nicht einfach ist. Es war ganz, ganz schwer für mich, Kontakte zu finden. Ich war jung und schweigsam und habe, genau wie meine Eltern, alles vergraben. Aber wenn du im Westen was erleben willst, wenn du hier was machen willst, dann musst du das von dir aus machen. Im Osten war das anders, da hat man den Leuten alles diktiert und hat einfach gesagt: Du machst das und das. Die meisten haben gehorcht und haben die Schnauze gehalten. Ich musste erstmal lernen, dass es hier anders läuft. Dass nur etwas passiert, wenn ich aus mir selbst herauskomme. Irgendwann habe ich eine Therapie

29 Rentner durften ab 1964 West-Berlin oder Westdeutschland besuchen. Wenn sie nicht in die DDR zurückkehrten, hielt der Staat es nicht für eine große Katastrophe. Schließlich konnten ältere Menschen nicht arbeiten und zum Aufbau des Sozialismus beitragen.

angefangen und das erste, was ich zum Therapeuten gesagt habe, war: ‚Ich kann nicht reden.' ‚Sie reden doch', sagte er. Ein Satz und das Ding ging los. Es war der Anfang eines Prozesses, der bis heute anhält."

In der DDR herrschte eine sogenannte Mangelwirtschaft: eine Wirtschaft mit Defiziten. Die Menschen haben zwar keinen Hunger gelitten, aber eine große Auswahl hatten sie auch nicht. Alltagsprodukte wie Gemüse, Obst, Schokolade und Ketchup waren oft knapp. Wie **Jana Schirrwagen (1976)** *erzählt, war die Freude, etwas Leckeres zu bekommen, umso größer.*

„1980 sind meine Eltern, mein kleiner Bruder und ich von Leipzig nach Engelsdorf gezogen. Engelsdorf war die größte Industriegemeinde der DDR, weil es drei große Unternehmen gab: Ferngasleitungsbau, Reichsbahnausbesserungswerk und den Chemiehandel. Meine Eltern haben beide für den Ferngasleitungsbau gearbeitet. Wie der Name schon sagt, wurden Gasleitungen in der Ferne, aber auch in der DDR gebaut. Das Gas, das wir in der DDR benutzt haben, haben wir aus der Sowjetunion bezogen. Meine Mutter hat die Rohre eingekauft, mein Vater hat den Transport zur Baustelle organisiert.

Meine Eltern haben um sieben Uhr morgens angefangen zu arbeiten. Das hört sich sehr früh an, aber in der DDR war das normal. Ich bin dann zusammen mit meiner besten Freundin Claudia oder mit Elisabeth zur Schule gelaufen. Die wohnten beide bei mir in der Straße, und der Sebastian auch. Den fand ich toll, aber der fand mich nicht toll. Ende der Achtziger hatten viele Jungs einen Topfschnitt, das sah so aus, als hätte man einen Topf auf den Kopf gesetzt und drum herum geschnitten. Sebastian hatte das nicht, der hatte relativ kurze Haare. Ich habe, glaube ich, mal zu meiner Mama gesagt: ‚Mama, ich liebe Sebastian.' Darauf hat sie geantwortet, dass ich doch gar nicht weiß, was Liebe ist. Als ich sie gefragt habe, was es denn sei, sagte sie: ‚Wenn man etwas gibt, ohne etwas zurückhaben zu wollen.' Ich hatte Sebastian kurz davor eine Patrone gegeben und ich wollte nichts zurückhaben. Wusste ich's doch, es war wirklich Liebe. Das muss in der 6. Klasse gewesen sein, da war ich zwölf.

Elisabeth wohnte fünf Häuser weiter. Einmal, als ich sie morgens abgeholt habe, hat ihre Mutter uns heißes Toast mit zerlaufener Butter und Honig gegeben. Wir sollten das im Gehen essen und ich weiß noch, dass ich das irgendwie ganz komisch fand. Toastbrot hatten wir nicht oft zu Hause und zerlaufene Butter auf heißem Brot kannte ich gar nicht. Auch dieses im Gehen essen war neu für mich. Zu Hause haben wir immer nur am Tisch gegessen. Die Mutter von Elisabeth war künstlerisch tätig und ihr Vater war Malermeister, die waren irgendwie liberal. Deren Haus war auch ein bisschen künstlerisch, das weiß ich noch. Es war in einem Rotton gestrichen und hatte eine Außenwendeltreppe, die ich immer sehr schick und mondän fand. Drin hingen viele Gemälde mit wilden Farben.

Bei mir in der Klasse waren ungefähr 24 Kinder. Jeden Morgen, wenn die Lehrerin in die Klasse reinkam, sagte sie: ‚Seid bereit'. Wir sind dann alle aufgestanden und sagten: ‚Immer bereit'. So war das damals, das war was Sozialistisches. Ich saß ganz vorne, rechts vor der Tafel. Neben der Tafel hing eine Agitationswand. Ich weiß gar nicht mehr, was das Wort bedeutet, aber die meisten Kinder bei mir in der Klasse waren Junge Pioniere – ich auch. Einer von uns war der Agitator, der musste Veranstaltungen organisieren. Diese Veranstaltungen wurden auf diese Wand geschrieben: Dann oder dann sammeln wir Zeitungen, dann und dann pflücken wir Hagebutten. Was unsere Ziele sind und ob wir die erreicht haben, wurde auch aufgeschrieben. Soweit ich mich erinnere, standen auf der Wand auch ein paar sozialistische Sprüche wie ‚Sozialismus Über Alles' oder ‚Frieden Für Alle'.

An Pioniernachmittagen sind wir zusammen raus, um die Aktivitäten, die auf der Agitationswand standen, zu machen. Als Gruppe haben wir damit etwas für die Gemeinschaft getan. Wir sind zum Beispiel bei alten Leuten vorbeigegangen und haben Altpapier und Flaschen für sie mitgenommen. Das konnten sie ja nicht mehr selbst. Für Papier gab es in der DDR Geld und das wurde wiederum gespendet, zum Beispiel an die Kinder in Nicaragua. Die Sowjetunion, die Tschechei, Polen, Kuba und Nicaragua waren ja unsere sozialistischen Freunde. Wo Nicaragua genau war, wusste ich aber gar nicht. Ich dachte, das ist irgendwo in Afrika. Warum es gerade Nicaragua war, weiß ich auch nicht. Venezuela war auch sozialistisch, aber vielleicht ging es denen zu gut? Solche Fragen haben wir aber nicht gestellt. Wir dachten: Die Menschen dort haben nicht genug zu essen, ist doch klar, dass wir ihnen helfen.

Ganz scharf waren wir immer auf das Sammeln von Lindenblüten, denn für ein Kilo getrocknete Lindenblüten gab es 60 Ost-Mark. Irgendwann hat mein Vater dann mal zu mir gesagt: ‚Jana, weißt du eigentlich, wie viele Lindenblüten du pflücken musst für ein Kilo?' Das wusste ich nicht, denn natürlich hatte ich es noch nie geschafft. Das war schade, aber ich hatte durch diese Aktivitäten echt das Gefühl, dass wir was tun für den Frieden und für die älteren Leute, die unsere Hilfe brauchten. Das wurde uns auch immer so eingebläut: den Schwächeren und den Älteren, denen helfen wir.

In der Pause haben wir immer Milch bekommen, in so weichen Milchbeuteln. Die wurden zur Schule geliefert und auf einen Tresen gestellt. Der Hausmeister hat sie dann ausgeteilt. Es gab Schoko, Erdbeere und Vanille und ich fand das immer ganz toll. Es war zwar jedes Mal gleich, aber ich fand es trotzdem super. Ich glaube, dass die Partei uns allen Milch gegeben hat, weil sie zeigen wollten: Wir ernähren unsere Kinder mit guten Sachen. Orangensaft im Päckchen oder so gab es nicht und wir haben das nicht in Frage gestellt. Es war so auch schön.

In meiner Klasse war ein Mädchen, das wohl West-Beziehungen hatte. Sie hatte manchmal eine Milchschnitte in ihrer Brotbüchse und hat damit total angegeben. In der DDR hatten alle die gleiche Büchse und das war irgendwie schön, weil dadurch alle gleich waren. Jedes Mal, wenn dieses Mädchen ihren Brotkasten aufgemacht und ihre Milchschnitte ausgepackt hat, standen wir alle mit einem ‚Ooooh!' daneben. Sie war einfach anders. Sie ist auch nie zu Pionierabenden gekommen und war später nicht bei der FDJ. Das war schon komisch, aber man hat das irgendwie akzeptiert. Keine

Ahnung, ob sie hintenrum Ärger oder Sticheleien von den Lehrern bekommen hat.

Ich war, wie gesagt, bei den Pionieren und war sogar Vorstandsvorsitzende, weil ich eine der Besten in der Klasse war. Ich fand es gut. Am Schuljahresende gab es immer einen Appell, bei dem alle Klassen sich ordentlich aufstellten und alle Schüler ihr Hemd, Halstuch und Käppi getragen haben.[30] Das Mädchen mit der Milchschnitte hat sich immer geweigert das zu tragen und musste in der letzten Reihe stehen. Als Vorsitzende durfte ich meine Klasse durch den Appell begleiten. Als Erstes habe ich ‚Stillgestanden!' gesagt, danach bin ich vorgetreten und habe gesagt: ‚Die Klasse 8a ist zum Appell angetreten.' Danach bin ich wieder zurückgetreten und habe gesagt: ‚Rührt euch!' Nachdem alle Klassen das gemacht hatten, gab es eine Ansprache vom Schuldirektor. Er hat uns zu unseren Leistungen gratuliert und hat gesagt, dass wir alle Ziele erreicht haben. Die Ziele waren zum Beispiel, dass keiner sitzenbleibt und die Klasse wiederholen muss. Außerdem hat er gesagt, wie viele Lindenblüten und wie viel Altpapier wir in dem Jahr gesammelt haben. Danach wurden die besten Schüler aus der Klasse ausgezeichnet. Ich war oft dabei und habe ein Abzeichen bekommen mit einem Pionier darauf, der eine Fackel trägt. Ich war da schon sehr stolz, weil ich ja wusste, dass nur zwei aus der Klasse auf die Erweiterte Oberschule gehen können.[31]

Wenn ich nach der Schule nach Hause gegangen bin, waren meine Eltern noch nicht da. Meistens habe ich dann Hausaufgaben gemacht, aber ich habe auch ganz schön viel West-Fernsehen geguckt. Meine Mom war damals total heiß auf die amerikanische Serie Falcon Crest und ich fand den französischen Film La Boum richtig toll. ‚Dreams Are My Reality!', das war so romantisch, ich kann das heute noch ganz mitsingen. Uns wurde ja immer beigebracht, dass der Westen der Feind war. Ich habe das auch nicht hinterfragt, aber

30 Die Jungen Pioniere trugen eine weiße Bluse mit einem blauen Schal, die Thälmannpioniere trugen eine weiße Bluse mit einem roten Schal.

31 Die höchste Stufe im Schulsystem der DDR. Nur ungefähr zehn Prozent der Schüler wurde zugelassen.

alles, was ich im West-Fernsehen sah, kam mir harmlos vor. Außerdem sagten sie gar nichts Schlechtes über die DDR. Das fand ich schon komisch.

So gegen 15 Uhr sind meine Eltern dann nach Hause gekommen. Das hört sich früh an, aber sie haben ja schon um sieben angefangen. Ob die Arbeit meinen Eltern Spaß gemacht hat, weiß ich eigentlich nicht. Ein ostdeutscher Spruch war immer: ‚Spaß, Spaß, Spaß, das hat man nicht auf Arbeit, dazu ist die Freizeit da.' Meine Mutter wollte immer gerne Friseuse werden. Wenn ich vorgeschlagen habe, dass sie sich umschulen lässt, hat sie gesagt: ‚Jana, du bist doch verrückt.' Man wurde das, was der Staat gebraucht hat, was die Gesellschaft gebraucht hat. Meine Mutter hat sich, glaube ich, niemals gefragt, was sie denn möchte, was sie denn glücklich macht. Meine Eltern haben mich auch nie gefragt, was ich werden möchte, wenn ich groß bin. Heute sagen Eltern oft zu ihren Kindern: ‚Du kannst alles werden, was du möchtest.' Das stimmt ja auch. Du kannst Bundeskanzlerin werden, du kannst Astronautin werden, du kannst mit Delfinen arbeiten. Du kannst alles werden und das ist toll.

Meine Eltern waren immer fleißig am Arbeiten und waren nicht so gesellig. Sie hatten nie Freunde zu Besuch und sind nicht wirklich ausgegangen, auch nicht ohne meinen Bruder und mich. Musik mochten sie auch nicht. Immer wenn ich das Radio angemacht habe, hat mein Vater gesagt: ‚Kannst du mal das Gedudel ausmachen?' Ich weiß nicht, ob das sozialistisch ist, aber in der DDR gab es einfach keinen Schnickschnack. Da ist auch keiner auf die Idee gekommen, diese grauen Häuser mal gelb zu streichen oder etwas schön zu machen, nur damit es hübscher aussieht. Natürlich hat das auch an dem Mangel gelegen, aber trotzdem habe ich das Gefühl, dass Genuss nicht wirklich eine Rolle gespielt hat. Alles war irgendwie praktisch und das hat man auch an den Preisen gemerkt. Täglicher Bedarf war günstig, aber Luxusprodukte waren teuer. Kaffee hat zum Beispiel acht Ost-Mark gekostet und der hat nicht mal toll geschmeckt. Die Idee vom Sozialismus ist halt, dass Kaffee nicht notwendig ist. So war das damals.

Gegessen haben wir zu viert am Tisch. Meine Mutter hat mich immer gefragt, ob ich meine Hausaufgaben schon gemacht habe, aber sonst wurde nicht viel geredet. Ich glaube, darum genieße ich es heute sehr, mit Freunden am Tisch sitzen, zu quatschen, Musik zu hören. Meine Mom hat immer gekocht, oft Bratkartoffeln, Strammer Max oder einen sauren Bohnensalat. Manchmal gab es Leberwurst aus dem Glas, weil die Schwester und der Bruder meines Vaters auf dem Land wohnten und selbst geschlachtet haben. Das war etwas Besonderes, das hatten andere nicht.

Wir haben einander geholfen und waren kreativ, das ist meine Idee vom Sozialismus. Wir hatten zwar nicht viel, aber was wir hatten, haben wir geschätzt. Obst war zum Beispiel schwer zu kriegen in der DDR. Wir hatten einmal pro Jahr Orangen und einmal pro Jahr Bananen, wahrscheinlich zu Ostern und zu Weihnachten. Weil das Angebot so limitiert war, durfte man nur ein Kilo pro Person kaufen. Meine Eltern, Bruder und ich standen also immer getrennt in der Schlange und hatten dann am Ende vier Kilo Bananen. Ich habe mich damals nie gefragt, warum ich nicht nochmal ein Kilo kaufen kann. Das war halt nicht so und ich habe es nicht in Frage gestellt. Ich habe mich einfach gefreut, dass wir vier Kilo Orangen oder Bananen auf einmal hatten.

Unserer Familie ging es gut, wir waren gegenüber den anderen privilegiert, denke ich. Wir hatten einen Farbfernseher und mein Vater fuhr keinen Trabant, sondern einen Wartburg. Der Wartburg war ein bisschen größer und nicht so pappig. Einmal sind wir damit in die Tschechei gefahren. Das durften wir, glaube ich, weil meine Eltern beide beim Fernglasleitungsbau gearbeitet haben und weil sie gewisse Beziehungen hatten. Das war wirklich eine ganz tolle Zeit. Es gab Coca-Cola und Kaugummis und meine Mutter hat Martini getrunken. Den liebt sie heute noch. Wir waren da auch wandern, zur Elbquelle, und ich bin mit meinem Bruder Fahrrad gefahren. Das war alles ganz schön, das haben wir zu Hause ja nicht gemacht. Ich habe mich nie gefragt, warum wir eigentlich nicht mal nach Frankreich oder England gefahren sind. Es war einfach so, wie es war.

Manchmal bin ich mit meiner Mom nach Leipzig ins Stadtzentrum gefahren. Engelsdorf, wo wir gewohnt haben, lag am Stadtrand. Wir haben da eine Bratwurst gegessen oder sind ins kubanische Restaurant gegangen. Das fand ich ganz aufregend, weil es da ganz viele besondere Sachen gab. Kubanische Fleischbällchen zum Beispiel und manchmal sogar Kokosnuss. Das Restaurant gab es, weil Kuba unser sozialistischer Bruder war. Italienische oder asiatische Restaurants gab es damals nicht. Ich kann mich auf jeden Fall nicht dran erinnern, dass wir damals je Nudeln gegessen haben.

Als die Mauer gefallen ist, haben meine Eltern Fernsehen geschaut. Alle haben gejubelt und ich weiß noch, dass ich gar nicht so verstanden habe, was da passiert. Wie gesagt hatte ich niemals das Gefühl, dass wir eingesperrt sind oder etwas vermissen. Wir haben zu Hause auch nie darüber geredet was wäre, wenn die Mauer mal fällt. Irgendwie war diese ganze Freude dann aber doch ansteckend. Im selben Monat bin ich noch mit meiner Mom und ihrer Freundin Inge nach Berlin gefahren. Ich war sehr gespannt und hatte keine Ahnung, was mich da erwartet. Wir sind in das Europazentrum am Ku'damm gegangen, unten war ein Café. Meine Mom und Inge haben da Kaffee getrunken und ich habe Vanilleeis mit frischen Erdbeeren bekommen. Erdbeeren, im November! Dieser lange Löffel und diese süßen, roten Erdbeeren … hmmm! Es war ein sehr toller, glücklicher Moment. Ich weiß noch, dass ich ganz langsam gegessen habe. Genauso langsam wie ich die Hanuta gegessen habe, die meine Oma manchmal aus dem Westen mitbrachte: jeden Tag einen kleinen Bissen.

Nach der Wende sind wir in Engelsdorf geblieben. Nicht viel später stand auf einmal ein Shoppingcenter auf dem Feld, wo mein Bruder und ich im Sommer immer im Stroh gespielt haben. Außerdem haben viele Holländer an die Tür geklopft und uns gefragt, ob wir noch alte Möbel haben, die wir loswerden wollen: ‚Wir werfen das für Sie auf den Müll. Dieser alte Schrank, den will doch keiner!' Sie haben natürlich sofort erkannt, dass die Möbel später mal viel wert sein werden. In Berlin bezahlt man heute für so einen DDR-Schrank locker 800 Euro. Mein Vater hat, glaube ich, nichts abgegeben, aber da standen immer mal wieder verschiedene Leute vor der Tür. Es gab auch ganz viele Versicherungsmakler aus dem Westen, die profitieren wollten. Die dachten natürlich: Die aus dem Osten haben eh keine Ahnung, ich verkaufe denen was. Mein Vater hat mal fünf vergoldete Besteckkästen von jemandem gekauft, einen davon benutzen meine Eltern heute noch. Es ist gutes Besteck, es sieht edel aus. Ein bisschen naiv waren wir vielleicht echt im Osten.

Ich hatte nie das Gefühl eingesperrt zu sein, dafür war ich auch noch zu jung. Trotzdem hat der Freiheitsgedanke seit der Wende in meinem Leben immer eine sehr wichtige Rolle gespielt. Die Möglichkeit, alles sein zu können und zu werden und viel zu verreisen, hat mich sehr geprägt. Ohne die Wende hätte ich vielleicht mal nach Kuba, Polen oder Russland verreisen können und ich hätte da arbeiten müssen, wo gerade jemand gebraucht wurde. Der Staat ging vor und was du wolltest war zweitrangig. Meine Eltern hatten nicht dieselbe Freiheit wie ich, als sie jung waren. Meine Mom interessiert sich in gewissem Maße auch für die Welt. Spanien und Griechenland mag sie gerne, aber viel weiter weg möchte sie nicht.

Was ich noch gerne sagen möchte, ist: In der DDR gab es keine Obdachlosen und jeder hatte einen Job. Dafür hat der Staat gesorgt. Ich bin ziemlich stolz darauf, wo ich herkomme und bin irgendwie dankbar, dass ich in der DDR groß geworden bin. Wir hatten vieles nicht, aber wir haben uns immer gesagt: Das geht auch ohne. All diese Möglichkeiten, die wir heutzutage haben, sind fast selbstverständlich. Als ich neulich für ein Wochenende nach Bulgarien geflogen bin, dachte ich mir auf einmal: Was braucht es denn eigentlich noch, damit wir ein Gefühl von Abenteuer haben? Bald fliege ich für vier Wochen nach Kolumbien. Das ist eine tolle und weite Reise, aber auch das ist fast selbstverständlich. Irgendwie brauchen wir immer mehr Reize, um glücklich zu sein. Ich weiß nicht, ob das eine so positive Entwicklung ist."

Obwohl ‚Mangel' und ‚die DDR' oft in einem Atemzug genannt werden, gab es nicht überall Defizite. **Klaus Müller (1950)** *arbeitete als Koch in verschiedenen schicken Restaurants, in denen Mangel keine Rolle spielte. Es blieb sogar regelmäßig etwas für die Schweine übrig.*

„Als Kind habe ich viel Zeit bei meiner Oma auf dem Land verbracht. Ich habe Brennnesseln geschnitten für die kleinen Entchen und habe die Kaninchen gefüttert. Wenn eine Ziege drei Junge geworfen hat und zwei davon Jungs waren, dann kamen die sofort in den Topf. Die brachten ja keine Milch. Ich habe nie beim Schlachten zugeguckt, aber beim Kochen selbst, da habe ich zugeguckt. Die

Küche war in den Fünfzigern oft der gemütlichste Ort im Haus. Wenn meine Oma Fleisch oder Bratkartoffeln auf ihrem Kohleherd gebraten hat, hat es immer herrlich gerochen. Ich saß am Küchentisch und habe natürlich abgewartet, bis was Leckeres rüberkam.

Im Nachhinein ist meine Liebe für das Kochen bei meiner Oma in der Küche entstanden, aber ich habe früher nie gedacht: Später werde ich mal Koch. Ich wollte eigentlich Sport und Biologie auf Lehramt studieren, wurde aber ohne Abitur nicht zugelassen. Jemand von der Regierung hatte auf einmal beschlossen, dass ohne Abitur nichts mehr ging. Ich musste mich dann bei einer Berufsberatung melden, die vom Staat organisiert wurde, und da wurde mir erzählt, dass ich Betonbauer, Maurer oder Tischler werden kann. Das hat mir alles nicht zugesagt und irgendwann sagte meine Mutter: ‚Du isst so gerne, werde doch Koch.' Das konnte ich mir in der Tat gut vorstellen. Ich habe mich beworben, bekam allerdings keine Lehrstelle, weil die meisten Lehrstellen für Mädchen gedacht waren. Meine Eltern haben daraufhin einen Brief an die Regierung geschrieben. Das haben sie wirklich gemacht, an den Walter Ulbricht. Er hat dann tatsächlich zurückgeschrieben, dass er einige Mädchenlehrstellen für Jungs frei machen wird. Davon habe ich eine bekommen.

Im September 1966 habe ich meine Lehre angefangen im Zenner, einem der besten Restaurants der Handelsorganisation. Ich war damals 16 Jahre alt. Das Zenner lag direkt an der Spree in Berlin und war eine echte Ausflugsgaststätte: Am Wochenende haben da locker 5.000 Leute am Tag gegessen. Fast alles, was wir gekocht haben, war Deutsch-Berliner Küche. Etwas anderes haben wir damals auch nicht gelernt. Typisch Berliner Küche war zum Beispiel Braten, Sauerkraut und Bockwurst. Die Bockwurst, die ursprünglich Bockbier-Wurst heißt, ist sogar eine echte Berliner Erfindung. Angeblich wollten Studenten im Jahr 1900 oder 1910 zum Bockbier etwas Besonderes haben. Sie sind also zum Fleischer gegangen und haben gesagt: ‚Gibt es für das Bockbier nicht eine spezielle Wurst?' Das wurde die Bockwurst. Lustigerweise gab es bei diesen Entstehungsgeschichten immer zwei Richtungen. Der Osten hat gesagt:

Das kommt aus der und der Straße in Ost-Berlin. Der Westen hat gesagt: Nein, das kommt aus der und der Straße in West-Berlin. In den Kochbüchern, mit denen ich kochen gelernt habe, kam also alles aus dem Osten. Erst nach der Wende wurde mir irgendwann bewusst, dass der Westen dasselbe behauptet hatte.

Zu speziellen Anlässen haben wir beim Zenner echte Festessen organisiert. Das erste Silvester, das ich da gemacht habe, habe ich noch sehr gut in Erinnerung. Als Vorspeise gab es Langustenschwänze aus Kuba auf Helgoländer Art. Man sagt ja, dass die drei Farben von Helgoland grün, weiß und rot sind: Grün ist das Land, rot ist die Kant, weiß ist der Strand, das sind die Farben von Helgoland. Dementsprechend haben wir die Sauce Hollandaise mit Tomatenmark und Petersilie eingefärbt und sie in den drei Farben angeboten. Alle Gäste kriegten drei große Langustenschwänze, bei über 350 Leuten waren das über 1.000 Langustenschwänze. Das war Ende der Sechzigerjahre und es gab genug zu essen. Bei uns ist keiner mit leerem Magen nach Hause gegangen.

Die Lehre hat mir viel Spaß gemacht, aber einfach war es nicht. Viele Tätigkeiten waren eine ganz schöne Herausforderung. Es gab zum Beispiel Frauen, die in den Wäldern Pilze gesammelt haben und die in großen Säcken oder Körben zu uns gebracht haben. Weil der Chefkoch immer verschiedene Gerichte mit verschiedenen Pilzsorten machen wollte, musste ich die ganzen Säcke per Hand sortieren. Die Pilze klebten zusammen und die Maronen waren voller Nadeln, die ich alle rausziehen musste. Das war eine Riesenarbeit, genauso wie die Langustenschwänze. Die wurden mit Schale angeliefert und ich musste die mit meinem Daumen ausbrechen. Nach 1.000 von den Dingern war der natürlich total zerschnitten. Trotzdem hat mich das alles nicht gestört. Es war mir schietegal, was sie mir aufgetragen haben, ich habe immer meine Arbeit gemacht.

Im Februar 1969 habe ich meine Facharbeiterprüfung – heute sagt man Gesellenprüfung dazu – bestanden und ein paar Monate später bin ich zur Armee gekommen. Jeder junge Mann musste das bei uns in der DDR anderthalb Jahre lang machen. Ich bin relativ schnell in die Küche gekommen und habe da in 1.000 Liter Kesseln für die Soldaten aus meiner Kompanie gekocht. Das Rührholz war so groß, das sah aus wie ein Paddel! Ich habe jeden Tag versucht, etwas anderes zu kochen und meistens klappte das auch. Frühmorgens gab es eine Suppe und zwei Brötchen mit einer Scheibe Wurst, einer Scheibe Käse oder Marmelade. Mittags gab es rustikale Speisen wie Gulasch oder Klopse, abends gab es Brot mit Aufschnitt und Tee. Wir hatten sogar Kaffee. Keinen richtigen Bohnenkaffee, der kam erst später, aber eine Art Kaffee-Ersatz. Weil der keinen wirklichen Geschmack hatte, habe ich den in einem Topf mit Zucker angeröstet und kochendes Wasser drauf gegossen. Das roch fast wie Kaffee! Wir haben den in ein großes Fass gegossen und die Soldaten konnten so ihren Kaffee selbst zapfen.

Über Politik oder die DDR als System haben wir uns eigentlich nie unterhalten. Nicht im Zenner und auch nicht bei der Armee. Wir haben vor allem über unsere Freizeit geredet, da bin ich ganz ehrlich. In der Schule war ich, wie die meisten anderen auch, bei den Jungen Pionieren, den Thälmannpionieren und bei der FDJ. Das war natürlich sozialistisch, aber für mich war es mehr eine Freizeitgestaltung. In den Ferien sind wir zum Frauensee gefahren, im Winter ins Gebirge. Als dann das Alter kam, in dem wir ein bisschen flügge wurden, haben wir uns auch nicht über Politik unterhalten, sondern über Freundinnen und unsere Freizeit. Ich glaube nicht, dass wir jemals zueinander gesagt haben: ‚Hey, was hältst du eigentlich von der DDR?‘

Nach der Armee habe ich im Restaurant Haus Berlin am Strausberger Platz angefangen. Auf meinem ersten Gehaltsbrief stand, dass ich 465 Ost-Mark brutto bekomme. Davon bekam ich aber nur 285 Mark ausbezahlt. Nein, habe ich mir gesagt, das kann doch nicht sein. Just an diesem Tag entdeckte ich im Flur einen Aushang: ‚Wir suchen Köche für unsere Nationalitäten-Gaststätten im Ausland.‘ Ich habe sofort angerufen und erfahren, dass es dabei um einen Austausch von Facharbeitern zwischen den sozialistischen Bruderländern ging.[32] In Ost-Berlin gab es zum Beispiel ein Restaurant

32 Andere Staaten mit einem sozialistischen Regime wie Polen, Ungarn und die Tschechoslowakei.

Sofia, in Sofia ein Restaurant Berlin. Am Telefon wurde mir erzählt, dass für das Restaurant Berlin in Sofia Köche gesucht wurden. Um es so authentisch wie möglich zu gestalten, sollten das deutsche Köche sein. Ja, das mache ich, dachte ich sofort.

1972 war ich für ein Jahr in Bulgarien, danach war ich noch drei Jahre lang in Ungarn. In Ungarn habe ich vier Mal so viel verdient wie zu Hause. Wir haben den Wert von 1.000 Mark in der Landeswährung gekriegt und haben dazu die 285 Mark bekommen, die wir zu Hause auch bekommen hätten. Der DDR-Bürger musste im Ausland natürlich gut repräsentiert werden. In Ungarn habe ich auch meine Frau kennengelernt. Sie ist als Kellnerin runtergekommen und an ihrem ersten Abend sind wir mit ihr in eine urige ungarische Kneipe gegangen. Wir saßen an einem riesigen runden Tisch und ich weiß noch, dass ich sagte: ‚Lass uns einander erstmal vorstellen.' Das haben alle gemacht und als ich an der Reihe war, habe ich natürlich auch erzählt, wer ich bin und wo ich so herkomme. ‚Kennst du denn den und den?' fragte sie. Ja, den kannte ich. ‚Und den und den?' Den kannte ich auch. Es stellte sich heraus, dass wir in dieselbe Schule gegangen waren und sogar gemeinsame Bekannte hatten. Tja, so war das mit ihr. Nach sechs Wochen bin ich dann immer mit meinem Bettzeug über den Flur gerannt. Ein Jahr später haben wir uns verlobt, drei Jahre später waren wir verheiratet.

Als meine Frau und ich nach drei Jahren wieder zurück nach Ost-Berlin gezogen sind, hatten wir zusammen 60.000 Ost-Mark. Wir hatten ein gutes Leben, aber meine Frau hat von Anfang an spielerisch gedrängelt: ‚Wenn es zwischen uns was werden soll, musst du dich schon ein bisschen weiterbilden.' Ich und Schule, das passte gar nicht zusammen, aber meine Frau hat mich immer weiter getriezt, bis ich mich für einen Meister beworben habe. Heutzutage kostet ein Meisterlehrgang ungefähr 50.000 Euro und man muss den selbst bezahlen. Im Osten musste ich einen Trägerbetrieb finden, der mich ausbilden wollte und die Kosten völlig übernehmen würde. Das war eine Voraussetzung.

So bin ich im Ratskeller gelandet. Der Ratskeller war das Restaurant vom Roten Rathaus, in dem die Stadtverwaltung von Ost-Berlin untergebracht war. Genauso wie das Zenner und das Haus Berlin, war es ein typisch ostdeutsches Restaurant. Im Osten wurde das Menü sehr durch die Produkte bestimmt, die man bekommen hat. Das hing mit den Kategorien zusammen, in die die verschiedenen Restaurants eingeteilt wurden. Je höher die Einstufung, desto besser war der ‚Schlüssel' bei der Fleischverteilung. Im Ratskeller haben wir 40 Prozent Kernfleisch – Steakfleisch, Rücken und Keulen – bekommen, das war ganz schön gut. Dazu nahmen wir etwas minderwertigeres Fleisch, zum Beispiel Schweinekopf, Schweinebauch und Rippchen. Wir hatten außerdem das Glück, dass wir eigentlich eine Preisstufe S+, die teuerste Preisstufe, waren. Weil wir aber, wie der Palast der Republik, für alle Schichten der Bevölkerung zugängig sein sollten, bekamen wir eine Preisstufe 3[33]. Wir kriegten also die besten Produkte, ohne dass unsere Gäste sehr viel bezahlen mussten. Bei uns hat man zum Beispiel Steak mit Champignons für 6,40 Mark bekommen. Im Restaurant des Fernsehturms, das tatsächlich eine Preisstufe S+ hatte, hat man dafür das Doppelte bezahlt. Unser Restaurant war für alle zugängig und alle waren auch da, sowohl normale Leute als auch der Oberbürgermeister von Paris. Für ihn habe ich sogar meine Meisterprüfung gekocht, im Turmzimmer von unserem Bürgermeister. Das war sehr spannend, aber ich habe es geschafft – zur großen Freude meiner Frau.

Das Essen, das übrig war, bekamen die Schweine. Jeder Laden hatte zu Ost-Zeiten eine Futtertonne, in die die Reste reinkamen. Die Bauern aus der Umgebung haben damit ihre Schweine gefüttert. Heutzutage ist das wegen strengerer Hygienevorschriften nicht mehr erlaubt, aber im Osten war das ganz normal. Ein Meisterkollege im Ratskeller hatte selbst Schweine. Der hat natürlich regelmäßig die Tonne auf seinen Wagen geschmissen und seine Tiere damit fett gemacht. Highlight für die Schweine war die Tagung der interparla-

33 Preiskategorie 3 war das mittlere Segment. Die schickeren Restaurants fielen oft in die Kategorie 4 oder 5, außergewöhnlich gute Restaurants wurden mit S oder S+ ausgezeichnet.

mentarischen Union[34], ein gigantisches Event mit über 1.700 Gästen, darunter Willy Brandt. Weil unser Küchenteam das natürlich nicht alles allein machen konnte, haben wir Hilfe von allen großen Restaurants der Handelsorganisation bekommen. Einer Konditorei haben wir aufgetragen, alle östlichen Bauwerke aus Marzipan und Schokolade herzustellen. Das Brandenburger Tor, das Haus des Lehrers mit Kongresshalle, der Fernsehturm, das Rote Rathaus – alles aus Marzipan und Schokolade und bestimmt einen Meter hoch. Allein diese Schaustücke haben 120.000 Ost-Mark gekostet und natürlich hat keiner davon gegessen. Keiner geht doch an das Brandenburger Tor, schneidet sich eine Scheibe ab und steckt sich die vor all den Leuten in den Mund. Die Stücke standen also schön herum, bis der Kollege mit den Schweinen abends beim Abräumen auf einmal sagte: ‚Was machten wir denn jetzt mit den Schaustücken? Zurückbringen können wir die ja nicht. Tja, ich habe zufälligerweise meinen großen Anhänger mit …‘ Er hat die Schaustücke wirklich auf seinen Anhänger geladen und seine Schweine damit gefüttert. Wir haben sogar noch einen Teil von dem Zeug in den Kühlraum gestellt, damit er am nächsten Tag den Rest mitnehmen konnte. 120.000 Ost-Mark, für die Schweine!

Hunger gelitten hat in der DDR keiner, auch die Schweine nicht. Natürlich gab es richtige Arbeiterfamilien, wo er an der Drehbank stand und sie im gleichen Betrieb arbeitete. Die haben viel Kantinenessen gehabt, weil es, wenn die abends mal nach Hause kamen, im Supermarkt schon längst keine Bananen und Orangen mehr gab. Die großen Werke haben deswegen angefangen, Verkaufsstellen für ihre Mitarbeiter einzurichten, damit die auch mal ein Stück Obst abkriegen konnten. Die Arbeiter konnten dort ihre Bestellungen aufgeben und brauchten nach Feierabend nur noch ihre Tüten abzuholen und zu bezahlen. Solche Probleme hatte ich natürlich nicht. Ich habe zu Hause eigentlich nie viel gegessen, weil ich auf der Arbeit gerne genascht habe. Als ich Meister war, hatte ich immer ein Löffelchen in meiner Brusttasche und wenn ich mal auf was Appetit hatte, habe ich

34 Eine 1889 gegründete internationale Organisation zur Förderung von Frieden und Sicherheit. Im Jahr 1980 veranstalteten sie ihre Tagung in Ost-Berlin.

es mir einfach genommen. ‚Was? Ich muss doch kosten, ob es auch schmeckt!' habe ich immer ganz unschuldig gesagt.

1984 standen auf einmal zwei junge Frauen in meinem Küchenleiterbüro. Sie wollten wissen, ob ich mir vorstellen konnte, im Ausland zu arbeiten. ‚Na klar', sagte ich, ‚aber ich habe zwei Bedingungen: Ich fahre nur mit meiner Frau und Tochter und meine Frau sollte auch arbeiten können.' Wo die beiden Frauen auf einmal herkamen, habe ich nicht wirklich verstanden. In der DDR haben sie natürlich keinen ins Ausland geschickt, ohne ihn zu überprüfen. Ich war ein guter Staatsbürger, aber ich hatte auch Verwandte im Westen. Das kann also nicht das Ausschlaggebende gewesen sein. Naja, wie gesagt, wurde mir wieder die Chance geboten, ins Ausland zu fahren. Nach dem ersten Besuch haben sie sich ein Jahr lang nicht gemeldet, danach wurden meine Frau und ich auf einmal ins Außenministerium geladen. Sie wollten wissen, ob wir immer noch bereit waren zu fahren, wenn sie in meine Bedingungen einwilligen. Das waren wir.

Dieses Mal ging's nach Rom, wo ich für den ostdeutschen Botschafter kochen sollte. Italien war das erste nicht-sozialistische Land, in das wir gereist sind. Ich weiß noch sehr gut, wie meine beiden Küchenfrauen am ersten Arbeitstag zu mir sagten: ‚Geh mal auf den Markt und geh einkaufen.' Auf diesem Markt gab es wirklich alles. Das meiste Obst und Gemüse kannte ich, auch aus der Fachliteratur, aber Mozzarella war zum Beispiel komplett neu für mich. Auch das Riesenangebot an frischem Fisch hat mich überrascht. Den Schwertfisch, den ich da regelmäßig gekauft habe, habe ich abends immer sofort in der Pfanne gebraten. Mensch, hat das geschmeckt.

Wir konnten uns in Italien frei bewegen und haben am Wochenende regelmäßig Ausflüge gemacht. Wenn wir angekommen sind – egal, wo wir hingefahren sind – mussten wir uns bei der Botschaft melden. Und wenn wir wieder zurück waren, mussten wir auch wieder Bescheid geben. Das war keine Kontrolle, sie wollten einfach wissen, dass Familie Müller jetzt in Florenz, oder wo auch immer, ist.

Urlaub in Spanien oder einem anderen Westland war nicht erlaubt, aber auf so eine Idee wären wir auch nicht gekommen. Unsere Freizeit wollten wir mit unseren Eltern und Freunden verbringen. Wir sind jedes Jahr zurück nach Hause gefahren und dabei fiel uns echt auf, dass der Mangel in der DDR stetig zunahm. Den größten Mangel habe ich festgestellt, als wir von 1986 bis 1990 in Rom waren. Das Angebot wurde immer knapper, immer schmaler. Tomatenmark und Ketchup gab es fast nie mehr, andere Produkte gab es sehr unregelmäßig: Das eine Jahr gab es keine Zwiebeln, das andere keinen Pfeffer. Das hat auch damit zu tun, dass immer mehr Produkte Bückware[35] wurden. Auch wenn es irgendetwas im Überfluss gab, wurde es nicht mehr hochgelegt, sondern nur noch ‚unter dem Ladentisch' verkauft.

Die Qualität der Versorgung nahm in der Zeit auch immer mehr ab. Meine Frau und ich waren Dauercamper am Crossinsee und da gab es immer schon eine Gemüseverkaufsstelle. Was früher eine Möhre war, sah auf einmal aus wie eine Schwarzwurzel. Die waren dreckig und verschrumpelt und einfach nicht mehr appetitlich. Wie das alles so gekommen ist, weiß ich nicht, aber ich habe eine Vermutung. Die ganzen Obersten wohnten damals in Wandlitz, einer Gemeinde nördlich von Berlin. Sie lebten da völlig abgeschottet von der Bevölkerung und hatten ihre eigenen Verkaufsstellen, wo es Elektrogeräte und Luxusprodukte gab. Die Obersten hatten einfach alles und brauchten nicht dort hingehen, wo die normalen Leute eingekauft haben. Ich vermute, dass sie die Haftung zu ihrem Volk verloren haben. Sie wussten nicht, wie ihre Leute lebten, wie viele Sorgen und wie viel Kummer sie damit hatten, etwas Frisches auf den Tisch zu bekommen.

Wir sind 1990 aus Rom wiedergekommen, kurz nach dem Fall der Mauer. Vom Leben her hat sich für uns eigentlich nicht viel geän-

35 Produkte die knapp waren, wie gewisses Gemüse oder Fleisch, wurden als Bückware bezeichnet. Die Verkäufer legten diese Produkte „unter die Theke" und holten sie nur für bestimmte Kunden zum Vorschein. Wenn sein Trabant kaputt war, musste der Verkäufer zum Beispiel nicht lange auf eine Reparatur warten, wenn der Automechaniker von ihm das beste Stück Fleisch bekam.

dert. Ich bin erstmal zurück in den Ratskeller und habe danach in der Privatwirtschaft angefangen. Zu meinen jungen Köchen habe ich zu DDR-Zeiten immer gesagt: ‚Los, seht was von der Welt, macht Kohle.' Ich habe mit Engelszungen geredet, aber sie wollten nicht von zu Hause weg. Das ist so schade, denn meine Auslandszeit war so eine coole Zeit. In Sofia haben wir uns mit einer Gruppe im Sommer zwei Monate lang einen Bungalow am Schwarzen Meer gemietet. Wir haben uns den praktisch geteilt: Zwei von uns haben eine Woche durchgearbeitet, die anderen zwei sind hingefahren. Wir hatten also jede zweite Woche Urlaub. Als Jugendleben war das natürlich irre. Ich glaube, dass ich darum mit dem ganzen Ost-/West-Thema immer etwas anders umgegangen bin. Diese Freiheit, nach der sich alle so gesehnt haben, die hatte ich ja schon im Osten."

In der DDR mussten Musiker sich strengen Regeln unterwerfen. Songtexte mussten unter anderem deutschsprachig und systemkonform sein: Kritik am Wehrdienst, an der Wohnungsnot oder an der Partei kam nicht in Frage. Musiker, die sich nicht daran hielten, mussten ihre Texte anpassen oder durften überhaupt nicht auftreten. Sie bekamen ein Auftrittsverbot. **Steffen Fox (1962)** *übernahm 1985 den beliebtesten Club in Ost-Berlin: den Sophienclub. Dort waren alle Musiker willkommen, mit oder ohne Auftrittsverbot.*

„Wenn man in einen Laden kommt, muss da ein spezieller Vibe sein. Beim Sophienclub war das so. Das hatte was Magisches, von Anfang an. Wir haben um acht geöffnet und zwischen neun und zehn sind bekannte Jazz- und Punkbands aus dem Osten aufgetreten. Ganz besonders waren die Konzerte von Feeling B. Das war einfach eine total positive Energie, die da rüberkam. Du musst dir vorstellen, dass der Club eine Art langer Schlauch war, der vier Meter breit, vier Meter hoch und dreißig Meter lang war. Hinten, zum Hof raus, war ein kleines, vergittertes Fenster und an den Seiten standen Bänke und drei oder vier kleine Tische. Es war alles sehr spartanisch, aber mehr hat da auch nicht reingepasst. Wenn Feeling B auftrat, haben alle auf den Tischen und Bänken getanzt. Es war wie eine einzige Trance, wobei der ganze Laden sich bewegt hat. Da hat niemand gesessen oder mit einem Bier in der Ecke gestanden. Das ging dann stundenlang so, bis drei oder vier Uhr morgens. Es roch permanent nach Nikotin und Schweiß und im Sommer lief der kondensierte Schweiß an den Wänden runter. Die Achtziger waren eine komplett ausgeflippte Zeit.

Ich habe den Sophienclub 1985 übernommen, als ich 22 war. Geplant war das nicht, es lief einfach so. Ich hatte in der Schule ein extrem gutes Zeugnis, durfte aber kein Abitur machen, weil ich den Wehrdienst verweigert habe. Ich habe mich dann für ein Fernstudium an der Humboldtuniversität eingetragen: Kulturwissenschaft und Theaterwissenschaften. Um das zu finanzieren, habe ich in einem Club als Einlasser gearbeitet. Ich bin mit Aljoscha Rompe, Flake Lorenz und Paul Landers von Feeling B aufgewachsen und bin über die in die Untergrundmusikszene reingerutscht. Ich habe erst eine Zeit lang in einem Club in Köpenick gearbeitet, aber der war mir zu spießig. Ich war damals selbst Punk und habe dann angefangen, beim Krausnick-Club in Mitte zu arbeiten. Das war ein echter Punk-Schuppen, in einem Keller. Als der geschlossen wurde, hatte ich keine Arbeit mehr. Ein Freund hat dafür gesorgt, dass ich im Sophienclub anfangen konnte.

Der Sophienclub lag in der Sophienstraße, direkt bei den Hackeschen Höfen. In den Achtzigern war die Ecke ganz gruselig und hochkriminell. Da waren überall Autowerkstätten und Prostituierte und wenn man zu uns wollte, musst man da durchlaufen. Irgendwie hat das ganz gut zu uns gepasst, weil sich bei uns die Untergrund-Szene von Ost-Berlin getroffen hat. Unser Publikum waren Künstler, Musiker und Modeleute; Leute, die nicht den normalen Arbeitssachen nachgegangen sind. Die sahen auch alle komplett verrückt aus, mit selbstgeschneiderten Klamotten, viel Leder und schrägen, farbigen Frisuren. Viele von unseren Gästen wollten weg aus der DDR und hatten einen Ausreiseantrag gestellt.[36] In den Achtzigern waren wir der angesagteste Laden in Mitte. Offiziell durften wir laut Feuerwehr 99 Leute reinlassen, aber oft hatten wir 300 bis 400 drin. Draußen war die Schlange so lange, dass die Autos nicht vorbeifahren konnten.

Ein Drittel unserer Besucher kam aus dem Westen. Das hat uns gefreut, weil die ja oft mit West-Geld bezahlt haben. West-Geld war viel mehr wert als Ost-Geld, also konnten wir uns dafür die neuste Technik kaufen. Wir haben mit dem Club gutes Geld verdient und auch Gewinn gemacht. Gewinn machen war eigentlich nicht erlaubt in der DDR, aber wir haben alles in bar bekommen und das war nicht wirklich kontrollierbar für den Staat. Das Geld haben wir zum größten Teil wieder in den Laden investiert. Einmal habe ich mein ganzes Team mitgenommen nach Bulgarien und Rumänien. Wir sind geflogen, weil was kostet die Welt, nicht wahr? Den Laden habe ich drei Wochen zugemacht und wir haben drei Wochen Urlaub am Schwarzen Meer gemacht. Das war schon unfassbar, wir waren erst Anfang zwanzig.

Es war eine coole Zeit, aber natürlich wussten wir auch, dass unsere Freiheiten begrenzt waren. Im Osten mussten Bands zum Beispiel offiziell durch den Staat eingestuft werden. Sie mussten vor einer Einstufungskommission vorspielen und die hat bestimmt, ob sie auftreten durften oder nicht. Die meisten Punkbands durften das nicht, manche hatten sogar ein Auftrittsverbot. Wir haben aber immer alle Bands eingeladen – die, die okay waren, und die, die eben nicht okay waren. Wenn wir Bands ohne Erlaubnis hatten, habe ich mich während des Konzerts ans Fenster vom Café Sophieneck gesetzt. Wäre die Polizei gekommen, hätte ich die Einsatzwagen da nämlich vorbeifahren sehen.

36 DDR-Bürger mit einem Ausreiseantrag haben den Staat um Erlaubnis gebeten, das Land für immer zu verlassen. So einen Ausreiseantrag zu stellen, war ein Risiko. Manchmal wurde der Antrag bewilligt, aber man musste immer mit einer (Gefängnis-)Strafe rechnen.

Wir waren kreativ und haben immer einen Weg gefunden, um unser Ding zu machen. Auf der einen Seite hat es mich keinen Dreck interessiert, dass es die Stasi gab. Ich war jung und wollte einfach leben, tolle Musik machen. Auf der anderen Seite habe ich schon geschwitzt, wenn sie kamen. Ich hatte damals das Gefühl, dass sie einmal im Monat bei mir waren, aber in meiner Stasi-Akte habe ich später gesehen, dass es über die gesamte DDR-Zeit nur sechs Mal waren. Da sieht man also, wie sehr mich das doch beschäftigt hat. Wenn ich gemerkt habe, dass die Stasi bei uns war, habe ich immer versucht den Spieß umzudrehen. Irgendwann haben sie einen geschickt, der sich Thomas nannte. Der Thomas war ein ganz Netter, Naiver aus der Provinz. Ich hatte schon sehr schnell das Gefühl, dass er für die Stasi arbeitet – das war so ein Instinkt – und habe ihn einfach direkt gefragt: ‚Sind Sie vom Ministerium des Innern?'[37] Er hat ganz zögernd ‚Na ja …' geantwortet und da wusste ich, was los war. Ich habe daraufhin angefangen, ihm Fragen zu stellen, zum Beispiel wie man eigentlich dazu kommt, sowas zu machen bei der Staatssicherheit. Mich hat das auch wirklich fasziniert, weil ich mich gefragt habe, was bloß passieren muss, um solche Entscheidungen im Leben zu treffen? Den Thomas hat das alles sehr verunsichert und irgendwann ist er dann auch nicht mehr gekommen.

Ein anderes Mal stand auf einmal ein Auto vor meiner Tür. Es war Winter und sehr kalt, also ich bin einfach rübergelaufen und habe gesagt: ‚Wollt ihr vielleicht einen Tee?' Daraufhin sind sie ganz schnell weggefahren. Irgendwie strahlten sie ein schlechtes Gewissen aus, so habe ich das jedenfalls in Erinnerung. Es gab natürlich solche und solche: Nicht alle Leute, die für die Stasi gearbeitet haben, waren böse. Ich glaube wirklich nicht, dass dieser Thomas ein schlechter Mensch war. Der hat gar nicht wirklich verstanden, was wir da in diesem Club gemacht haben, wofür wir gelebt haben. Der hat seinen Job gemacht, was immer der auch gewesen sein mag.

37 Das Innenministerium der DDR. Um zu verheimlichen, dass sie eigentlich für die Staatssicherheit arbeiteten, taten Stasi-Mitarbeiter manchmal so, als würden sie für das Innenministerium arbeiten. Mit seiner Bemerkung zeigt Steffen, dass er sich dessen bewusst war.

Die Stasis hat man im Straßenbild übrigens gut erkannt. Die IMs nicht, aber die offiziellen Mitarbeiter, die hat man erkannt. Die erkenne ich heute noch. Manchmal sehe ich alte Leute laufen und ich weiß einfach, dass die im Osten entweder bei der Armee oder bei der Staatssicherheit waren. Das sind andere Menschen, die haben eine andere Haltung. Ein jahrelanges Ausführen von Befehlen, das macht was mit einem Menschen. Wie er läuft, wie er guckt, wie er sich kleidet. ‚Normale' Menschen bewegen sich ständig in Gruppen. Wir bewegen uns mit diesen Gruppen mit, sind Teil davon. Diese Leute nicht. Wenn es in der DDR Konzerte oder andere Veranstaltungen gab, standen sie auf der anderen Straßenseite und haben überwacht. Sie waren kein Teil der Menge, sie standen davor.

Die Stasi hat mich nicht nur beobachtet, sondern hat mich auch ein paar Mal versucht anzuwerben. Als das nicht geklappt hat, sind sie zu meinem Kollegen gegangen und als der auch nicht wollte, haben sie unseren Hausmeister gefragt. Die Reihenfolge war komisch, denn wir haben den Club zu der Zeit zu dritt betrieben. Warum haben sie also nicht erst unseren dritten Kollegen gefragt? Als wir ihn damit konfrontierten, rief er: ‚Die waren auch bei mir, aber ich darf nicht darüber reden!' Er war noch jung, also war das irgendwie witzig. In meiner Stasi-Akte, die ich nach der Wende eingesehen habe, stand, dass die Stasi mehrmals versucht hat mich anzuwerben, aber dass das mit mir keinen Sinn hatte. Da stand wirklich wortwörtlich: ‚Er ist mit den Regeln der Konspiration nicht vertraut.' Damit war gemeint, dass ich es Leuten immer erzählt habe, wenn die Stasi bei mir war. Herrlich, oder?

Der Club war offiziell beim Kulturamt angegliedert. Wir mussten da oft hin und ich habe mehrfach gedacht: Jetzt werde ich zumindest entlassen. Beim Kulturamt gab es hauptsächlich Vorwürfe. Was wir da im Club bloß machen. Dass wir keine Ahnung haben, wie uns die Feinde ausnutzen. Dass diese Punks doch nicht zum Sozialismus passen. Jedes Mal gab es solchen Scheiß, aber zum Glück war ich ganz redegewandt. Ich habe denen zum Beispiel gesagt: Man muss sich doch auch um die Punks kümmern? Als Clubs und als Kulturamt haben wir doch auch eine soziale Aufgabe? Das ist doch auch Sozialismus? Ich glaube, sie wussten, dass ich recht habe. Als Club waren wir ein Ventil, mit dem die Jugend zufrieden gehalten werden konnte. Genauso wie Alkohol, das ist auch ein typisches Ventil. Wenn man den Russen Wodka verbieten würde, würde Russland sofort dysfunktional zusammenbrechen, weil die Leute sofort Aufstand machen würden. Die Stasi hätte die Clubs schließen können, aber dann wären alle Jugendlichen in den Westen abgehauen.

Was uns auch sehr geholfen hat, war, dass die Stasi überhaupt nicht begriffen hat, was in den Clubs vor sich ging. Sie hatten einfach gar keine Ahnung, was wir da machen. In gewisser Weise haben die neben der alltäglichen Realität gelebt. Die Oberen hatten keinen Kontakt mit der Bevölkerung und lebten komplett abgeschirmt. Ich habe später in meinen Stasi-Akten gelesen, dass sich ‚feindlich negative Personen' in unserem Club treffen. Sie wussten nämlich, dass viele Leute mit Ausreiseantrag da waren. Das wussten sie, aber den Rest haben sie nicht verstanden. Als Feeling B zwei Jahre wegen eines Auftrittsverbotes nicht auftreten durfte, haben sie sich in die Magdalene Keibel Combo umbenannt. In der Magdalenenstraße war der Hauptsitz der Staatssicherheit, in der Keibelstraße der Hauptsitz der Volkspolizei – zwei der wichtigsten DDR-Organe und damit die ultimative Provokation. Weil die Magdalene Keibel Combo kein Auftrittsverbot hatte, durften sie also wieder ganz normal auf die Bühne. Aljoscha hat mir mal erzählt, dass irgendwelche Funktionäre ihn nach einem Konzert gefragt haben, warum sie bloß Magdalene Keibel Combo heißen. ‚Magdalene Keibel war doch eine kommunistische Widerstandskämpferin', hat er geantwortet. ‚Wissen Sie das nicht?' Dieser Funktionär hat wirklich gesagt: ‚Na klar weiß ich das.' Und so gab es mehr unfassbar witzige Situationen, wo man gedacht hat: Das kann doch jetzt nicht wahr sein, dass die das nicht checken?! Im Bereich der Kunst und Kultur war eine Menge möglich, weil die, die alles überwachen mussten, oft intellektuell überfordert waren. Das haben wir natürlich ausgenutzt. Wenn die Stasi irgendwas nicht verstanden hat, dann war das schon ganz gut.

Mitte der Achtzigerjahre wurde die Stimmung langsam etwas lockerer und es wurden immer mehr Bands zugelassen. Sogar Feeling B durfte wieder offiziell auftreten. Das fing alles 1985 mit Gorbatschow[38] an und entwickelte sich langsam in eine Revolution vom Volk aus. Ab September 1989 bin ich montags immer mit Freunden nach Leipzig[39] gefahren. Als wir das erste Mal da waren, demonstrierten um die 1.000 Leute. Einen Monat später waren schon 40.000 Leute da.[40] Tausende von Menschen liefen im Stockdunkeln mit Feuerzeugen und Wunderkerzen, das war sehr, sehr beeindruckend. Ich glaube, man muss in der Gesellschaft eine Dimension erreichen, einen Breaking Point, an dem man spürt: Jetzt ist es vorbei, jetzt können die nichts mehr machen. Mitte und Ende 1989 war dieser Moment in der DDR erreicht.

Ich habe es im Club auch gemerkt. Vor August oder September hatten Gespräche oft das Thema: Wer ist weg und wer ist noch da? Immer wieder fehlten auf einmal Stammgäste, die natürlich nicht angekündigt hatten, dass sie in den Westen gehen. Auch meine Kollegen sind abgehauen. Mein unmittelbarer Untergebener hat irgendwann eine Genehmigung für eine Reise zu seiner Tante bekommen und hat mir gesagt, dass er nicht wiederkommen wird. Ab September 1989 haben wir im Club gemerkt, dass die Leute geblieben sind. Sie haben gespürt: Jetzt brauchen wir nicht mehr in den Westen, jetzt können wir das hier ändern. Auf einmal war da dieser volle Optimismus.

38 Michail Gorbatschow (1931) wurde 1985 Generalsekretär der Kommunistischen Partei der Sowjetunion. Gorbatschow entschied sich für eine andere Strategie als seine Vorgänger. Er plädierte für mehr Offenheit und politische, soziale und wirtschaftliche Reformen.

39 Ab September 1989 zogen mehr und mehr DDR-Bürger während der Montagsdemonstrationen, die in der ostdeutschen Stadt Leipzig begannen, auf die Straße. Die Demonstranten forderten Freiheit und demokratische Reformen, zum Beispiel freie Wahlen. Die Montagsdemonstrationen entwickelten sich zu einer Massenbewegung von hunderttausenden von Bürgern. Die gewaltfreien Proteste spielten eine wichtige Rolle bei der friedlichen Revolution in der DDR.

40 An der Montagsdemonstration am 9. Oktober in Leipzig nahmen schätzungsweise 70.000 Personen teil. Der Staat griff nicht ein, es war ein Wendepunkt (Wolle, 2013).

Für mich war das Schlüsselerlebnis die große Demonstration auf dem Alex am 4. November 1989. Da bin ich mit meiner Mutter, meinem Vater und meinem Bruder hingegangen. Mein Vater war ein 150-prozentiger Kommunist und meine Mutter war total gegen den sozialistischen Staat. Mein Vater hat mir vor seinem Tod gesagt, dass er an dem Tag nur mitgekommen ist, weil er sich ziemlich sicher war, dass sie Panzer einsetzen würden: Er wollte meine Mutter schützen. Da auf dem Alex waren eine Million Menschen,[41] ganz Ost-Berlin hatte 1,3 Millionen Einwohner. Da hat man echt gesehen: Jetzt ist es aus, das war es. Das war ein unglaubliches Gefühl. Du kannst in einer Diktatur nur so lange die Kontrolle behalten, wie eine Mehrheit der Bevölkerung dahintersteht und das mitmacht. Das war in der DDR in den Achtzigerjahren nicht mehr der Fall. Angst hatten die Leute schon, aber irgendwann waren die Wut und die Verzweiflung und auch dieser Wille, was zu verändern, größer. Wir haben gespürt, dass die Russen mit Gorbatschow nichts mehr machen. Die eigene Armee könnte vielleicht ein paar Leute erschießen, aber wir waren ja jeden Tag mit tausenden auf der Straße.

Vier, fünf Tage nach der großen Demo auf dem Alex ist die Mauer gefallen. Ich habe das erst gar nicht mitbekommen und habe mich am 9. November abends ganz normal schlafen gelegt. Um Mitternacht hat es auf einmal bei mir an der Tür gewummert. Ich dachte, jetzt kommt die Polizei oder die Staatssicherheit mich verhaften, aber es waren Freunde von mir aus West-Berlin. ‚Wie kannst du denn jetzt schlafen?' riefen sie und meine erste Reaktion war: ‚Was ist denn los, habt ihr was genommen oder so?' Sie haben mich dann zu meinem Trabant mitgezerrt und wir sind zusammen zum Brandenburger Tor gefahren. Bei Unter den Linden kamen wir nicht mehr durch und wir haben das Auto irgendwo auf den Mittelstreifen gestellt. Wir sind zur Mauer gelaufen und sind rauf geklettert, zusammen mit tausenden anderen. Das war unfassbar. Da auf dieser Mauer zu stehen, das war unfassbar. Durch den Club hatte ich eine gewisse Freiheit für mich erschaffen, aber wirkliche Freiheit war was ganz anderes. Das war auf dieser Mauer stehen. Um zwei Uhr mor-

41 Schätzungen variieren zwischen einer halben Million und einer Million Teilnehmern.

gens sind wir im Westen angekommen und haben die ganze Nacht in Kreuzberg gefeiert. Am nächsten Morgen bin ich ganz normal zur Uni gegangen, denn ich studierte immer noch neben meiner Arbeit. Das erste, was meine Banknachbarin zu mir sagte, war: ‚Ich habe letzte Nacht geträumt ich war in West-Berlin.' ‚Ich auch', sagte ich. Die Nacht und die Tage danach waren einfach unbeschreiblich. Es war ein erhabenes Gefühl, bei diesem politischen Übergang dabei zu sein und ich bin immer noch sehr stolz darauf, dass das Volk das geschafft hat.

Am Wochenende nach dem Mauerfall haben wir den Laden ganz normal aufgemacht. Ich war mir nicht sicher, ob wir den westlichen Ansprüchen standhalten konnten und hatte Angst, dass keiner kommt. Es waren ein bisschen weniger Leute da als sonst und fast nur West-Berliner – die Ost-Berliner waren natürlich alle im Westen feiern – aber innerhalb von ein paar Wochenenden war der Club wieder genauso voll wie vorher. Ich bin selbst in der Zeit auch viel in andere Clubs gegangen. Diese Aufbruchsstimmung Anfang der Neunziger, die war einfach gut. Im ehemaligen Osten und im Westen entstanden Kneipen und Clubs mit ganz unterschiedlichen Vibes. Im Tresor[42] entwickelte sich eine Techno-Szene. Es war unfassbar laut, die Musik war wie so eine Art Naturgewalt. Es war überhaupt nicht meins, aber man hat gespürt: Hier passiert was vollkommen Neues. Das war irre, was die da gemacht haben.

Mitte der Neunziger kriegten wir auf einmal ganz große Schwierigkeiten mit Lautstärkebeschwerden. Im Osten hatte die Polizei keinen Bock, sich um solche Sachen zu kümmern. Wenn Leute sich beschwert haben, haben sie ganz einfach gesagt: ‚Das ist hier Berlin, wenn es Sie stört, müssen Sie irgendwo anders hinziehen.' Nach der Wende hat die Bevölkerung sich verändert – Mitte wurde auf einmal schick und angesagt – und es wurde langsam schwierig. Die neuen Bewohner hatten keine Lust auf Clubs und die ganze Clubkultur. Konzerte konnten wir nicht mehr machen, weil der

42 Dieser immer noch existierende Technoclub wurde 1992 in einem ehemaligen Kaufhaus gegründet. 2007 wurde der Club in einem alten Kraftwerk erneut eröffnet.

Lärmschutz viel zu viel Geld gekostet hätte. Ohne Lärmschutz ging es aber auch nicht mehr, weil es immer einen gegeben hat, der die Polizei angerufen hat. 2002 bin ich aus dem Club rausgegangen.

Ich habe jetzt den Billardsalon über dem Sophienclub. Der Sophienclub hat 2015 zugemacht: Es war der erste und letzte Club in der Ecke. Berlin-Mitte ist einfach kein Pflaster mehr für einen Club, das passt nicht mehr. Bei der letzten Veranstaltung war ich dabei. Der neue Betreiber war zu meiner Zeit Einlasser, wir kennen uns also gut. Das war ein toller Abend, der Laden sah noch genauso aus wie damals. Jetzt ist ein Laden drin, der teure Fliesen verkauft. Wo früher die Theke war, werden Fliesen ausgestellt. Das tut ein bisschen weh, aber Berlin verändert sich nun mal schnell gerade. Da kann man nichts machen."

Viele Menschen bezeichnen die Mauer zwischen Ost- und West-Berlin als „die Grenze“, aber auch zwischen der DDR und der BRD verlief eine Grenze: die deutsch-deutsche Grenze. Diese 1.400 Kilometer lange, zunehmend streng bewachte Sperrzone bestand aus einer Reihe von Sicherheitsmaßnahmen: einem kilometerweiten Grenzgebiet mit hohen Metallzäunen, Stacheldraht, Wachtürmen, Patrouillenwegen und mehr als einer Million Minen. Zwischen 1971 und 1984 standen in der Grenzzone außerdem 55.000 automatische Schießanlagen, die sogenannten Selbstschussanlagen. Zudem patrouillierten mehrere tausend Grenzsoldaten, die auf Flüchtlinge schießen durften, in dem Gebiet. Trotz dieser Gefahren versuchten **Paul Scheel**[43] **(1971)** *und sein bester Freund über die deutsch-deutsche Grenze in den Westen zu kommen.*

„Als ich 16, 17 war, habe ich angefangen in Diskotheken zu gehen. In Ost-Berlin gab es viele, die richtig angesagt waren und bei denen man brav vor der Tür warten musste. Wenn man den Einlasser nicht kannte, ist man oft nur mit Glück reingekommen. Das ist mir leider auch regelmäßig passiert. Dann stand man da in der Schlange und irgendwelche jungen Männer aus West-Berlin durften mit ihren schicken Klamotten an allen vorbei und rein. Die sind fast immer problemlos reingekommen, weil die West-Geld hatten. Drin haben sie natürlich auch alle Mädels klargemacht. Mit 16 war das richtig ärgerlich. Irgendwann habe ich gedacht: Sag mal, bin ich jetzt ein Mensch zweiter Klasse oder was?

Ich war Koch und habe gutes Geld verdient, aber trotzdem wuchs schon schnell der Wunsch: Mensch, scheiße, irgendwie möchte ich was anderes. Ich habe natürlich diese Wessis im Club gesehen und habe, wie alle anderen auch, regelmäßig West-Fernsehen geguckt. Da hatten alle tolle Autos und coole Sportschuhe. Ich wollte das alles auch.

In dieser Zeit habe ich meine erste Auslandsreise gemacht, nach Ungarn, zusammen mit meinem besten Freund. Wir haben da ei-

43 Name geändert.

nen Typen aus Westdeutschland kennengelernt, den wir ziemlich cool fanden. Der hat dann irgendwas gesagt wie: ‚Mensch, solche junge Bengels wie ihr könnten im Westen super Karriere machen und tolle Autos fahren.' Natürlich war das schwachsinnig, aber wir waren jung und haben uns den Westen ja genauso vorgestellt. Wir haben uns dann gesagt: Was hält uns eigentlich im Osten? Was wollen wir denn mit unserem Leben anfangen? Ja, das wussten wir. Wir wollten auch ein Leben voller tollen Klamotten und mit der Möglichkeit, reisen zu können.

Zurück in Berlin reiften die Gedanken immer weiter. Irgendwann haben wir zueinander gesagt: ‚Wir könnten abhauen.' 1987 fand unser erster Fluchtversuch statt. Wenn wir von der Arbeit mit der S-Bahn nach Hause gefahren sind, sind wir immer über den S-Bahnhof Schönhauser Allee gefahren. Die Station danach ist der S-Bahnhof Pankow. Das Besondere an diesem Abschnitt war, dass die S-Bahn dort durch den Todesstreifen gefahren ist. Man muss sich das so vorstellen: Von der Ost-Seite aus gesehen gab es erst ein paar Zäune, dann den Todesstreifen und dann die richtige Mauer. Wenn man also nach West-Berlin abhauen wollte, musste man erstmal über die Zäune rüber. Das war ein Drama, weil die Zäune sehr hoch und sehr engmaschig waren, da konnte man nicht einfach mal so drüber klettern. Die S-Bahn auf der Strecke fuhr aber genau zwischen den Zäunen und der Mauer. Wenn man also irgendwie auf den Streckenabschnitt der S-Bahn kommen würde, bräuchte man die Zäune nicht mehr zu überwinden.

Mein Kumpel und ich haben uns dann überlegt, dass wir uns einen Haken mit einem Seil dran bauen könnten. Wir würden die S-Bahn mit der Notbremse stoppen, aus dem Fenster steigen, den Haken über der Mauer einhaken und drüber klettern. Als Vorbereitung sind wir eine Zeit lang nachts mit der S-Bahn irgendwelche Strecken lang gefahren und haben verschiedene Notbremsen gezogen. Wir haben versucht, ein Gespür dafür zu bekommen, wie lang der Bremsweg ist, und haben uns dann irgendwann gesagt: Ok, heute machen wir es. Das war an einem Tag mit Berufsverkehr, denn da würde der Zug voll mit Menschen sein und wir würden nicht so auffallen.

An dem bewussten Tag sind wir einfach mit unserem selbstgebastelten Haken eingestiegen und haben, kurz nachdem der Zug von der Schönhauser losgefahren ist, die Bremse gezogen. Der Zug hielt nicht an, fuhr aber etwas langsamer. Wir haben versucht die Tür aufzuzerren, aber die war komplett verriegelt. Zum Glück war es eine alte S-Bahn, in der man die Fenster runterschieben konnte. Kurz vor dem Bahnhof Pankow sind wir aus einem Fenster geklettert und von dem Zug auf die Gleise gesprungen. Aus dem Mauerbereich mit dem Todesstreifen waren wir schon wieder raus und wir sind irgendwie rechts über die Gleise in eine Kleingartenanlage gerannt. Das war ein Drama. Die Polizei hat uns überall gesucht, hat uns aber zum Glück nicht gefunden. Wir haben so viel Schwein gehabt, das glaubt man gar nicht. Später haben wir erfahren, dass die Notbremsen für Strecken in der Nähe von der Mauer immer deaktiviert wurden. Wir waren natürlich nicht die einzigen, die auf die Idee gekommen waren, an der Stelle zu fliehen.

Das hätte richtig schieflaufen können, aber entmutigt hat es uns nicht. Im Frühsommer 1988 haben wir das zweite Mal versucht abzuhauen, dieses Mal über Ungarn. Wir dachten ganz einfach: Da gibt es zwei oder drei Zäune, über die klettern wir rüber und dann sind wir da. Naiv hoch zehn natürlich. Eines Tages sind wir ganz einfach mit dem Zug nach Budapest gefahren, um von da aus zur österreichischen Grenze zu trampen. Wir haben uns an die Autobahn gestellt – das war ein Scheißtag: kalt, nieselig – und ein Typ aus West-Berlin hat uns mitgenommen. Der war total cool, hatte aber ein ganz spießiges Auto. Das Display war irgendwie digital, mit so ganz großen Buchstaben. Naja, jedenfalls sagte er relativ schnell: ‚Ihr kommt aus Ost-Berlin, oder?' Kein Westdeutscher wäre damals auf die Idee gekommen durch den Ostblock zu trampen, dass wir da bei diesem Sauwetter standen, war ihm also sofort komisch vorgekommen. Nach ungefähr 50 Kilometern ist er auf einen Parkplatz gefahren und hat auf uns eingeredet: ‚Macht das nicht, Jungs. Fahrt wieder nach Hause, macht eure Mütter nicht unglücklich.' Er hat uns dann, glaube ich, sogar nach Budapest zurückgefahren, wo wir wieder in den Zug nach Berlin gestiegen sind. Das war schon deprimierend. Heute sieht man manchmal so Filme, in denen Leute in einem Heißluftballon abgehauen sind, aber so kreativ und geschickt waren wir einfach nicht.

Nun war es also schon zwei Mal schiefgelaufen, aber weg wollte ich immer noch. Und inzwischen drängte die Zeit, weil ich zur Armee musste. Ich hatte die Einberufung schon einmal für ein Jahr zurückgestellt, konnte das aber nicht noch mal machen. Als ich zum 1. Mai 1989 meine endgültige Einberufung bekam, wusste ich, dass die Zeit knapp wird. Mein Kumpel und ich haben uns dann gesagt: Ok, jetzt ziehen wir das richtig durch. Am 30. April 1989, also einen Tag, bevor ich bei der Sammelstelle der Wehrdienstpflichtigen antreten musste, sind wir los. Die Berliner Mauer war stark bewacht – da standen alle 50 Meter Wachtürme und die waren immer beleuchtet –, also war unser neuer Plan, über die innerdeutsche Grenze von Thüringen nach Bayern zu fliehen. Die Grenzabschnitte dort wurden nicht so engmaschig überwacht und wir gingen davon aus, dass wir da bessere Chancen haben würden.

Am Abend vorher war ich in der Kneipe in meiner Straße, um noch was zu essen. In der Kneipe saßen ein paar Typen, die gemeinsam gefeiert haben. Ich bin mit denen ins Gespräch gekommen und habe noch ein Bierchen mitgetrunken. Am nächsten Tag habe ich meinen Kumpel abgeholt und wir sind gemeinsam los, mit dem Auto bei finsterer Nacht. Wir trugen schwarze Jeans, schwarze Turnschuhe und schwarze Jacken und hatten nur einen Kompass, eine Uhr und eine Karte dabei. Unsere Dokumente hatten wir bei dem Vater meines Kumpels gelassen. Der sollte sie nachsenden, sobald wir im Westen wären. Wir sind dann also ein ganzes Stück mit dem Auto gefahren, bis wir das Gefühl hatten, in der Nähe der Grenze zu sein. Ganz genau wussten wir das nicht, weil du in der DDR ja keine Landkarten bekommen hast, die die Gebiete direkt bis an die Grenze auswiesen. Wir haben das Auto irgendwo deponiert und mit Ästen abgedeckt und sind zu Fuß weiter durch den Wald gelaufen.

Nach ungefähr einer Stunde sahen wir auf einmal in der Ferne einen Zug. So sah das auf jeden Fall aus, bis wir Stimmen hörten und erkannten, dass zwei Grenzsoldaten auf uns zugelaufen kamen.

Die sind nebeneinander gelaufen und hatten kleine Taschenlampen in der Hand, die sie auf gleicher Höhe getragen haben. Das war also gar kein Zug. Diese Grenzsoldaten sind immer zwischen zwei Zäunen hin und her gelaufen, ungefähr in halbstündigem Takt. Alle hundert Meter stand ein Wachturm. Als die Soldaten außer Sicht waren, sind wir in die Mitte von zwei Türmen gerobbt und haben dort eine Weile gelegen. Irgendwann sind wir dann einfach losgerannt. Der erste Zaun war vielleicht drei Meter hoch und hatte oben so einen schrägen Stacheldrahtteil. Mein bester Freund ist als erster ran und drüber gesprungen, danach kam ich. Als ich mich an dem schräg abstehenden Stacheldrahtteil festgehalten habe, ist der abgebrochen und ich lag auf dem Rücken unten im Dreck. ‚Scheiß Osten', habe ich gerufen, ‚hier geht auch wirklich alles kaputt!' Da haben wir erstmal total gelacht, das war echt pervers.

Das zweite Mal klappte es, aber neben mir knallte es sofort sehr laut. Es ging eine Leuchtrakete hoch und es wurde taghell: Wahrscheinlich bin ich auf eine Art Alarmdraht getreten. Mein Kumpel war mittlerweile über den nächsten Zaun rüber und zischte: ‚Kooommm, kooommm!' Im Hintergrund gingen laute Sirenen an und ich bin dann irgendwie, tschack-tschack, rüber. Ich kann mich nicht mehr genau dran erinnern, das war so eine krasse Stresssituation, in der man vor Adrenalin nicht mehr denken konnte. Wir standen jedenfalls auf der anderen Seite, mit den Zäunen hinter uns, und es hat immer wieder geknallt. Ich nehme an, das waren Schüsse. Mann, hat das gerauscht in meinem Kopf.

In der Ferne haben wir eine dunkle Silhouette gesehen, ein Waldgebiet. ‚Da müssen wir hin', haben wir uns gesagt und sind losgerannt. Vor dem Waldgebiet war eine Wiese. Das war aber keine normale Wiese, denn alle paar Meter gab es Löcher, die bestimmt zwei Meter tief waren. Wir sind immer wieder in so ein Loch reingefallen, da wieder rausgeklettert und wieder losgerannt. Und das im Dunklen. Eine gefühlte Stunde später waren wir endlich an diesem Waldrand. Dahinter haben wir Lichter von fahrenden Autos gesehen. Wir dachten, dass wir vielleicht schon im Westen waren und sind schnell in das Waldstück rein. Es war der Horror. Jeder zweite Baum war gefällt und die Stämme wurden liegen gelassen. Wir sind da kaum durchgekommen und haben uns bestimmt eine weitere Stunde lang durchgekämpft. Irgendwann waren wir durch und sahen eine kleine, schmale Straße. Da fuhren zwei Grenzsoldaten in einem Militär-Trabant und mit Suchscheinwerfern lang und wir hörten Hundegebell. ‚Hier kommen wir nicht weiter', haben wir festgestellt.

Wir haben uns entschlossen, wieder zurück in den Wald zu laufen, diesmal aber ein Stück weiter nach links zu gehen. Stundenlang haben wir uns da durchgekämpft. Ich mit nur einem Schuh, den zweiten hatte ich irgendwo verloren. Es kam uns irgendwann ein Wildschwein entgegen und in ein Auerhahnnest sind wir auch getreten. Eigentlich haben wir die ganze Nacht immer wieder gelacht, weil es so skurril war. Wir waren beide so voll mit Adrenalin und total aufgeregt, alle unsere Sinne waren geschärft. Irgendwann standen wir wieder vor einem hohen Zaun. Das kann doch nicht wahr sein, dachten wir. Warum stand da denn noch ein Zaun? Im Nachhinein hat sich herausgestellt, dass wir uns das beschissenste Stück für die Flucht ausgesucht haben. Es gab Grenzabschnitte, die bestanden nur aus ein paar Zäunen, aber auf unserem Stück befanden sich außerdem alte Grenzanlagen. Die ersten Zäune, die wir bezwungen hatten, waren die wirkliche Mauer, aber dahinter war ein riesiges Gelände, ein Niemandsland mit Grenzanlagen aus früheren Jahren. Die wurden zwar nicht mehr überwacht, aber überwinden mussten wir sie ja trotzdem.

Wir sind in der Nacht bestimmt über sechs Zäune geklettert. Irgendwann standen wir wieder an einem Waldrand. Und, das glaubt man nicht, da stand wieder ein Zaun. Wir waren schon acht oder neun Stunden unterwegs und waren echt durch. Zum Glück haben wir relativ schnell entdeckt, dass der Zaun zu einer Kläranlage gehörte. Die Umzäunung war ganz sauber gezogen und sah anders aus als die Zäune im Osten. Dahinter standen Häuser und die sahen auch anders aus. Im Osten war alles ein Einheitsbrei und die Häuser waren grau, aber diese hier hatten Farbe. Vor den Häusern standen Laternen, in regelmäßigen Abständen und mit besserem Licht, als

wir es gewohnt waren. Das waren keine Ost-Laternen, da waren wir uns ziemlich sicher. Wir sind in die Ortschaft gelaufen und kamen auf einen kleinen Platz. Auf dem Platz stand ein Getränkeautomat oder ein Süßigkeitenautomat, das weiß ich nicht mehr genau. Mein Kumpel und ich haben uns angeschaut und gebrüllt: ‚Wir sind drüben! Wir haben es geschafft!' Solche Automaten gab es nämlich nicht im Osten.

Tja, und dann standen wir da und wussten nicht so recht, was wir jetzt machen sollten. Es war fünf Uhr morgens, also sind wir erstmal durch die Ortschaft gelaufen. Da haben wir ein Haus entdeckt, in dem schon Licht brannte. Wir haben durch das Badezimmerfenster geguckt und da stand ein Typ in seinem Pyjama, der sich gerade die Zähne geputzt hat. Wir sahen aus wie die Zombies, voller Blut und Schlamm. Wir wollten den Mann nicht erschrecken, haben dann doch vorsichtig angeklopft. Er hat sich tierisch erschreckt, die Zahnbürste fallen lassen und ist ein paar Schritte nach hinten gegangen. Er hat aber das Fenster aufgemacht und wir haben ihm erklärt, dass wir aus dem Osten abgehauen sind. Er hat uns sofort reingelassen. Wir durften uns waschen und er gab uns frische Klamotten. Danach aßen wir etwas und erzählten ihm alles über unsere Flucht.

Wir wussten, dass es ein Auffanglager in Gießen, bei Frankfurt am Main, gab. Der Mann hat uns zwei Fahrkarten geschenkt und dazu noch 50 Mark. Jahre später waren wir nochmal bei ihm und haben uns bedankt. Er war in dem Moment super hilfsbereit, das war fast unglaublich. Im Lager haben wir uns ein Zimmer mit ein paar anderen geteilt. Am ersten Abend haben wir uns alle unterhalten und jeder hat so ein bisschen erzählt, wo er herkommt. Irgendwann habe ich einen Typen in einer Ecke sitzen sehen. Er war ganz still und kam mir irgendwie bekannt vor. Es hat sich herausgestellt, dass das der Typ war, den ich in Berlin am letzten Abend in der Kneipe kennengelernt hatte. Er und sein Kumpel waren auch am nächsten Tag abgehauen, aber die beiden hatten es über die Elbe versucht. Er hatte es geschafft, aber sein Kumpel wurde von einem Boot der Nationalen Volksarmee gekascht und verhaftet. Das war schwer für ihn und ich habe gemerkt, dass es ihm guttat, mich dort wiederzusehen.

Nach ein paar Tagen haben wir das Auffanglager verlassen und erhielten jeweils einen westdeutschen Pass. Ob der Vater meines Kumpels unsere ostdeutschen Papiere noch gesendet hat, weiß ich nicht mehr. Ich glaube, dass sie da gar nicht nach gefragt haben. Nach dem Lager bin ich mit meinem Freund zu seiner Cousine in Niederbayern gefahren. Ich hatte noch keinen Plan, wollte erstmal im Westen ankommen. Es stellte sich heraus, dass diese Leute Zeugen Jehovas waren. Am zweiten oder dritten Tag hieß es: Morgen gehen wir alle gemeinsam in die Kirche. Tja, und dann saßen wir da und uns wurde erzählt, dass sie all ihren Verdienst an diese Sekte – ich nenne es einfach mal so – abgeben mussten. Das fand ich schon mal sehr schräg. Weil der Prediger uns an den Komiker Otto Waalkes erinnerte, haben wir einen schlimmen Lachkrampf bekommen. Am nächsten Tag hat die Familie meines Kumpels mich rausgeschmissen. Er ist nicht mit mir mitgekommen, sondern bei ihnen geblieben.

Nun musste ich allein zurechtkommen. Die erste Zeit in der BRD war richtig schlimm für mich. Meine Schwester kannte einen Typen in Selb, in Franken. In der Not bin ich zu dem. Ich musste bei dem Typen arbeiten und alte Reifen in LKWs stapeln, die nach Afrika oder wohin auch immer verkauft wurden. Ich habe von morgens bis abends geackert und habe nichts dafür bekommen, außer einen Platz auf seiner Couch. Das habe ich ein paar Tage mitgemacht und dann habe ich meinen Plunder gepackt. Ich habe ihm einen Hunderter geklaut und einen netten Zettel hinterlassen: ‚Danke für die Übernachtung. Hab mir mal meinen Lohn genommen, du Arschloch.' Ich habe mir dann die Zeitschrift ‚Hotel und Gastronomie' gekauft, die stand voll mit Job-Annoncen, und habe mich einen Tag lang durch alle Annoncen telefoniert. Ein Hotel am Tegernsee hat mich tatsächlich genommen. Die Küche wurde von einem Sternekoch geleitet, der mir meinen Start nicht gerade einfach gemacht hat. Ich habe für Kost und Logis gearbeitet, das heißt, dass man freie Unterkunft und Verpflegung erhält und dazu noch ein kleines

Gehalt bekommt. Der Küchenchef konnte Ostler nicht leiden und hat mich von Anfang an gehasst. Er hat mir recht schnell drei Tage freigegeben, in denen ich mich nicht im Hotel blicken lassen durfte. Mein Gehalt hatte ich aber noch nicht bekommen. Ich hatte also nichts zu essen und auch kein Geld, um mir was zu kaufen. Ein paar Tage später hat der Küchenchef mir nochmal fünf Tage freigegeben – mit Absicht, na klar. Ich hatte so einen Hunger, dass ich in einem kleinen Gemüseladen, nicht unweit vom Hotel, einen Apfel geklaut habe. Dabei wurde ich erwischt. Ich habe der Verkäuferin erklärt, dass ich so einen Hunger habe und die konnte es kaum glauben. Da arbeitet man zwischen Millionären und hat selbst nichts zu essen?! Sie hat mir daraufhin mehrere Wurstbrote gemacht, das vergesse ich nie im Leben.

Zum Glück gab es mehr nette Leute. Ich durfte nicht mit den anderen Angestellten im Hotel schlafen, sondern wurde mit griechischen Topfspülern und Reinigungskräften direkt am See in einem alten bayrischen Holzhaus untergebracht. Im Endeffekt war das aber gar nicht so schlimm: Der Sommer direkt am Tegernsee war herrlich. Die Griechen waren super nett und haben viel gefeiert. Jeden Abend wurde da Ouzo getrunken und ein Feuer gemacht. Ich habe am See auch viele reiche Leute kennengelernt, zum Beispiel die Tochter von erfolgreichen Anwälten. Ihre Familie hat mich sofort überall mit hingenommen. Anfang November sind wir über die Alpen zum Gardasee gefahren. Da saß ich, bei 20 Grad, und trank einen Espresso. Abends sind wir mit einer Kutsche in die Oper gefahren. Sie haben mir sogar den Schlüssel von ihrem BMW gegeben: ‚Hier, viel Spaß.' Das war krass, ich konnte das alles gar nicht glauben. Ich bin damals echt von einem Extrem ins andere gefallen.

Ein paar Monate nach meiner Flucht ist die Mauer gefallen. Alle haben drüber gesprochen und ich habe in der Küche gestanden und gearbeitet. Ich habe sofort versucht, meine Eltern in der DDR anzurufen, aber es hat eine Woche gedauert, eine Verbindung zu bekommen. Am Telefon haben meine Eltern mir erzählt, wie schwierig die Zeit nach meiner Flucht für sie war. Sie hatten ganz viel Kummer, ihr Sohn war ja auf einmal weg. Außerdem hat der Staat meinen Eltern ganz schön Stress gemacht. Während einer Gerichtsverhandlung wurde meinen Eltern erzählt, dass ich zu zehn Jahren Zuchthaus und der Aberkennung meiner Staatsbürgerschaft verurteilt worden war.

Als die Mauer offen war, bin ich wieder öfter nach Berlin gefahren, aber die Verbindung zwischen Ost und West war eine Katastrophe. Zum ersten Ostern nach der Wende bin ich mit dem Auto von Augsburg nach Berlin gefahren. Ich bin nach der Arbeit nachmittags los und habe 14 Stunden auf der Autobahn im Stau gestanden. Die DDR-Autobahnen waren holprig und richtig schlimm und außerdem wollten ja alle rüber, um ihre Familien zu besuchen. Irgendwann war ich so hochgradig aggressiv vom Warten, dass ich mit meinem kleinen Volkswagen einen Hang runtergefahren bin. Ich bin über einen Acker gedüst und bin danach nur noch über Landstraßen gefahren. Dieser olle Käfer hatte keine Heizung, also war es auch noch arschkalt. Nach fast 22 Stunden kam ich an, das glaubt man gar nicht.

Während meiner Zeit im Westen habe ich gelernt, dass Wurzeln sehr wichtig sind. Es gibt bestimmt Menschen, die sehr kosmopolitisch sind und überall so leben können, als wäre es ihre Heimat. Ich kann theoretisch auch überall leben, aber mein Herz ist doch irgendwie verwurzelt – das ist da verwurzelt, wo ich herkomme, wo meine Familie und Freunde sind, wo mein ganzes Leben sich abspielt. Darum finde ich diese weltweite Politik momentan auch so entwurzelnd. Flucht ist immer ein ganz übler Punkt. Wenn Leute diesen Weg gehen, dann hilft es ihnen sicher insofern, als dass sie in einem anderen Land einen sicheren Hafen bekommen können. Aber das macht nicht glücklich, das reicht nicht aus. So ging mir das in Bayern. Ich kann das schwer in Worte fassen, es war ein Gefühl. Es war das Gefühl, das ich hatte, wenn ich nach Hause gefahren bin und dieses ‚Berlin – 50 km'-Schild gesehen habe. Da hat mein Herz wie verrückt angefangen zu klopfen, jedes Mal wieder. Immer wenn ich nach Bayern zurückgefahren bin, kam die Wehmut. Nach zwei Jahren im Westen bin ich zurück nach Ost-Berlin gezogen. Ich war endlich wieder zu Hause und so sollte es auch sein."

Freunde oder Familie im Westen besuchen? DDR-Bürger benötigten dafür eine Genehmigung des Staates. Eine Hochzeit oder Beerdigung konnte ein Grund sein, die Koffer packen zu dürfen. Da die Partei jedoch sichergehen wollte, dass der Reisende in die DDR zurückkehren würde, erhielt oft nur eines der Familienmitglieder eine Reiseerlaubnis. So war es auch bei **Claudia Müller (1969)**. *Ihre Mutter durfte die Familie in Amerika besuchen und sie blieb als Pfand zurück. Es war der Anfang einer immer kritischeren Haltung ihrem Land gegenüber.*

„Als Jugendliche habe ich oft an Aktivitäten teilgenommen, die durch die FDJ organisiert wurden. Ich bin in Rodewisch groß geworden, einem kleinen Ort in der Nähe der tschechischen Grenze. Da gab es eine Insel, die Schlossinsel Rodewisch, die als eine Art sozialistische Freizeitinsel benutzt wurde. Es gab ein kleines Schloss, ein paar Ruinen und einen großen Platz. Auf diesem Platz organisierte die FDJ Discos. Ich war wie alle anderen, die dort hingingen, Mitglied der FDJ, aber meinen FDJ-Pass hatte ich nie dabei und meine Uniform habe ich auch nicht getragen. Das war nicht notwendig. Die Jugendlichen, die die Disco organisiert haben, hatten am Anfang des Abends immer ihre FDJ-Bluse an, aber nach ein paar Stunden haben sie sich meistens umgezogen.

Diese Partys waren richtig toll und es war alles sehr entspannt. Die Musik war hauptsächlich ostdeutsche und damit immer deutschsprachig. Sehr beliebt waren die Bands City und Karat. Nur 40 Prozent der Musik durfte aus dem Westen kommen. Diese Lieder waren meistens englischsprachig und ich verstand kaum, was gesungen wurde. Wir hatten ja nur zwei Jahre Englisch in der Schule – freiwillig und immer in der neunten Stunde, das war nicht wirklich motivierend. Wenn ich heutzutage ein Lied höre, das damals angesagt war, denk ich regelmäßig: Ach, das haben sie also gesungen!

Die FDJ-Aktivitäten haben einfach nur Spaß gemacht. Wir haben gefeiert und uns nie wirklich über den Sozialismus ausgetauscht. Weil die Feiern meistens schon um elf, halb zwölf zu Ende waren, sind wir danach oft mit unseren Mopeds zu einem See in der Nähe gefahren und sind dort geschwommen. Dass ich ein Moped hatte, war ein echter Luxus. Mein Onkel hatte es für mich besorgt. Er hatte über Bekannte mitbekommen, dass es in einer 300 Kilometer entfernten Fabrik Mopeds gab und ist sofort mit einem Anhänger hingefahren. Ich konnte den ganzen Tag an nichts anderes denken und habe gehofft, dass er mit zwei Mopeds wiederkommt: eins für meinen Cousin und eins für mich. Als das auch wirklich passierte, habe ich mich riesig gefreut. Ich war nun stolze Besitzerin eines Simson S51 B: ein Moped mit Blinker![44]

Außerdem bin ich oft nach Ost-Berlin gefahren, wo meine Tante wohnte. Als ich 14 war, habe ich dort meinen damaligen Freund kennengelernt. Unglaublich verliebt war ich in ihn! Ich fand Berlin fantastisch, es war damals schon spezieller und hipper als der Rest Deutschlands. Es gab Kabarett, Museen, Theater, es gab einfach alles. Mein Freund und ich sind aber hauptsächlich von der einen

44 Die S51-Serie wurde ab 1980 produziert. Das B stand für Blinker, aber in der DDR wurde auch gesagt, dass es für „Besser" stand. Das S51 B Moped war nämlich besser als das S51 N (ein N für Normal) Moped: Es hatte einen Zündschalter, Blinker und Akku.

Bar zur nächsten geschlendert. Er hat eine Ausbildung zum Kellner gemacht und im Café Moskau[45] gearbeitet. Wenn ich ihn abgeholt habe, bin ich immer mit Absicht etwas zu früh gekommen. Ich habe dann nämlich ein Eis bekommen, weil er noch nicht fertig war. Die Eltern von meinem Freund hatten in der Bornholmer Straße eine typische Berliner Eckkneipe und haben irgendwann über Kontakte geregelt, dass mein Freund und ich im ersten italienischen Restaurant Ost-Berlins essen konnten. Da habe ich die ersten Tortellini meines Lebens gegessen.

Natürlich habe ich nicht nur gefeiert. Meine Mutter kommt aus einer christlichen Familie, also war ich damals auch in der Kirche. In der DDR war es öfter so, dass Leute sowohl Mitglied der Kirche als auch der FDJ[46] waren. Mit dem Sohn des Pfarrers habe ich irgendwann sogar eine Art Bibelkreis gegründet, wo wir uns gegenseitig Stücke aus der Bibel vorlasen. Wir sprachen auch viel über das System und führten philosophische Diskussionen über Themen, zum Beispiel wie unser Leben aussehen würde, wenn wir unsere Meinung ganz offen äußern könnten. Für mich waren diese Gespräche sehr wertvoll, denn sie ließen mich darüber nachdenken, wie mein Land eigentlich funktionierte. In der Schule wurde darüber natürlich nicht gesprochen. Auch das Thema Kirche habe ich sehr direkt angesprochen. Die Kirche erlaubte keinen Sex vor der Ehe, aber ich hatte, wie gesagt, einen Freund in Berlin, in den ich sehr verliebt war. Ich war mir sicher, dass wir eines Tages heiraten würden und habe Sachen gefragt wie: ‚Warum dürften wir denn nicht

45 Ein beliebtes Restaurant in der Karl-Marx-Allee (damals noch Stalinallee) in Ost-Berlin.

46 Wenn jemand kein Mitglied der FDJ war, konnte das negative Folgen haben, unter anderem für die Bildungschancen, Karriere und soziale Position. Die Kirche war ein Dorn im Auge der Partei. Der Glaube war ein zu großer Konkurrent für den Sozialismus und unter dem Dach der Kirche bildeten sich verschiedene (oppositionelle) Gruppen, die sich unter anderem für die Einhaltung der Menschenrechte in der DDR einsetzten. Die Stasi und die Volkspolizei beobachteten die Kirche sehr genau und ließen IMs die Kirche infiltrieren. Dennoch war es einer der wenigen öffentlichen Räume in der DDR, in dem Diskussionen geführt werden konnten und freie Kunst und Kultur eine Bühne fanden (Beleites, 2017).

miteinander schlafen?' Ich glaube, ich habe versucht, die Kirche etwas weltoffener zu machen.

Zu derselben Zeit hat meine Mutter ihre Tante in Amerika besucht. Ich war ihr einziges Kind und durfte nicht mit. Ich war sozusagen das Pfand meiner Mutter: Die Partei behielt mich in der DDR, damit meine Mutter nicht in Amerika bleiben würde. Das war unglaublich ärgerlich, denn ich wollte New York liebend gerne mal sehen. Und es gab noch mehr, das mich frustriert hat. Bei mir in der Klasse war ein Junge, der einen österreichischen Vater und eine ostdeutsche Mutter hatte. Wenn seine Großeltern sie aus Österreich besucht haben, nahmen sie oft Markenklamotten für ihn mit. Irgendwann hat die Schule aber beschlossen, dass Markenklamotten nicht mehr erlaubt sind und dass wir nur noch ostdeutsche Kleidung tragen dürfen. Ich war damit nicht einverstanden und habe mich für ihn stark gemacht. ‚Er bekommt diese Sachen von seinen Großeltern geschenkt', sagte ich. ‚Warum darf er sie dann nicht tragen?' Ich fand das einfach nicht fair und wollte selbst natürlich auch meine Levi's anziehen können. Ich hatte die von Freunden meines Opas bekommen – Freunde aus dem Westen, die er über die Kirche kannte – und war super stolz darauf. Sogar bei 35 Grad bin ich damit zum Schwimmbad gelaufen. Ich wollte sie einfach nicht ausziehen. Unsere Schule hat aber leider nicht auf mich gehört: Markenklamotten waren nicht mehr erlaubt.

In der Oberstufe habe ich dann erfahren, dass Klamotten aus dem Westen zwar Tabu waren, aber Klamotten für den Westen herzustellen nicht. Im Fach Produktive Arbeit mussten die Mädchen Männer-Pyjamas – so richtig altmodische mit Kragen und Knöpfen – für C&A nähen und einpacken. Ich weiß noch, dass ich die ganze Zeit dachte: Diese Schlafanzüge werden also nach Westdeutschland geschickt. Ich darf sie machen, aber ich darf sie nicht haben? Ich fand das sehr komisch. Ich habe oft daran gedacht, meine Adresse in so ein Paket einzuschleusen, damit sie vielleicht jemand entdecken würde, mit dem ich Brieffreunde werden könnte. Ich hätte dann eine Verbindung zu Westdeutschland gehabt und wer weiß, wozu das geführt hätte. Aber so tapfer war ich dann doch nicht. Ich wusste natürlich, dass die Stasi mich finden würde, wenn sie die Pakete kontrollieren würde.

Ich wurde immer kritischer meinem Land gegenüber, wusste aber auch, dass im Westen nicht alles super war. Die Menschen in Dresden konnten kaum West-Fernsehen empfangen, die dachten, dass es in Westdeutschland alles gab und alles möglich war. Ich habe regelmäßig die westdeutsche Sendung Kennzeichen D geschaut, in der Probleme wie Arbeitslosigkeit besprochen wurden. Außerdem lernte ich, dass es in Westdeutschland zwar mehr gab, aber das alles auch viel teurer war. Wenn ich da wohnen würde, würde ich also Erdbeeren im Winter bekommen, aber möglicherweise würde ich mir die gar nicht leisten können.

1986 habe ich mit meinem Studium der Physiotherapie in Zwickau angefangen. Ich blieb bei meiner Mutter wohnen und mein Freund hat mich regelmäßig besucht. Eines Abends, als er bei uns war, ist er mit einem Freund was trinken gegangen, ist aber nachts nicht nach Hause gekommen. Der Freund meines Freundes war zuckerkrank, deswegen hatten meine Mutter und ich Angst, dass vielleicht etwas Schlimmes passiert sein könnte. Wir sind zu allen Krankenhäusern der Gegend gefahren, konnten sie aber nicht finden. Irgendwann sind wir dann zur Polizei gefahren, wo eine etwas dusselige Polizistin uns erzählte: ‚Oh, die sind bestimmt verhaftet worden, weil sie die tschechische Grenze überschritten haben. Das passiert öfter. Setzen Sie die Kartoffeln ruhig auf, der kommt bald wieder nach Hause.' Aber mein Freund kam nicht nach Hause.

Am nächsten Morgen um elf stand auf einmal die Stasi bei uns vor der Tür. Meine Mutter hatte einen Schrebergarten nicht weit von unserer Wohnung entfernt und zufälligerweise war einer der Agenten, der vor der Tür stand, ihr Nachbar im Schrebergarten. ‚Haben Sie eine Tochter?' fragte er ganz kühl. ‚Ja', sagte meine Mutter, ‚aber das wissen Sie doch, das ist Claudia.' Er erklärte, dass er das fragen müsse, weil er jetzt im Einsatz sei. ‚Nachher kommen ein paar Kollegen, um Claudia zu verhören. Es wurde eine schwere Straftat begangen.' Was genau passiert war, sagte er nicht, aber wir hatten ja schon einige Informationen von der Polizistin bekommen. Ungefähr sechs Stunden später kamen tatsächlich drei Stasi-Agenten. Einer stellte Fragen, einer schrieb alles auf und einer beobachtete meine Mutter und mich ständig, damit wir uns nicht mit Handbewegungen absprechen können. Was wir genau hätten absprechen sollen, weiß ich bis heute nicht. Auch die Sachen meines Freundes musste ich abgeben. Im Nachhinein ist das verrückt und sie hätten das gar nicht verlangen dürfen, aber sie waren so dominant, dass alles andere als Gehorchen keine Option war.

Später hat sich herausgestellt, dass mein Freund und sein Kumpel ein Bierchen in Tschechien trinken wollten. Weil gerade eine andere Gruppe von Jugendlichen versucht hatte, über die Tschechei in den Westen abzuhauen – in dieser Gruppe war ein Infiltrant, der alles der Stasi verraten hatte – wurden er und sein Kumpel auch verdächtigt. Sie hatten einfach Pech und waren zur falschen Zeit am falschen Ort. Mein Freund kam eine Woche ins Stasi-Gefängnis in Karl-Marx-Stadt, das heutige Chemnitz, und danach noch eine Woche ins Gefängnis in Berlin-Rummelsburg. Danach war er irgendwie anders. Ruhiger, nachdenklicher, nicht mehr so spontan. Über die Zeit im Gefängnis wollte er nicht reden und später habe ich auch verstanden warum: Er musste unterschreiben, dass er das nicht tun würde.

Von dem Tag an, an dem die Stasi bei uns zu Hause war, vertraute ich keinem mehr. Ich sah sie überall. Wenn ich mit dem Zug nach Zwickau gefahren bin, saß zum Beispiel immer so ein Typ bei mir in der Nähe. Ich hatte den vorher noch nie gesehen, aber auf einmal war er da. Du bist von der Stasi, dachte ich sofort. Ich sehe ihn und sein kariertes Sakko heute noch vor mir. Ein anderes Mal hat mich in der Disco ein Junge angesprochen. ‚Hey, wir kennen uns', sagte er zu mir. ‚Sind wir nicht letztes Jahr zusammen an die Ostsee gefahren?' Ich kannte ihn gar nicht und sagte sofort eiskalt: ‚Nein, sind wir nicht.' Mein erster Gedanke bei ihm war echt: Dich will ich nicht, du bist von der Stasi. Vielleicht habe ich ihn völlig falsch eingeschätzt, ich war einfach immer auf der Hut. Auch zu Hause. Meine Mutter hatte lange Zeit die Gewohnheit, die Wohnzimmertür offenzulassen. Wir hatten ein sehr kleines

Wohnzimmer, es machte also Sinn, aber seit dem Besuch der Stasi habe ich die Tür immer zugemacht, bevor ich was gesagt habe. Ich hatte irgendwie Angst, dass jemand im Flur steht und lauscht.

Nach allem, was passiert ist, hatte ich kein Vertrauen mehr in mein Land. Ich wollte in den Westen, aber flüchten wollte ich nicht. Ich hatte Angst, dass meine Mutter dadurch Probleme bekommen würde. Außerdem wurde ein Freund von mir inhaftiert, als er versucht hat über Ungarn zu flüchten, nachdem die Grenze zwischen Österreich und Ungarn geöffnet wurde.[47] Ich habe 1989 einen offiziellen Ausreiseantrag gestellt, aber bevor der bearbeitet wurde, hörte ich Herrn Schabowski[48] sagen, dass die Grenzen nach West-Berlin und Westdeutschland offen waren. Ich saß bei meiner Mutter vor dem Fernsehen und bin erstmal in Tränen ausgebrochen. Am Tag danach musste ich zur Polizei wegen meines Ausreiseantrages, aber vor dem Revier stand eine unglaublich lange Schlange. Ich bin daraufhin in eine Telefonzelle gegangen und habe sie angerufen: ‚Ich habe jetzt einen Termin, aber komme nicht durch.' Sie erzählten mir, dass jetzt doch alles egal sei und ich einfach so in den Westen konnte, aber einen Tag später bin ich doch noch einmal hin. Ich bekam einen Stempel in meinen Ausweis, mit dem ich die DDR verlassen durfte. Ja, so brav war ich. Außerdem dachte ich, dass Westdeutschland mich ohne diesen Stempel nicht reinlassen würde.

Am 23. November 1989 bin ich in einen Ort in der Nähe von Stuttgart gezogen. Mein Freund und ich hatten uns kurz nach seiner Frei-

47 Im September 1989 öffnete Ungarn die ungarisch-österreichische Grenze für DDR-Bürger. Tausende von DDR-Bürgern versuchten, über Ungarn nach Österreich zu reisen (Schröder, 2013).

48 Der Sekretär des Zentralkomitees, Günter Schabowski (1929-2015), sprach auf einer Pressekonferenz des Zentralkomitees der SED am 9. November 1989 über den Entwurf des neuen DDR-Reisegesetzes. Zur Überraschung aller sagte er, dass DDR-Bürger über die Grenzübergänge ungehindert in die BRD und nach West-Berlin reisen könnten. Mit anderen Worten: Schabowski kündigte an, dass die Grenzen geöffnet werden. Aus dem Publikum kam die Frage: „Ab wann? Ab sofort?" Schabowski zweifelte einen Moment und stammelte dann: „Das trifft nach meiner Kenntnis ... ist das sofort, unverzüglich" (Wolle, 2013).

lassung schon getrennt. Er hatte sich verändert, wir hatten uns beide verändert. Weil ich Stuttgart schrecklich fand, bin ich relativ schnell nach Amersfoort, in die Niederlande, gezogen. Da wohnten zwei niederländische Freunde von mir, die ich während eines Ferienlagers der Kirche kennengelernt hatte. Ein Jahr nach meinem Umzug in die Niederlande lernte ich meinen Mann kennen. Er meint immer, dass ich zu Anfang sehr hohe Ansprüche hatte. Dann standen wir zum Beispiel um sechs Uhr abends im Supermarkt und ich fand es echt unmöglich, dass es kein Brot mehr gab. Ich war doch immerhin im Westen! Einmal habe ich zwei Autos gleichzeitig gekauft, weil ich dachte: Eins kann ich bestimmt wieder zurückgeben. Tja, so funktionierte das nicht ganz im Westen. An solchen Dingen merkt man echt, dass man aus einem anderen System kommt.

Meine Tochter ist 18 Jahre alt und fängt langsam damit an, Fragen über meine Vergangenheit zu stellen. Es interessiert sie sehr und manchmal sagt sie: ‚Du bist schon eine coole Mutter.' Bald macht sie eine lange Reise durch Thailand. Ich bin froh, dass sie die Chance hat zu reisen, aber ich bin auch sehr vorsichtig. Neulich musste sie ihr Visum verlängern, weil sie doch zwei Tage länger bleiben wollte. ‚Mach das auch bitte', sagte ich sofort. ‚Die thailändische Polizei ist nicht so freundlich wie die niederländische.' Sie sah das alles sehr locker, aber ich komme aus einem Land, in dem unschuldige Menschen ins Gefängnis kamen. Sie begreift langsam, dass ich mir durch meine Vergangenheit manchmal etwas mehr Sorgen mache. Sie weiß: Meine Mutter sieht die Dinge anders als die Mütter meiner Freunde.

Ich war eigentlich ein ganz normaler Teenager, aber auch ich wollte irgendwann aus der DDR weg. Ich glaube, dass man in einem geschlossenen System einen Ort finden muss, an dem man seine Meinung frei äußern kann. Wenn man den hat, dann hält man es aus. Ich hatte Freunde, denen ich vertrauen konnte, und ich hatte die Kirche. Durch die Verhaftung meines Freundes hat das aber nicht gereicht. Das hatte eine zu starke Auswirkung. Und wenn das Vertrauen in das eigene Land weg ist, dann kann man nicht bleiben. Nein, dann ist es Zeit zu gehen."

1973 begann in Helsinki die Konferenz über Sicherheit und Zusammenarbeit in Europa. An den Verhandlungen nahmen 35 Länder, darunter die DDR, teil. Mit der Unterzeichnung der Abschlusserklärung, dem „Helsinki-Abkommen", versprach die DDR im Jahr 1975, unter anderem die Menschenrechte ihrer Bürger, zu denen auch die Reisefreiheit gehörte, zu respektieren. Die bekannte Fernsehmoderatorin **Edda Schönherz (1944)** *hatte von Anbeginn der Verhandlungen wenig Vertrauen in die Zugeständnisse vom Staat. Sie sollte Recht behalten. Als sie sich nämlich bei der westdeutschen Botschaft in Budapest über die Möglichkeiten informierte, mit ihrer Familie nach Westdeutschland zu reisen, bezahlte sie einen hohen Preis.*

„Es war kurz vor sieben an einem Montagmorgen im September 1974. Mein Freund und ich lagen noch im Bett, als plötzlich die Schlafzimmertür aufging. Ich dachte, es wären meine Kinder, die damals elf und zwölf waren, aber stattdessen standen zwölf Stasi-Leute vor unserem Bett. ‚Kommen Sie zur Klärung eines Sachverhalts mit', sagten sie. Einige von ihnen begleiteten uns aus dem Zimmer, die anderen durchsuchten das Haus. Sogar im Kohlenkeller haben sie nachgeschaut, aber sie konnten nichts finden. Natürlich nicht. Eine Woche vorher war ich mit meinem Freund und meinen Kindern nach Budapest gereist und habe mich dort in der westdeutschen Botschaft erkundigt, welche Möglichkeiten für uns bestehen auszureisen. Das war das Verbrechen, das wir begangen haben.

Der Entschluss, mich zu erkundigen, war wie ein Mosaikbild, das sich zusammensetzt. Da kommen viele tausende Steinchen zusammen. In meinem Beruf – ich habe als Moderatorin und Journalistin beim DDR-Fernsehen gearbeitet – hat sich das dann vervollständigt. Die Texte, die ich geschrieben habe, musste ich zum Beispiel immer acht Tage vor einer Sendung abgeben. Nachdem sie zensiert wurden, bekam ich sie zurück und durfte nichts mehr dran ändern. Auch nicht, wenn die Situation sich in der Zwischenzeit geändert hatte. Na gut, das nimmt man dann irgendwie hin, aber irgendwann kamen dann auch die Einladungen, um zum Beispiel in Österreich aufzutreten. Ich musste immer Wege finden, um überhaupt eine Ausreisegenehmigung zu bekommen. Außerdem mussten meine Kinder immer in der DDR bleiben. Sie waren ein Pfand, damit ich auch ja zurückkomme. Unter diesen Umständen wollte ich mein Leben nicht bis ans Ende fristen. Ich wollte reisen, ich wollte andere Leute kennenlernen. Meinen Kindern wollte ich ermöglichen, dass sie studieren können, wo und wie sie wollen. Ich wollte, dass sie solche Sachen selbst entscheiden und es nicht von einer Diktatur vorgeschrieben bekommen.

Deswegen habe ich mich also nach den Ausreisemöglichkeiten erkundigt, aber die Bundesdeutsche Botschaft hat mir gleich gesagt, dass sie mir nicht helfen können. ‚Können oder wollen Sie uns nicht helfen?' sagte ich. ‚Sie wissen doch, was draußen auf uns wartet, wenn wir die Botschaft verlassen?' Denn natürlich wusste ich, dass sämtliche Botschaften observiert, fotografiert und abgehört wurden. Um den Botschafter herum waren einige Mitarbeiter, die mir sehr, sehr komisch vorkamen. Sie haben viele Dinge gefragt, die mich sehr gewundert haben, zum Beispiel, wo wir in Budapest übernachten.

Jedenfalls sind wir rausgegangen, ohne irgendwelche Informationen bekommen zu haben. Ein Westdeutscher, den wir in Budapest kennengelernt hatten, hat uns dann eingeladen, am nächsten Tag mit ihm einen Ausflug nach Szeged, einer Stadt im Süden Ungarns, zu machen. Unser Flug zurück nach Berlin war erst in ein paar Tagen, also haben wir das Angebot angenommen. Als ich unterwegs auf einmal ein Schild sah, auf dem stand, dass es nur noch 800 Meter bis zur jugoslawischen Grenze waren, habe ich ihn gebeten umzudrehen. Ich wollte keine Schwierigkeiten bekommen. Er fuhr zurück, aber mitten auf der Straße stand auf einmal einer von der ungarischen Armee oder der Staatssicherheit: ‚Pässe, bitte.' Wir zeigten unseren DDR-Ausweis und wurden erstmal in Szeged festgehalten. Nach zwei Tagen sagte der Kommandant, dass wir jetzt gehen dürften und dass sie den Staatsordnungsorganen der DDR aus humanitären Gründen nichts von dem Vorfall gesagt hätten. Der spinnt doch, dachte ich sofort. Natürlich waren wir dort festgehalten worden, weil die Staatssicherheit uns aus den Augen verloren hatte, als wir zu dem Westdeutschen ins Auto gestiegen sind.

Als wir nach Budapest zurückkamen, erzählte unsere Wirtin, dass Leute in unserem Zimmer gewesen waren, die unsere Koffer durchwühlt hatten. Sie wollten natürlich sehen, wie weit wir mit unseren Vorbereitungen, die DDR zu verlassen, waren. Mein Freund hatte sich bei der Botschaft verplappert und gesagt, wo wir wohnen, aber sie hätten uns bestimmt auch so gefunden. Als wir dann später zum Flughafen kamen, stand da ein Mann von der Stasi.[49] ‚Ich glaube, wir sind nicht mehr allein', habe ich zu meinen Kindern gesagt. Der Mann ist mit uns ins Flugzeug gestiegen und von dem Moment an wurden wir ständig observiert. Sie dachten natürlich, dass wir irgendwas unternehmen, aber das war nicht der Fall: Wir hatten uns doch nur nach den Möglichkeiten erkundigt.

Nach einer Woche standen sie dann also bei mir im Schlafzimmer und haben zugegriffen. Ich wurde in die Ruschestraße[50] in Lichtenberg mitgenommen. Das sah aus wie ein normales Wohnhaus, aber hinter der Fassade war ein Gefängnis. Sie mussten einen Grund finden, um mich zu inhaftieren und zu bestrafen und haben mich 22 Stunden hintereinander verhört. Irgendwann, nach vielen Stunden, ging die Tür auf und es kam einer rein mit großen Lücken zwischen den Zähnen. ‚Sie glauben, wir lassen eine Edda Schönherz legal gehen?' lispelte er. ‚Das können Sie sich aus dem Kopf schlagen.' Damit meinte er, dass sie mich natürlich nicht ausreisen lassen würden, weil sie ein Exempel statuieren wollten vor all meinen Kollegen, die eventuell die gleichen Gedanken hatten. ‚Sie kommen hier nie wieder raus', schrie er. Im Nachhinein habe ich erfahren, dass das der Minister für Staatssicherheit, Erich Mielke, war, aber in dem Moment habe ich das nicht registriert.

49 Die Stasi war auch außerhalb der DDR tätig. Zuständig für die Spionage und Informationsbeschaffung im Ausland war die sogenannte „Hauptverwaltung Aufklärung". Sie waren vor allem in Westdeutschland tätig, aber auch in anderen westlichen Ländern und den sozialistischen Bruderländern.

50 Der Hauptsitz der Stasi befand sich in der Ruschestraße/Normannenstraße in Berlin.

Nach zwei Tagen haben sie mich dem Haftrichter in der Ruschestraße vorgeführt und ich bekam zu hören, weshalb sie mich anklagten: ‚staatsfeindliche Verbindungsaufnahme', weil ich die Botschaft besucht hatte, ‚illegale Vorbereitung zum Verlassen der DDR' – im besonders schweren Fall, weil ich in einer Gruppe mit meinem Freund und meinen Kindern war – und ‚Devisenvergehen', weil ich Geld dabei hatte. Ich habe dazu gesagt: ‚Sie wollen, dass die Welt Ihren Staat anerkennt, aber verurteilen mich für staatsfeindliche Verbindungsaufnahme?[51] Die illegale Vorbereitung des Verlassens der DDR verstehe ich auch nicht, was ist denn daran illegal? Ist eine Botschaft etwas Illegales oder ist es eine öffentliche Institution? Und was das Devisenvergehen angeht: Ich weiß nicht, wie Sie das machen, aber ich nehme immer Geld mit in den Urlaub.' Dazu wussten sie nichts zu sagen. Natürlich nicht, ich hatte ja recht. Als ich sagte, dass ich jetzt einen Anwalt sprechen möchte, sprang der Haftrichter vom Schreibtisch auf. ‚Einen Anwalt?' rief er lachend. ‚Sie haben uns doch gehört? Wir werden entscheiden, ob Sie überhaupt einen Anwalt benötigen.' So, nun wusste ich, dass ich denen ausgeliefert war.

Ich wurde nach Berlin-Hohenschönhausen gebracht, das Untersuchungsgefängnis[52] der Stasi in Berlin. Ich wusste nicht, wo ich war, und keiner erzählte mir, wie es meinen Kindern ging. Nichts, gar nichts. Meine Kinder waren dabei, als die Stasi-Beamten ihre

51 Erich Honecker wollte, dass andere Länder die DDR politisch und diplomatisch anerkennen. Außerdem wusste er, dass die DDR ausländisches Geld braucht: Das Land war finanziell am Boden. Der Handel mit dem Westen und die Kredite aus westlichen Ländern waren für die DDR von entscheidender Bedeutung, aber dafür mussten natürlich erst einmal Beziehungen zu diesen Ländern bestehen. Mit dem Grundlagenvertrag von 1972 haben sich die DDR und die Bundesrepublik Deutschland offiziell gegenseitig anerkannt.

52 Die Stasi hatte 17 Untersuchungshaftanstalten in der DDR. Die Untersuchungshaftanstalt Berlin-Hohenschönhausen war das zentrale Stasi-Gefängnis. Hier wurden politische Gefangene aus verschiedenen Gründen eingesperrt: ein (angeblicher) Fluchtversuch, die Teilnahme an einer Demonstration oder die Verteilung von verbotener Literatur. Die Gefangenen wurden psychisch zerstört, mit dem Ziel, sie zu Aussagen oder Geständnissen zu zwingen.

Liebe Silke!

Lieber Rainer!

Wir gratulieren Euch zum

100. und

wünschen Euch alles Gute,
Gesundheit, Glück, die
kleinen und großen Momente
und überhaupt das Bunt.

Herzlich Steffen + Ève

Montag	Dienstag	Mittwoch	Donnerstag	Freitag	Samstag	Sonntag	Montag	Dienstag	Mittwoch	Donnerstag	Freitag	Samstag	Sonntag
						1	2	3	4	5	6	7	8
9	10	11	12	13	14	15	16	17	18	19	20	21	22
23	24	25	26	27	28	29	30						

September

Mutter abgeführt hatten, das hatten sie alles mitbekommen. Aber wohin, das wussten sie nicht und ich auch nicht.

Ich wurde fast jeden Tag verhört. Sie wollten alles wissen, nicht nur über mich, sondern auch über die Menschen in meinem Leben. Sie wollten zum Beispiel wissen, ob ich schon Vorbereitungen getroffen hatte das Land zu verlassen, ob ich dazu Kontakt zu einer Organisation aufgenommen hatte und ob ich andere in meinen Plan eingeweiht hatte. Außerdem haben sie versucht herauszufinden, wie meine Verwandten oder Freunde dachten – ob sie zum Beispiel dachten: scheiß DDR – damit sie sie auch observieren konnten.

Die Vernehmer wurden an der Hochschule Potsdam Golm, der Hochschule der Staatssicherheit[53], auf psychische Zersetzung geschult. In den Sechzigerjahren ist die DDR von physischer Folter auf psychische Folter umgestiegen, weil sie angefangen haben, politische Gefangene an den Westen zu verkaufen.[54] Narben auf dem Körper sieht man, Narben auf der Seele nicht. Ich hatte mich von Anfang an darauf vorbereitet, mit wem ich es zu tun hatte und wusste, dass die Staatssicherheit kein Kuschelverein war. Ich habe früher sehr viel Yoga gemacht und konnte mich dadurch während der vielen Verhöre gut konzentrieren. Ich habe immer gedacht: Lass dich nicht aus dem Gleichgewicht bringen, lass dich nicht verletzen. Das hat funktioniert. Ich habe nie etwas preisgegeben und immer gesagt: ‚Ich weiß nichts, fragen Sie die Leute selbst.'

53 Dies war die Bildungseinrichtung für Mitarbeiter der Stasi. Unter anderem lernten sie, Menschen psychologisch zu zersetzen: die sogenannte „Zersetzung". Das Ziel war, Menschen zu einem Bekenntnis zu zwingen oder sie dazu zu bringen, ihre oppositionellen Aktivitäten einzustellen. Stasi-Mitarbeiter lernten auch, wie man geeignete IMs rekrutiert. Stasi-Mitarbeiter konnten hier sogar promovieren, aber die Dissertationen waren oft keineswegs wissenschaftlich fundiert (Behnke & Fuchs, 2013).

54 Ab 1962 wurden politische Gefangene aus der DDR an den Westen verkauft, insgesamt rund 34.000 Gefangene. Ende der Achtzigerjahre erhielt die DDR bis zu 100.000 West-Mark pro Person. Auf diese Weise waren Gefangene eine wichtige Einnahmequelle (Hertle, 2015).

Für viele jungen Menschen war das natürlich schwieriger. Junge Menschen sind spontan, die sagen sich: Ich habe die Schnauze voll von dieser Diktatur, ich will in den Westen. Da muss doch irgendwo ein Loch sein in der Grenze … und dann sind sie einfach los, aber haben das Loch nicht gefunden. Die Stasi hat sie aber gefunden und hat sie angeklagt: ‚Sie haben den Weltfrieden in Gefahr gebracht! Sie hätten einen Atomkrieg auslösen können!' Mein Gott, wie sollen junge Leute damit fertig werden? ‚Wir haben Zeit', bekamen sie zu hören, wenn sie nicht kooperiert haben. ‚Wie viele Jahre wollen Sie denn hierbleiben? Zehn Jahre, 15 Jahre? Oder vielleicht noch länger?' Damit machten sie einen psychisch fertig. Sie haben die jungen Leute ganz bewusst gebrochen, bis sie alles erzählt haben, was die Stasi hören wollte. Ob das nun stimmte oder nicht.

Gefangene, die Informationen teilten, wurden oft belohnt, aber da ich nicht kooperativ war, bekam ich nichts. Keine Literatur, keine Zeitungen. Jeder Tag verging gleich. Die Sonne ging auf, es wurde hell. Die Sonne ging runter, es wurde dunkel. Zu Anfang habe ich viel Yoga gemacht, bis mein Vernehmer eines Tages sagte: ‚Sagen Sie mal, was machen Sie denn da in Ihrer Zelle? Sie stehen immer auf dem Kopf.' Das war das einzige Mal, dass ich mich verplappert habe: ‚Ich mache Yoga.' Ich habe mir sofort auf die Zunge gebissen, weil ich doch wusste, dass Yoga in der DDR verboten war.[55] Am nächsten Tag lag meine ganze Yogaliteratur bei dem Vernehmer auf dem Schreibtisch: Sie waren zu mir nach Hause gefahren und hatten alles konfisziert. ‚Wissen Sie, wie mühselig es war, diese Literatur in der DDR zu bekommen?' fragte ich. Mit Yoga war es ab dann auch vorbei.

Die ersten 14 Tage war eine junge Frau bei mir in der Zelle, aber ich habe schon schnell gemerkt, dass mit ihr was nicht stimmte. Sie wollte viel von mir wissen, hat aber von sich wenig erzählt. Ich habe ihr dann eine erfundene Geschichte von einem Herrn Kirschbaum erzählt und mir gedacht: Wenn das irgendwann mal von meinem Vernehmer erwähnt wird, dann weiß ich, woher es kommt. Und tatsächlich, schon nach drei Tagen schrie mich mein Vernehmer an:

55 Laut dem Staat war Yoga zu individualistisch und viel zu spirituell.

‚Wer ist Herr Kirschbaum?' Er dachte natürlich, er hätte mich jetzt überführt, aber ich sagte ihm: ‚Ich muss Sie enttäuschen, diese Geschichte ist völlig frei erfunden. Wissen Sie, diese Dame in meiner Zelle kam mir nicht ganz koscher vor.' Als ich zurückkam, war sie weg und ich war wieder allein.

Am 23. Dezember 1974 war meine Gerichtsverhandlung. Ein Tag vor Heiligabend, das Weihnachtsgeschenk der Staatssicherheit. Weil mein Fall über Regierungskreise hinausging – ich war ja bekannt in der DDR –, mussten sie mir einen Anwalt zugestehen. Ich bekam Professor Doktor Kaul, aber er war Anwalt des DDR-Fernsehens. Ihr könnt euch vorstellen, dass er nicht mich, sondern das DDR-Fernsehen vertreten hat. Als ich ihn fragte, was denn jetzt auf mich zukommt, meinte er: ‚Na, drei Jahre.' Ich habe dieses Urteil nicht unterschrieben und habe gesagt, dass ich damit nicht einverstanden bin. Ins Gefängnis kam ich aber trotzdem. Das Ganze war eine Farce.

Nach meinem Urteil war ich noch ein Vierteljahr in Hohenschönhausen, danach kam ich in die Keibelstraße. Nach 14 Tagen wurde ich von der Keibelstraße in das Frauengefängnis Hoheneck verlegt. Die Aufnahme war eine Demütigung. Sie gingen mit einem Läusekamm durch das Achsel- und Schamhaar und haben für alle denselben Kamm benutzt. Während der Untersuchung haben sie Gummihandschuhe getragen. Sie wissen, was das bedeutet? Ja, man musste ganz schön starke Nerven haben. Danach bekamen wir Kleidung zugewiesen, darunter einen riesengroßen Schlüpfer. Auch das war natürlich als Demütigung gedacht.

In Hoheneck hörte ich zum ersten Mal seit sechs Monaten, wie es meinen Kindern ging. Die Großeltern meines Freundes durften vorbeikommen und brachten mir Seife, Zahnpasta und alles so was. Sie erzählten mir, dass sie in mein Haus gezogen waren, um die Kinder zu betreuen. Es war eine Erleichterung endlich zu wissen, dass meine Kinder in ihrem Zuhause waren, weiterhin in die Schule gingen und ganz normal ihre Freunde hatten.

In Hoheneck war ich in einer Zelle mit 25 anderen Frauen. Es gab eine Toilette für alle und wir schliefen in Dreistockbetten, die dicht nebeneinander standen. Ich schlief neben einer Mörderin, die ihr Kind durch einen Fleischwolf gedreht hatte. Sie hatte daraus Buletten gemacht und ihrem Mann vorgesetzt, weil sie sich an ihm rächen wollte. Eine andere Frau hatte ihrem Mann sein Gemächt abgeschnitten, eingeweckt und zu einer Freundin geschickt: ‚Jetzt darfst du ihn behalten.' Das war alles absurd und abschreckend. Diese Frauen hatten im Gefängnis nichts zu suchen, sie gehörten in die Psychiatrie. Die DDR hat sich aber nicht um diese Menschen gekümmert. Sie hat sie weggesperrt und gehofft, dass es damit erledigt ist.

Irgendwann bin ich für drei Wochen in den Dunkelarrest gekommen. In Hoheneck fanden am Mittwoch immer die Transporte von politischen Gefangenen statt, die an den Westen verkauft wurden. Einmal haben wir, als wir gerade Freigang hatten, gerufen: ‚Wir wollen auch auf Transport!' Das war halt so ein Wunsch, wir haben uns nichts dabei gedacht. Daisy und James von der Stasi – weil sich keiner von denen vorgestellt hat, hatte ich für alle einen Spitznamen – hatten die Liste der Gefangenen für den Verkauf zusammengestellt. Zwei Minuten nach unserer Bemerkung wurden wir von ihnen vom Hof weggeführt. Wir konnten sie davon überzeugen, dass es eine spontane Aktion war und keine Meuterei, aber trotzdem bekamen wir drei Wochen Dunkelarrest. Das war ganz, ganz schlimm. Man bekommt Halluzinationen und alles Mögliche.

Es war nicht immer einfach, aber ich habe immer versucht, mich aufrechtzuerhalten. Innerlich und äußerlich, den anderen gegenüber. Als ich nach dem Dunkelarrest ausschließlich mit Kriminellen in eine Zelle kam, habe ich sofort gesagt: ‚Mein Name ist Edda Schönherz. Ich will nichts von euch, ich will nur ein Bett in der dritten Etage haben.' Das war nämlich am Fenster und ich wollte Sauerstoff bekommen. Danach habe ich angeboten, ihnen zu helfen Briefe aufzusetzen, denn die meisten Mädels, die da drin waren, konnten keinen richtigen Satz schreiben. Sie waren mir dafür dankbar und ich hatte meine Ruhe.

Meine Kinder durfte ich während meiner Gefängniszeit nicht sehen. Das ist natürlich unglaublich schwierig. Ich habe mir sehr viele Gedanken gemacht, wie es sein wird, wenn ich entlassen werde. Ist unser altes Verhältnis noch da? Kann das Vertrauen wiederhergestellt werden? Wissen sie überhaupt, warum ich im Gefängnis bin? Und so weiter und so weiter. Aber ich kann nur sagen: Blut ist dicker als Wasser. Als ich nach drei Jahren – sechs Monaten in Hohenschönhausen und zweieinhalb Jahren in Hoheneck – entlassen wurde, war die Vertrautheit sofort wieder da. Natürlich habe ich ihnen gefehlt und natürlich hätten sie mich gebraucht. Natürlich, das ist klar, aber wir haben es uns nicht aussuchen können.

Nach Hoheneck fühlte ich mich immer noch gefangen in der DDR. Ich habe andauernd Ausreiseanträge gestellt, denn einsperren konnten sie mich nicht noch einmal. Als ich 1974 inhaftiert wurde, hat die DDR zu den Medien gesagt: ‚Frau Schönherz hat eine Auszeit genommen.' Gleichzeitig stand in der Bild-Zeitung in Westdeutschland aber ganz groß: ‚Star-Ansagerin Edda Schönherz aus politischen Gründen eingesperrt.' Das hat sich natürlich auch in der DDR rumgesprochen. 1979 haben sie mich endlich ausreisen lassen. Ich durfte einen Koffer und meine zwei Kinder mitnehmen.

Ich wusste, dass die Bundesrepublik eine Leistungsgesellschaft war und das mich da keiner mit einem Blumenstrauß erwartet und sagt: ‚Schön, dass Sie da sind, Frau Schönherz.' Ich habe mich keine Sekunde in ein soziales Hängenetz fallen lassen und habe sofort fünf Fernsehsender angeschrieben. Vier davon haben geantwortet. Ich hatte eine fundierte Ausbildung – drei Jahre Fernsehakademie in der DDR – und war ein Profi, das wussten sie in der BRD. Ich habe mich für das Bayerische Fernsehen in München entschieden und eine meiner ersten Ansagen war ein bayerisches Theaterstück: ‚Mama, ich bin der Kuckuck'. Ich wollte das auf Bayerisch ankündigen und habe ständig geübt, aber es hörte sich schrecklich an. Die Kameramänner und Tonmänner haben sich schon die Ohren zugehalten! Als ich dann auf Sender war, habe ich gesagt: ‚Und jetzt werden die Bayern entschuldigen, denn eine Preußin[56] versucht, einen bayerischen Satz

56 Edda Schönherz wurde in der Region Schlesien, einer ehemaligen Provinz

zu sprechen.‘ Hätte ich so getan, als ob ich Bayerisch kann, hätten sie mir das übelgenommen, aber so haben sie es akzeptiert. Das war mein Einstieg.

Am 9. November 1989 habe ich am Mittag und am Abend die Rundschau präsentiert. Irgendwann hat jemand mir einen Zettel reingebracht, auf dem stand: ‚Neue Meldung: Die Mauer ist gefallen.‘ Ich sagte: ‚Liebe Zuschauer, ich kann die Nachrichten nicht zu Ende sprechen und bitte, dass eine Kollegin übernimmt.‘ Mir schossen sofort die Tränen in die Augen und mein erster Gedanke war: Jetzt sind sie, die von der Staatssicherheit, überall. Dass sie schon längst überall waren, habe ich erst 1990 erfahren. In meiner Stasi-Akte stand, dass ich bis 1987 observiert worden bin. Ein Produktionsleiter und ein Kameramann bei der Bayerischen Sendung waren Stasi-Offiziere und die haben alles aufgeschrieben. Welche Sendungen ich moderiert habe, welche Zeitungsartikel ich geschrieben habe, welche Zeitungen über mich geschrieben haben, alles. Was sie damit vorhatten, weiß ich nicht. Es gibt ja tausend Möglichkeiten, Menschen zu beseitigen, wenn sie unbequem werden. Ich habe mich aber nie negativ über die DDR geäußert. Mir war nur wichtig, dass ich auf dem Bildschirm erscheine. Das war das ganze Politikum, denn jetzt sahen mich nicht nur Millionen Menschen in der Bundesrepublik Deutschland auf dem Bildschirm, sondern auch die Menschen in der DDR.[57] Für manche war das natürlich eine Stärkung: Wenn die das schafft, dann schaffen wir das auch.

Meine Gefängniszeit ist immer noch nicht das Lieblingsthema meiner Kinder, die jetzt 55 und 56 sind. Sie sprechen nicht gerne drüber, es ist das Trauma, das sie haben. Ich habe ihnen mein Buch ‚Die Solistin. Roman einer Frau, die von Deutschland nach Deutschland wollte‘ gewidmet. Sie haben es gelesen, sie wissen, was da drin steht. Auch in Berlin-Hohenschönhausen und in Hoheneck waren sie und haben sich das alles angeguckt. Ich hätte gerne gehabt, dass

---

Preußens, geboren. Nach dem Zweiten Weltkrieg wurde dieses Gebiet Polen zugewiesen.

57 Die meisten Menschen in der DDR konnten auch West-Fernsehen empfangen.

mein Sohn, wie ich, in der Gedenkstätte Berlin-Hohenschönhausen Führungen macht. Er hat es versucht, aber er kann es nicht. Es ist zu emotional für ihn, er sieht immer mich irgendwo in dieser Situation. Dafür habe ich auch das vollste Verständnis. Es ist viel passiert und es war nicht immer einfach, aber meine Zeit im Gefängnis war auch zu Gunsten meiner Kinder. Wir hatten unser Ziel erreicht und das macht stark. Meine Kinder haben studiert, haben Sachen ausprobiert. Sie haben das gemacht, was sie gerne wollten. Darüber bin ich sehr froh."

Alle Kunst- und Literaturformen standen unter staatlicher Aufsicht. Kunst musste den Sozialismus und die sozialistische Persönlichkeit repräsentieren: starke Arbeiter, glückliche Bauern, zufriedene Familien. Aber in der DDR blühte auch eine verborgene Kunstszene auf, in der verbotene Literatur zirkulierte, illegale Ausstellungen stattfanden und kritische Diskussionen über den Sozialismus geführt wurden. **Gabriele Stötzer (1953)** *war Teil davon. Ihre Zeit im grausamsten Frauengefängnis der DDR inspirierte sie zur Schaffung der „Frauenkunst".*

„Als Kind habe ich immer etwas Künstlerisches gemacht, aber das hat niemand ernst genommen. Ich habe Kleider für meine Puppen gehäkelt und mit ihnen Modenschauen aufgeführt, das fand ich toll. Ich bin auch oft durch die Felder bei Emleben, wo ich groß geworden bin, gelaufen und habe da Stroh geholt. Das habe ich gebügelt und damit Wandbilder auf Velourspapier gemacht, die ich für fünf Ost-Mark verkauft habe. Es war natürlich Kitsch, aber ich habe immer schon versucht etwas zu kreieren, zu schöpfen. Irgendwann habe ich gedacht: Wenn ich später groß bin, mache ich Kunst.

Kunst machen war in der DDR aber sehr kompliziert, erst recht als Frau. Als Frau sollte man etwas mittleres Medizinisches machen, das war ordentlich. Wie in einem Arztroman: Krankenschwester heiratet Arzt und sie lebten noch lange und glücklich. Wenn du Kunst gemacht hast, anstatt den dir durch den Staat auferlegten Beruf auszuüben, liefst du Gefahr, wegen Asozialität ins Gefängnis zu kommen. Der einzige legale Weg war über das Studium. Die Leute, die Kunst studieren durften, mussten aber für den Staat arbeiten. Sie kamen automatisch in den Künstlerverband und bekamen ihre Aufträge direkt von dort. Diese ‚Staatskünstler' konnten sich ein Atelier leisten und haben sozialistisch-realistische Werke gemacht. Das Abbild war immer gleich: Im Vordergrund stand eine starke Arbeiterin mit einem Kind auf dem Arm, dahinter stand ein Soldat oder ein anderer Arbeiter. So sah die perfekte Familie in der DDR aus, das war das Ideal. In der Literatur war es genauso. Staatstreue Autoren kamen in den Schriftstellerverband und bekamen Aufträge, Förderungen und Geld, um partei-ideologische Standpunkte zu vertreten. Wenn das unzureichend passierte und der Sozialismus zu wenig repräsentiert wurde, war es aus: Die Person wurde aus dem Verband geworfen und bekam ein Veröffentlichungsverbot.

Ich wollte aber keine Staatskunst machen, ich wollte freie Kunst machen: Ich wollte über meine Figuren und mich selbst bestimmen. Das war, wie gesagt, nicht erlaubt, aber zum Glück war ich sehr gut in der Schule. In der zehnten Klasse hat die Lehrerin zu meiner Mutter gesagt: ‚Die Gabi muss Abitur machen und studieren.' Aber zu hoch hinaus oder brotlose Kunst machen, das war für meine

Eltern indiskutabel. Ich habe dann Technisch-Medizinische Assistentin an einer Berufsschule in Erfurt gelernt, wodurch ich Gott sei Dank wegkonnte aus diesem kleinen Dorf Emleben. Nach meiner Ausbildung habe ich eine Zeit lang als Medizinische Assistentin gearbeitet und habe nebenbei an der Abendschule Abitur gemacht. An dieser Abendschule habe ich auch meinen Mann kennengelernt. Ich konnte sehr gut integral- und differentialrechnen und habe oft die Berechnungen an die Tafel geschrieben. Das hat ihn total imponiert, er hat einfach nicht verstanden, dass jemand das konnte. Für mich waren mathematische Strukturen aber fast wie eine Kunstform. Ich habe die ganzen Kurven immer durch den Kosmos schweben sehen und wusste dadurch, ob die nach oben oder nach unten gehen. Das war ganz leicht nachzuvollziehen für mich.

Die Mutter meines Mannes arbeitete damals bei der Bildungsabteilung in Erfurt und fand, dass ich unbedingt etwas mit Kunst und Literatur machen sollte. Sie wusste, dass das mein innigster Wunsch war und hat mir gesagt: ‚Gabi, du machst das jetzt.' Sie hat dafür gesorgt, dass ich an der Pädagogischen Hochschule in Erfurt angenommen wurde, wo ich Deutsch- und Kunsterziehung studiert habe. Die späteren Staatskünstler studierten Malerei, Fotografie oder Literatur am Literaturinstitut in Leipzig.

Das Studium war aber leider sehr enttäuschend. Sie haben uns nur beigebracht, was wir als Lehrer den Schülern lehren sollten. Das waren alles Sachen, die ich schon im Vorlauf zum Abitur gelernt hatte, da kam nichts Neues dazu. Die deutsche Gegenwartsliteratur mit Werken von unter anderem Christa Wolf und Volker Braun, die sich beide auch mal kritisch über das System äußerten, wurde zum Beispiel überhaupt nicht gelehrt. Wir wurden nicht herausgefordert und haben uns dann praktisch selbst unterrichtet. Ich hatte das Glück, dass in meiner Seminargruppe intelligente, interessante Leute waren, so wie der Wilfried Linke. Der hatte vorher Psychologie studiert in Jena, hat sich dann aber für Pädagogik entschieden, weil er den Studiengang zu ideologisch fand. Pädagogik war aber noch schlimmer, das war Ideologie, Ideologie, Ideologie. Da drehte sich ja alles um die Frage: Wie schafft man sozialistische Persönlichkeiten?

Es hat sich schon schnell eine Gruppe rund um Wilfried Linke geformt und ich war dabei. Das ist ganz natürlich entstanden, weil das in einer Diktatur so läuft: Man findet die Leute, die genauso ticken. Wir haben nächtelang diskutiert über Kunst, über Literatur, über alles. Schlafen konnte man immer bei irgendwem auf dem Fußboden, das war alles ganz locker. Es war eine echte Diskussionsbewegung und ich habe es geliebt, mich mit diesen intellektuellen Männern und Frauen zu umgeben. Untereinander brauchten wir nicht Rosa Luxemburg zu zitieren – ‚Freiheit ist die Freiheit der Andersdenkenden' – sondern konnten unsere eigenen Freiheitsdefinitionen entwickeln. Die kamen aus uns selbst heraus, das war unwahrscheinlich inspirierend. Wir haben auch Bücher und Texte von Biermann[58] abgetippt und weitergereicht. Die Politik gab uns keine Chance uns zu entwickeln, also haben wir es selbst gemacht. Eigentlich ist in der Zeit schon der Untergrund entstanden, in den ich später immer mehr reingekommen bin.

Manchmal sind wir mit dem Zug nach Jena gefahren und haben uns mit Jürgen Fuchs[59] in seiner Dachgeschosswohnung getroffen. Jürgen kannten wir über Wilfried Linke, der ja auch in Jena studiert hatte. Jürgen fand, dass wir in die Partei gehen sollen, um von innen heraus etwas zu verändern. Das konnte ich meinen Eltern nicht antun – die waren gegen die Partei und gegen den Sozialismus –, aber ich habe mich dann bei der FDJ angeschlossen. Jede

58 Wolf Biermann (1936) war ein bekannter Sänger und Dichter. Seine sozialkritischen und provozierenden Texte waren der Partei ein Dorn im Auge. Die Stasi beobachtete ihn Tag und Nacht. Er durfte nicht auftreten, aber seine Musik setzte sich trotzdem in der Bevölkerung durch. Weil Biermann so beliebt war, suchte der Staat ständig nach Möglichkeiten, ihn zum Schweigen zu bringen, ohne ihn verhaften zu müssen (Wolle, 2013).

59 Der Schriftsteller und Psychologe Jürgen Fuchs (1950-1999) spielte eine bedeutende Rolle in der DDR-Opposition. Ab 1971 studierte er in Jena Sozialpsychologie. 1973 wurde er Mitglied der Partei, aber 1975 wurde seine Mitgliedschaft wegen seiner kritischen Texte und Gedichte aufgehoben. 1975 wurde er kurz vor seinem Abschluss von der Universität entlassen, 1977 wurde er aus dem Land ausgewiesen. Auch in Westdeutschland blieb er sozial und politisch aktiv und die Stasi verlor ihn nicht aus den Augen. Nach der Wiedervereinigung hat er sich für die Aufdeckung der vom Staat in der DDR begangenen Verbrechen eingesetzt.

Seminargruppe hatte eine eigene FDJ-Gruppe und die konnte ziemlich viel machen. Irgendwann wurde ich sogar zur stellvertretenden FDJ-Sekretärin gewählt, wodurch ich viele Veranstaltungen organisieren konnte. Diesen Raum habe ich natürlich genutzt. Ich habe zum Beispiel Jürgen Fuchs zu einem Vortrag eingeladen. Fuchs nahm Bücher mit von Robert Havemann[60] und Wolf Biermann, die Platz für Sozialkritik boten. Daraufhin haben wir angefangen über die Möglichkeit zu reden, einen anderen Sozialismus zu schaffen. Dieser andere Sozialismus bedeutete Redefreiheit und Reisefreiheit und die Möglichkeit, Philosophen im Original zu lesen, anstatt deren sozialistische Interpretationen.

Die Hochschulleitung war nicht glücklich über die Entwicklungen. Wilfried Linke hat nach einem Aufruf in der Studentenzeitung ‚wir' einen Artikel geschrieben gegen Tabus, der dort veröffentlicht werden sollte. Als das nicht passierte, haben ich und andere Studentinnen uns bei der Hochschulleitung erkundigt. ‚Ich will euch nicht ins Messer laufen lassen', sagte der Typ. Wir haben den Artikel dann über die FDJ in unserer Seminargruppe und in anderen Seminargruppen vorgelesen. Das hat uns alle verbunden, plötzlich hatten Studenten aus verschiedenen Studiengängen etwas Gemeinsames. Wenn ich mit meinem Teller durch die Mensa gelaufen bin, haben die Mathe-Physiker gerufen: ‚Komm, setz dich zu uns!' Dieser Frühling 1976 war eine unwahrscheinlich schöne Zeit.

Das änderte sich schlagartig, als Wilfried im Juni 1976 exmatrikuliert wurde. Die Hochschulleitung fand, dass er mit dem Artikel eine klassenfeindliche Plattform geschaffen hatte, denn in dem Artikel ging es um unterschiedliche Meinungen. Wenn du davon ausgehst, dass es unterschiedliche Meinungen gibt, bist du natürlich gegen die führende Rolle der Partei. Dann bist du draußen, das ist klar.

60 Der Chemiker Robert Havemann (1910-1982) war ein bekannter Dissident. Havemann war lange Zeit Mitglied der SED und hat beim Aufbau der DDR mitgeholfen. Er kritisierte aber auch die Politik der Partei und wurde Mitte der Sechzigerjahre aus der Partei verwiesen. Robert Havemann und Wolf Biermann waren gute Freunde.

Wir haben daraufhin einen Brief geschrieben an Margot Honecker, Frau von Erich Honecker und Ministerin für Volksbildung. Ich habe ihr geschrieben, dass ein Kommilitone exmatrikuliert worden ist und dass wir alle Angst haben, dass irgendwas Schlimmes an der Hochschule brodelt. Wir haben sie um Hilfe gebeten und 83 Studenten haben den Brief unterschrieben, das waren damals viele. Im September 1976 kam die Kontrollgruppe von Margot Honecker dann auch wirklich vorbei. Für die war es klar, dass wir die Sprache des Klassenfeindes sprechen. Alle Leute, die den Brief unterschrieben hatten, mussten sich von Wilfried Linke distanzieren, sonst war Schluss mit dem Studium. Ich bin aufgestanden und habe gesagt: ‚Wenn Sie denken, dass wir hier klein beigeben, dann täuschen Sie sich.‘

Im Nachhinein war es natürlich naiv, dass ich den Brief geschrieben habe, aber ich fand es ungeheuerlich, dass Wilfried die Hochschule verlassen musste. Ich habe damals gar nicht wirklich verstanden, was ich riskiere. Weil ich mich geweigert habe, mich von Wilfried und von seinem Artikel zu distanzieren, wurde auch ich exmatrikuliert. Die anderen Studenten wurden eine Stunde nach meiner Exmatrikulation zu einem FDJ-Verfahren eingeladen, wo sie drei Mal laut sagen mussten: ‚Ich distanziere mich von dem Artikel, von der Verbreitung und von Wilfried Linke.‘ Das war alles sehr emotional. Die erste, die sich distanziert hat, war Martina, eine gute Freundin von mir. Ihr Vater war Arzt und sollte bald die Medizinische Akademie übernehmen. Kurz vor dem Prozess ist ihre Mutter zur Hochschule gekommen und hat sie gebeten: ‚Du musst das machen, dein Vater darf sonst nicht die Medizinische Akademie leiten.‘ Nach Martina haben sich zwei weitere Freundinnen distanziert.

Eine geschiedene Mutter mit Kind hat sich als erste nicht distanziert. Eine geschiedene Mutter, das musst du dir vorstellen. Die hatte natürlich keinen Beruf und nichts. Nach ihr kam eine Frau, die schwanger war mit Zwillingen. Sie hat auch den Mut gehabt, sich nicht zu distanzieren. Die anderen haben sie dann nicht mehr gefragt, weil sie Angst hatten, dass sie sich denen anschließen. Die beiden Frauen, die sich nicht distanziert haben, bekamen am nächsten Tag ein Disziplinarverfahren und wurden ebenfalls exmatrikuliert. Sie bekamen ein Hochschulverbot an allen Hochschulen der DDR. Später wurde noch ein Mann exmatrikuliert, der in Zusammenhang mit der Exmatrikulation sagte, dass in der DDR keine Redefreiheit existiere.

Ich durfte nicht mehr studieren, aber das heißt nicht, dass ich mich nicht mehr engagiert habe. Als Wolf Biermann November 1976 ausgebürgert wurde,[61] habe ich mit derselben Schreibmaschine, mit der ich Frau Honecker geschrieben hatte, einen Protestbrief getippt, der von 20 Leuten unterschrieben worden ist. Das waren viele. Dabei waren die beiden exmatrikulierten ehemaligen Studentinnen, von denen eine nun in einer Bäckerei arbeitete und die andere in eine problematische Ehe zurückgekehrt war. In Berlin wurden bereits Unterschriften gegen Biermanns Ausbürgerung gesammelt und wir wollten uns anschließen. Ich wollte den Brief nach Berlin bringen, wurde aber vorher zu Hause verhaftet. Man konnte mir zwar nicht nachweisen, dass ich die Unterschriften gesammelt hatte, aber ich hatte als erste unterschrieben: Wer ein weißes Blatt als erstes unterschrieb, wurde als ‚Kopf einer staatsfeindlichen Gruppierung' gesehen.

Nach der ersten Vernehmung konnte ich wieder gehen. Danach hat die Stasi mich einen Monat lang gehetzt, bevor sie mich wirklich verhafteten und verurteilten. Die haben immer wieder Delikte gesucht, die strafrechtlich verfolgbar waren. Auch meine Arbeitskollegen – nach dem Studium musste ich ja wieder arbeiten – haben sie ständig verhört. Meine Kollegen wollten mich nicht belasten, aber es war nicht einfach für sie. Was konnte man sagen, das für die Stasi ein wenig glaubhaft war, aber mich und sie nicht gefährden würde? Eine Kollegin hat dann irgendwann gesagt, dass ich gesagt hätte, die Ausbürgerung von Biermann wäre nicht richtig. Wenn du angege-

61 Im November 1976 trat Wolf Biermann in Köln auf. Währenddessen entzog die Partei seine Staatsbürgerschaft und konnte er nicht mehr in die DDR zurückkehren. Dieses löste in Westdeutschland und der DDR heftige Proteste aus, unter anderem von prominenten Künstlern und Schriftstellern. Jürgen Fuchs wurde wegen der Proteste inhaftiert.

ben hast, dass du irgendwas nicht richtig fandest, dann warst du gegen das Rechtsverständnis der DDR. Das war Staatsverleumdung. Diese Kollegin hat also praktisch gegen mich ausgesagt, aber sie hat das nicht bewusst gemacht. Ein anderer Freund nahm an, dass er als Zeuge da ist, um mich zu entlasten. Er meinte, dass ich nur gesagt habe, dass ich die Ausbürgerung von Biermann ein ‚starkes Stück' finde. Da das ja praktisch auch ein Anklagepunkt war, war er dann auf einmal Zeuge meiner Anklage. Als er das mitbekommen hat, hat er noch rumgeschrien, aber da haben sie ihn rausgeschmissen. Letztendlich bin ich ein Jahr in den Knast gekommen.

Im Knast dachte ich mir: Jetzt hast du alles verloren, jetzt kannst du auch Kunst machen. Weil meine Strafe relativ mild war – ein Jahr Knast in Hoheneck, dem härtesten Frauengefängnis der DDR unter Langstraferinnen, wurde als glimpflich gesehen – war meine Versorgung etwas besser. Ich bekam zum Beispiel diesen holländischen Käse mit roter Umhüllung. Diese Umhüllungen habe ich gesammelt, auf der Heizung schmelzen lassen und kleine Figuren draus gemacht. Das war natürlich alles geheim. Ich schrieb auch regelmäßig Gedichte, über das Leben, über das Leben im Knast. Das war dann halt Kunst, Gefängniskunst. Oder eigentlich war es Überlebenswerk. Es hat mir geholfen, meine Eigenheit zu behalten.

Die politischen Gefangenen gingen fast alle in den Westen und viele meiner kriminellen Mitgefangenen haben sich nach ihrer Zeit im Knast zurückgezogen in die Dörfer, aus denen sie kamen. Sie haben einfach keinem mehr vertraut. Das verstehe ich, denn dieses Urvertrauen, das ist weg. Ich wollte aber unbedingt Kunst machen und wusste, dass ich dafür in der Stadt leben muss. In den größeren Städten in der DDR wie Berlin, Jena und Erfurt gab es Untergrundgalerien, die Werke gezeigt haben von Künstlern, die nicht dem staatlichen Künstlerverband angeschlossen waren. Einer dieser Künstler, Klaus-Peter Peinzger, hatte eine riesengroße Wohnung in Erfurt und hat in seinem Flur eine Privatgalerie eröffnet: die Galerie im Flur[62]. Als er 1980 nach Berlin gezogen ist, hat er mich gebeten

62 Die Galerie im Flur wurde 1978 von Dagmar und Klaus-Peter Peinzger gegründet und wurde Ende der Siebzigerjahre als die bedeutendste „Haus-

die Galerie zu übernehmen. Ich habe da selbst noch keine Kunst gemacht, sondern habe die Werke von anderen ausgestellt. Das war kein sozialistischer Realismus, sondern abstrakte, gegenstandslose Kunst. Das kannte ich alles gar nicht.

Über die Galerie habe ich die ganze Untergrundszene der DDR kennengelernt. Als ich die Stücke von Eberhard Göschel aus Dresden – der erste Künstler, den ich ausgestellt habe – abgeholt habe, hat der mich wiederum Künstlern meiner Generation wie Sascha Anderson[63] und Ralf Kerbach vorgestellt, die auch im Untergrund aktiv waren. In Berlin wurden außerdem regelmäßig Untergrundlesungen organisiert, zu denen ich auch immer hingegangen bin. So lernten wir uns alle kennen. Die Untergrundkünstlerbewegung war ein echtes Netzwerk, ich war da irgendwann mittendrin. Die Stasi hatte versucht mich zu isolieren, mich zu verunsichern, mich zu vereinsamen. Als ich aus dem Knast kam, war ich nackt. Diese Künstlergruppe hat mir meine Identität gegeben. Bei ihnen war ich Gabi Kachold, eine Künstlerin, eine Frau, eine Freundin: Ich war jemand.

Einfach war es natürlich nicht. Die Stasi hat mich und die Galerie im Flur immer irgendwie im Visier gehabt. April 1981 wollten wir Ralf Kerbach ausstellen, aber drei Tage vor der Ausstellungseröffnung wurde ich von der Kulturabteilung der Stadt Erfurt eingeladen. Die haben gesagt, dass ich die Galerie sofort schließen soll. Wenn ich das nicht mache, gäbe es Probleme. Kerbachs Werke waren zu dem Zeitpunkt aber schon in der Galerie, es war seine erste Einzelausstellung. Ich habe mich entschlossen, Kerbachs Bilder wie geplant aufzuhängen und die Eröffnung ganz normal stattfinden zu lassen. Am bewussten Tag haben wir die Tür geöffnet und den Besuchern erzählt, dass die Ausstellung verboten ist. Die Leute hat das nicht gestört, die haben sie sich in Ruhe angeschaut. Einer der Anwesenden war Sascha Anderson. Er war ein Freund von Kerbach und hat Bilder von der Eröffnung gemacht. Anderson war ein IM

galerie" Thüringens betrachtet (Klaus, 2012).

63 Der Dichter und Schriftsteller Sascha Anderson (1953) war ein sehr wichtiger Vertreter der Autoren- und Kunstszene Ost-Berlins.

und hat für die Stasi gearbeitet, aber das wussten wir damals nicht. Die Bilder, die er an dem Abend gemacht hat, hat er der Stasi gegeben. Um zehn Uhr standen die vor der Tür und damit war Schluss: Wir mussten die Galerie sofort schließen. Wir sind dann mit den ganzen Leuten aus dem Untergrund in zwei von uns besetzte Häuser gegangen und haben uns Gedichte vorgelesen und zusammen gesungen. So haben wir uns getröstet.

Mit mir haben sie erst mal nichts gemacht, aber die Galerie im Flur war natürlich weg. Eigentlich fand ich das gar nicht so schlimm, weil ich dadurch Zeit hatte, selbst Kunst zu machen. Ich habe angefangen das zu machen, wofür ich später bekannt geworden bin: Frauenkunst. Die Inspiration dafür kommt aus meiner Gefängniszeit. In der DDR sah Frausein ungefähr so aus: arbeiten, jung heiraten – um eine Wohnung und einen Kredit für Möbel zu bekommen – und früh Kinder kriegen. Im Knast habe ich zum ersten Mal Frauen getroffen, die nichts mit diesem klassischen Bild zu tun hatten. Da waren Frauen auf einmal Mörderinnen – für mich waren Mörder immer Männer, weil man das in jedem Film so sah – oder haben Banken ausgeraubt. Da liebten Frauen andere Frauen, da waren Frauen von oben bis unten tätowiert. Das kannte ich alles nicht. Zum ersten Mal sah ich, dass Frauen alles an Potenzial haben, das Männer auch haben.

Ich habe da auch zum ersten Mal bewusst Kriminelle gesehen. Die Frauen hatten keine Zähne mehr, sahen vollkommen grau aus, hatten Narben. Diese Selbstverstümmelung war ein Mittel, um Protest im Knast zu machen. Eine Gefangene hat miterlebt, dass eine andere Gefangene mit dem Kopf durch die Scheibe geknallt ist und sich so lange an den Scherben gerieben hat, bis sie vor ihr verblutet ist. Und die Lesben haben miteinander geschlafen. Da rappelte alles und das hat jede mitbekommen. In der DDR gab es das Wort ‚lesbisch' gar nicht und es gab keine Orte, an denen die sich treffen konnten. Im Knast war auf einmal alles möglich.

Was mich am meisten fasziniert hat, war die Dynamik in den ganzen Körpern. Ich war ständig von Körpern umgeben. Dürre Körper, alte Körper, junge Körper, nackte Körper. Die waren überall und die gingen an ihre Grenzen. Mich hat das unglaublich inspiriert. Als ich nach dem Schließen der Galerie endlich wieder Zeit hatte selbst Kunst zu machen, habe ich angefangen Frauen zu fotografieren. Manchmal nackt, aber nicht immer. Ich habe zum Beispiel eine Frau gezeigt, die angebunden war und sich dann befreit hat. Diese Bilder haben eine Geschichte erzählt, verstehst du? Von dem Moment an, als ich die Frauen fotografiert habe, waren sie da, diese Geschichten. Für mich ist das Kunst: Dinge sichtbar machen. Das war natürlich Untergrundkunst, da sie nichts mit diesem sozialistischen Realismus zu tun hatte.

Die Stasi war immer noch an mir dran, das hat nie aufgehört. Irgendwelche IMs haben mich immer beobachtet und versucht mich reinzulegen. Einmal bin ich mit einer Frau durch Erfurt gelaufen und wir haben Fotos an verschiedenen Stellen gemacht. Auf dem Petersberg kam ein Bekannter auf uns zu und der wollte ans Kreuz gefesselt und fotografiert werden. Ich habe das gemacht und wurde sofort verhaftet: Er war ein IM. Ein anderes Mal haben sie mir einen Transvestiten zugespielt, weil sie wussten, dass Sexualität in meiner Kunst eine Rolle spielt. Sie wollten natürlich, dass er mich dazu bringt, dass ich wegen Pornografie verurteilt werde.

Ich wusste, wie weit ich gehen konnte, weil ich die Grenzen immer genau erforscht habe. An die Grenzen des Machbaren kommt man erst, wenn sie sich zeigen. Wenn du deine Grenzen auslotest, kannst du in jeder Gesellschaft viel machen. Machst du das nicht, bist du selbst schuld. Ich habe immer nur Geldstrafen bekommen, gekriegt haben sie mich nicht mehr. Als sie mir diesen Transvestiten geschickt haben, wusste ich zwar nicht sofort, dass das ein IM ist, aber ich wusste: Ich darf keinen erigierten Schwanz und keinen direkten Geschlechtsverkehr fotografieren.

Ich habe in den späten Achtzigern viel Unterstützung bekommen aus der Frauenbewegung. Zusammen mit unserer 1984 gegründeten Künstlerinnengruppe war ich 1988 bei einem Kirchentag im Augustinerkloster. An diesem Tag haben wir viele andere Frauengruppen aus Erfurt getroffen. Ich habe vorgeschlagen, dass wir uns einmal im Monat treffen. Wir haben uns ausgetauscht, ganz offen geredet. Eine Gruppe wollte zum Beispiel lesbisch leben, eine andere Gruppe wollte nach der Geburt ihrer Kinder nicht wieder arbeiten. Als September 1989 politische Bewegungen wie Neues Forum[64] und Demokratischer Aufbruch entstanden sind, haben wir den Verein Frauen für Veränderung gegründet. In der Bürgerbewegung hat uns das eine gewisse Autorität gegeben.

Als die Mauer gefallen ist, bin ich nicht wie viele andere los, um meine 100 Westmark abzuholen,[65] denn ich hatte andere Prioritäten. Die Armee, Polizei und Staatssicherheit waren immer noch voll bewaffnet und überall hat die Stasi schon angefangen, Beweismaterial und Stasi-Akten zu vernichten. Am 4. Dezember kamen sehr früh zwei Frauen von Frauen für Veränderung zu mir nach Hause. Sie sagten mir, dass wir heute noch die Stasi besetzen müssten, um die Akten zu retten. Sie meinten auch, wir müssten zum Bürgermeister, zur Bezirksparteileitung der SED und zum Staatsanwalt, um die Stasi anzuzeigen, weil sie Volkseigentum vernichtete. Mich hat das sofort überzeugt. Aus den anderen Frauengruppen haben sich noch zwei Frauen bei uns angeschlossen. Eine von uns ist sofort zu ihrer Arbeitsstelle in der Bibliothek gegangen, wo sie ein Telefon hatte. Sie hat alle Buchhandlungen und Bibliotheken in Erfurt angerufen und gesagt: ‚Ihr müsst jetzt zur Staatssicherheit gehen und die umstellen. Hört auf zu arbeiten und geht dahin!' Danach ist sie zu verschiedenen Großbetrieben gegangen und ist da ganz tapfer in die Montagmorgenversammlungen reingeplatzt: ‚Wir besetzen heute die Staatssicherheit, überlegt euch, was ihr beisteuern könnt.' Wir vier anderen sind zum Bürgermeister, zum Staatsanwalt und der SED-Parteileitung gegangen.

Es hat funktioniert: Immer mehr Menschen haben sich uns angeschlossen. Montag, den 4. Dezember 1989, haben wir in Erfurt mit

64 Neues Forum strebte eine Gesellschaftsreform an und rief alle DDR-Bürger auf, sich daran zu beteiligen.

65 Jeder DDR-Bürger, der den Westen besuchte, erhielt 100 westdeutsche Mark Begrüßungsgeld.

mehr als hundert Leuten die erste Stasi-Zentrale in der DDR besetzt und am gleichen Tag schlossen sich Bürgerrechtler in Halle, Gotha und Leipzig an. Auf friedliche Weise haben wir so verhindert, dass Material, das zeigt, wie eine Diktatur ihr Volk misstraut und beschattet, vernichtet wird. Viele glauben, dass das alles in Berlin angefangen hat, aber in Berlin wurden die Zentralen erst im Januar 1990 besetzt. Alle anderen Staatssicherheiten in der DDR waren zu dem Zeitpunkt schon eingenommen. In Berlin wussten sie also, dass nicht geschossen wird – weil bei uns ja nicht geschossen wurde. Die haben nicht so viel riskiert. Wir in Erfurt, wir haben alles riskiert. Es waren hunderte von Frauen und Männern, aber die Idee kam von den Frauen. Von fünf Frauen, um genau zu sein, und ich will, dass die beim Namen genannt werden: Kerstin Schön, Sabine Fabian, Tely Büchner, Claudia Bogenhardt und ich, Gabriele Stötzer."

Die Stasi war ein sehr umfangreicher Geheimdienst. 1989 gab es schätzungsweise 91.000 offizielle und 189.000 inoffizielle Mitarbeiter („IM") bei einer Bevölkerungszahl von 17 Millionen. **Bernd Roth (1951)** *war zuerst IM und später Stasi-Offizier. Er sagt, er war sehr erfolgreich, versuchte sich aber innerlich von seiner Arbeit abzugrenzen.*

„In der Nachkriegszeit, in den Fünfziger- und Sechzigerjahren, hatte die DDR jungen Leuten nicht viel zu bieten. Es mangelte an vielem und es gab keine Diskotheken. Im Westen entstanden zu ungefähr der gleichen Zeit die Flower-Power-Bewegung und Bands wie die Beatles und die Rolling Stones. Die Leute waren gierig auf so etwas Neues, aber im Osten war das alles nicht erlaubt. Es wurden zwar Ostbands gegründet, aber, ich sag das einfach mal so, die haben im Grunde genommen die West-Musik gecovert. Politisch war das natürlich nicht unbedingt gewollt. Die FDJ hat daraufhin die Singebewegung ins Leben gerufen, als eine Art Ventil und um die Jugendkultur zu kanalisieren. Mit den Singeklubs sollte die sozialistische Kulturpolitik gefördert werden.

Als Jugendlicher bin ich Mitglied im Singeklub Maxhütte Unterwellenborn geworden. Der Klub hatte sehr viel Zulauf aus Ecken und Schichten, die nicht unbedingt konform waren. Ich habe einen, wenn man das so bezeichnen will, proletarischen Hintergrund, aber diese Leute hatten teilweise Eltern, die Akademiker waren. Wir hatten auch einen, der bis heute in der Jazz-Szene unterwegs ist. Andere sind später in die alternative Poetenbewegung abgewandert. Aus diesem Mischmasch heraus ist im Klub ein gewisses Milieu entstanden. Wir haben uns mit gesellschaftlichen Themen auseinandergesetzt und haben gemerkt, dass es nicht immer stimmt, wie die FDJ oder die SED unser Land abbildet. Bei uns in Unterwellenborn gab es zum Beispiel ein riesiges Eisenwerk mit Hochofen, Stahlwerk, Walzwerk und allem Drum und Dran. Das war eine fürchterliche Sauerei für die Umgebung: Der Dreck ist jeden Tag tonnenweise rausgeflogen. Wir haben angefangen, Lieder über solche Sachen zu schreiben. Lieder, die nicht im Sinne vom zentralen Denken waren, um es mal ganz vorsichtig auszudrücken. In anderen Klubs passierte das auch. Die sozialistischen Parolen, die wir zu Anfang brav nachgesungen hatten, weil uns das Wissen irgendwie fehlte, sangen wir kaum noch. Die DDR-Singeklubs entwickelten sich wildwüchsig weiter und die FDJ hatte letztendlich nicht mehr so richtig im Griff, was da passierte.

Ich fand meine Freizeit viel interessanter als die Schule, das war immer schon mein Pech. Ich war faul und leistungstechnisch sehr schwach, aber meine Eltern und Großeltern haben mir immer gesagt: ‚Junge, aus dir muss mal was werden, enttäusch uns nicht.' Mein Elternhaus war linksorientiert, ich bin also mit einem Gefühl groß geworden, auf der richtigen Seite zu stehen. Mein Großvater hat einen Teil der Elternrolle übernommen und war ganz wesentlich für mich. Als er gestorben ist, als ich 16 oder 17 war, ist meine Welt zusammengebrochen. In dieser Zeit bekam ich das Angebot IM zu werden. Meine Mutter hatte wegen ihrer Arbeit gute Kontakte zu Offizieren des Ministeriums für Staatssicherheit. Aus Angst, dass aus mir nichts Richtiges wird, hat sie mich mit denen in Kontakt gebracht, aber wegen meines linksorientierten Elternhauses wären sie auch so auf mich aufmerksam geworden. Jedenfalls habe ich darin eine Lösung für meine Probleme gesehen. Ich wollte nicht für 600 Mark in irgendeinem scheiß Ost-Betrieb arbeiten. Das war mir zuwider, aber weil es in der Schule so schlecht lief, wusste ich nicht, wie ich meine Zukunft sonst gestalten sollte. Wisst ihr, man muss einfach verstehen können, warum Menschen sich in bestimmten Momenten für irgendwas entscheiden, auch wenn es eine Fehlentscheidung ist.

Als IM kam ich in Kreise, die mich geistig sehr gefördert haben. Künstler, Leute aus der Kirche: Ich habe enorm viel von denen mitgenommen und gelernt. Ich weiß, dass das absurd klingt, weil ich ja genau diese Leute überwachen sollte, aber für mich war das so. Ich war ja, wie gesagt, selbst Teil dieser Welt. Ich war Mitglied der Singebewegung, die immer kritischer wurde, und ich hatte schulterlanges Haar und trug einen grünen Parka. Dazu muss man natürlich sagen, dass ich damals 15, 16 war und eine sehr pubertäre Einstellung zu den ganzen Ereignissen hatte. In gewisser Weise hat sich da für mich ein Abenteuer abgespielt. Die Leistungssache habe ich, um es einfach mal so zu sagen, mit einem Freund geklärt, der sehr gut in der Schule war. Das hat mir natürlich auch gewisse Freiheiten verschafft bei meinen Eltern.

1973 bin ich hauptamtlicher Mitarbeiter bei der Stasi geworden. Das war ganz anders, als IM zu sein, da liegen Welten dazwischen. Der IM war allein und hat sich auch so gesehen: als Einzelperson. Irgendwann hat er vielleicht erahnt, dass es noch andere gibt, aber dass er Teil eines tief gestaffelten Systems war, das für die totale Überwachung ausgelegt war, das hat der IM nicht gesehen. Ich auch nicht, ich habe das erst gemerkt, als ich hauptamtlich angestellt worden bin. Ich musste eine Verpflichtung unterschreiben, die es mir verboten hat, über meine Arbeit zu reden. Ein Offizier, der Dinge vom Inneren in die Öffentlichkeit gebracht hat, hat eine Straftat begangen. Er konnte dafür in den Knast kommen.

Meine Freunde aus dem Singeklub wussten, dass ich Offizier bei der Stasi war. An deren Einstellung zu mir hat sich dadurch überhaupt nichts geändert. Sie haben immer gesagt: Er ist bei der Stasi, aber er ist ein Kumpel. Ich hatte allerdings ein Riesenglück, dass ich in der Wirtschaftsecke gelandet bin und nicht in der Kirchenecke oder der Kulturecke. Meine Arbeit hatte was mit West-Spionage und Abwehr zu tun.[66] Über meine guten Freunde und über Mitglieder der Singeklubs habe ich zum Beispiel keine Berichte geschrieben. Außerdem hatte ich einige Vorgesetzte, die nicht einordnen konnten, was in den Singeklubs passierte. Sie wussten nicht so wirklich, was ich da gemacht habe, und das war natürlich ein Vorteil.

2011 oder 2012 habe ich meine Stasi-Akten eingesehen: Wegen mir sind keine Freunde in Haft gekommen. Ich will mich da nicht rausreden und natürlich sind meine Projekte auch weitergesponnen worden, aber das ist schon wichtig zu wissen.[67] Von meiner Lebenseinstellung und von meinem Denken her, hatte ich Ressentiments gegenüber gewissen Dingen, die beim Ministerium passierten. Da hat mir vieles widerstrebt, aber es war nicht möglich, das zu artikulieren. Ich habe mir in diesem System also meine Rechte so genommen, wie ich sie für richtig gehalten habe. Ich muss aber auch dazu sagen, dass ich ein Stasi-Offizier mit unwahrscheinlichem Erfolg war. Suchen Sie mal jemanden, der in der DDR einen CIA-Spion entlarvt hat. Da gibt es fast keinen, aber mir ist das gelungen. Wissen Sie, wie hoch ich angesehen war? Wer hoch angesehen ist, kann sein eigenes Funktionieren bestimmen und kann auch mal ‚Fehler' machen.

66 Die Stasi hatte mehrere Arbeitsbereiche. Es gab zum Beispiel eine Abteilung, die unter anderem den Kultursektor, die kirchlichen und unterirdischen Aktivitäten überwachen musste, eine Abteilung für Spionageabwehr, eine Abteilung für Passkontrolle und Tourismus, eine Abteilung, die die Wirtschaft der DDR schützen musste, und so weiter.

67 Es kann sein, dass ein anderer Stasi-Mitarbeiter den Fall übernommen hat, sodass jemand trotzdem bestraft wurde.

Trotz aller Dinge, die bei der Stasi passiert sind, hatte ich immer ein Nischendenken. Als ich Offizier war, habe ich mir das erhalten und auch meine Kontakte nicht verloren. Wie gesagt, ich hatte auch während meiner tiefsten Stasi-Zeit viele Kontakte mit Künstlern und anderen Leuten aus dem Singeklub. Dadurch hatte ich immer Austausch und offene Diskussionen, die sich natürlich in meinem Denken festgesetzt haben. Dieser Austausch war mir wesentlich wichtiger, als irgendwelches Geschwätz bei der Stasi, von dem ich mich innerlich irgendwie abgegrenzt habe. Was zu dieser Haltung beigetragen hat, ist, dass es bei mir zu Hause nie Verbote gab. Mein Elternhaus war zwar linksorientiert, aber meine Eltern haben nie gesagt, dass ich die Beatles oder die Stones nicht hören darf. Ich hatte freie Hand und dafür bin ich heute noch dankbar.

Meine Arbeit hat mein Familienleben nicht beeinflusst, gar nicht sogar. Wissen Sie, ich hatte zu Hause bestimmt tausend Schallplatten mit klassischer Musik, obwohl zu DDR-Zeiten gesagt wurde: Ein Stasi-Offizier darf keine Bach-Schallplatten besitzen. Der Sozialismus ist die Erziehung zu einer sozialistischen Persönlichkeit. Diese sozialistische Persönlichkeit hat so zu funktionieren, dass sie den Staat unterstützen kann. Alles, was davon abweicht – die Beatles, klassische Musik oder die Gepflogenheit, Weihnachten zu feiern –, hat nicht zum sozialistischen Persönlichkeitsbild gehört und war also verpönt. Johann Sebastian Bach, kennen Sie Johann Sebastian Bach? Oder Beethoven, kennen Sie den? Ich habe zu Hause ein Leben geführt, das in keiner Weise SED-geprägt war.

Mit den Singeklub-Mitgliedern habe ich heute noch guten Kontakt, aber meine ehemaligen Kollegen sind für mich, bis auf wenige, nicht mehr von Bedeutung. 30 Jahre nachdem das Ganze, Gott sei Dank, den Bach runterging, haben die ihre persönliche Schlussfolgerung immer noch nicht sehen können. Das hängt mit Intellekt zusammen. Ich habe mir mühselig den Ballast von diesem System vom Halse geschafft. Das ist nicht einfach, dazu gehören Nachdenken und eine selbstkritische Auseinandersetzung. Wenn diese ehemaligen Stasi-Offiziere nicht dazu fähig sind, die richtigen Schlussfolgerungen aus dem zu ziehen, was sie jeden Tag erlebt haben, dann tut es mir leid. Mit solchen Leuten rede ich nicht. Ich rede nur mit Leuten, die intelligent und willens genug sind, sich auf Augenhöhe mit einem zu unterhalten.

2011 habe ich ein Buch geschrieben: ‚Berichte eines STASI-Täters'. Ich habe es über mehrere Jahre nachts geschrieben und es dann irgendwann als E-Book hochgeladen. Ich habe niemanden gefragt und niemandem gesagt, dass ich das mache und habe von meiner Schwester Vorwürfe bekommen. Ich hätte meine Familie schlecht gemacht und es gab eine Auseinandersetzung. Wenn jemand sagt, du hast einen Stab über die Familie gebrochen, dann musst du darüber nachdenken. Du musst zumindest prüfen oder darüber nachdenken, ob das wirklich so ist. Manche Sachen hätte ich jetzt anders aufgeschrieben als damals, weil sie einfach vielschichtiger sind, als ich angenommen habe. Das hängt auch wieder mit dem Nachdenken zusammen.

Ich habe die Öffentlichkeit gesucht, weil es nicht in Ordnung ist, dass die Welt sagt: Das sind alles nur primitive Stasi-Offiziere. Die reden nicht, die sind viel zu blöd. Wir lassen sie lieber verrotten und sterben, dann ist das Thema erledigt. So kann man Geschichte als Gesellschaft nicht verarbeiten. Und so kann ich das auch nicht an die nächste Generation weitergeben. Ich bin angefeindet worden, nachdem ich meine Geschichte öffentlich gemacht habe, aber das interessiert mich nicht. 2012 und 2013 sind alle möglichen Nachrichtenteams hierhergekommen, um mich zu irgendwelchen Aussagen zu bewegen. Ich muss ganz ehrlich sagen, diese Sendungen, die dabei rausgekommen sind, die waren teilweise blamabel für mich. Ich habe das aber gemacht, um überhaupt in der Öffentlichkeit zu sagen: Hier ist einer, der reden will.

Worum es mir geht, ist, dass wir, die ‚Täter', Teil der Diskussion werden. Wenn jemand zwei Jahre zu Unrecht im Knast gesessen hat, dann kann ich das dadurch entstandene Leid natürlich nicht lindern. Natürlich nicht, aber ich kann ein Klima erzeugen, in dem Sachen besprochen werden können. Das könnte den Opfern helfen, aber diesen Austausch hat es nie gegeben, der war nicht gewollt. Ich bin völlig ausgegrenzt. Fragen Sie mich mal, wie oft ich zu einem Zeitzeugengespräch eingeladen wurde. Einmal, vor zwei Jahren, war ich an einer Schule in Leipzig. Da hat sich ein Lehrer getraut, obwohl er hinterher dafür kritisiert worden ist. ‚Ich komme', habe ich gesagt, ‚aber ich will nicht lügen.' Mein Herz dreht sich im Leibe um, wenn ich manchmal mitbekomme, was Zeitzeugen aus der Opferecke den jungen Leuten in der Schule für einen Mist erzählen. Jeder Zeitzeuge lügt und das ist auch völlig verständlich. Wenn jemand traumatisiert ist, weil er im Knast saß und sein Leben ruiniert worden ist, dann kann er teilweise nicht anders. Auch ich laufe Gefahr, dass ich lüge. Damit das nicht passiert, habe ich zu den Schülern gesagt: ‚Hier, lest meine Biografie.' So wie es in meinem Buch geschrieben steht, so haben sie es gelesen. Danach haben sie mich Sachen gefragt und ich habe es so erzählt, wie es war. Die Fragen waren sowas von beschissen, da merkt man, dass Geschichtspolitik in den Schulen nicht angekommen ist. Die DDR-Geschichte schon gar nicht. Sie wissen doch bestimmt aus den Umfragen, wie viele Leute nicht wissen, wer Honecker oder Hitler waren?

Es gibt viele entartete Geschichten über die Stasi. Es wird Zeit, dass wir auch mal über die SED und die Parteibonzen, die Leute kaputtgemacht haben, reden. Es gibt so viele Facetten der DDR-Geschichte, die besprochen werden müssen, und was haben wir gemacht? Wir haben alles an der Stasi-Problematik aufgehängt. Das hat natürlich zum Teil damit zu tun, dass es die Stasi-Akten gibt. Die sind sehr greifbar. Es hat aber in einer Verengung der DDR-Geschichte resultiert, wobei der Stasi-Fokus gewaltig ist, aber wir, die ehemalige Stasi, kein Teil der Aufarbeitung sind. Wissen Sie, ich brauche keine öffentliche Anerkennung. Ich weiß selbst, was ich wert bin. Ich habe früher viele Minderwertigkeitskomplexe gehabt und ich weiß, dass man fast schwebt, wenn man die loswird. Wenn Sie irgendwas verschweigen müssen und immer Angst haben, dass es jemand erfährt, was ist das denn für ein Leben? Das ist doch kein Leben? Das ist meine Lehre, auch für die heutige Zeit. Desto offener Sie sich in die Welt stellen, desto eher können Sie unverstellt mit den Menschen reden. Ich will die Sachen unverstellt wissen. Ich will mich auseinandersetzen mit Menschen, die das können, nicht mit uninteressierten Affen."

Seit den frühen Siebzigerjahren, als die Reisepolitik gelockert wurde, besuchten jährlich Millionen Westdeutsche und West-Berliner die DDR. Sie gerieten in eine Welt voller Kontrollen, Formulare und Meldepflichten. **Christiane de Heus (1957)** *erlebte genau das, als sie 1978 zur Hochzeit ihrer ostdeutschen Brieffreundin eingeladen wurde. Die Angst saß ihr immer im Nacken. War der große, starke Förster nun wirklich ein Stasi-Offizier?*

„Ich wurde in Leese geboren, einem kleinen Dorf in Niedersachsen. In den Sechziger- und Siebzigerjahren hatte es ungefähr 1.500 Einwohner, aber heutzutage ist bestimmt die Hälfte davon tot oder weggezogen. Da es in Leese keine weiterführenden Schulen gab, musste ich im nächstgrößeren Dorf zur Realschule gehen. Eine Oberschule oder ein Gymnasium gab es auch da nicht, also kam das auch nie in Frage für mich. Beim Geschichtsunterricht lernten wir gar nichts über die DDR, jedenfalls kann ich mich nicht mehr daran erinnern. Man darf aber auch nicht vergessen, dass es damals noch nicht zur Geschichte gehörte. Es war noch die Realität, es war noch das tägliche Leben. Was uns aber immer wieder eingetrichtert wurde, war, dass Russland der Feind war und Amerika das Gute.

Manche Leute im Westen hatten Verwandte oder Bekannte in der DDR, wodurch sie einiges über das Leben dort mitbekamen. Bei uns verlief der einzige Kontakt über meine Mutter. Im Zweiten Weltkrieg musste ihre Familie Leese verlassen, weil es zu gefährlich wurde. ‚Die Russen kommen' ‚wurde gesagt. Sie wurden anderthalb Jahre bei einer Familie in Nordwohlde untergebracht, einem kleinen Ort bei Bremen. Meine Mutter und die Tochter, Helga, waren gleich alt und wurden gute Freundinnen. Später hat Helga einen Mann aus der DDR kennengelernt und ist ihm in seine Heimat, Spremberg in der DDR, gefolgt. Der Kontakt zwischen Helga und meiner Mutter ist nie abgerissen und sie haben sich regelmäßig geschrieben. Manchmal hat meine Mutter Pakete rübergeschickt mit Bettwäsche, Kaffee und anderen Sachen, die sie da anscheinend nicht kriegen konnten. Ich fand das schon ein bisschen komisch, weil wir im Ost-Fernsehen immer sahen, dass es dort wie im Paradies war. Ich weiß nicht mehr genau, was da für Geschichten erzählt wurden, aber ich kann mich noch daran erinnern, dass alles schöner dargestellt wurde, als wir glaubten zu wissen. Sonst hätte meine Mutter doch nicht immer die ganzen Sachen hingeschickt. Ich glaube aber ehrlich gesagt nicht, dass ich meiner Mutter viele Fragen über Helga und ihr Leben dort gestellt habe. Wir redeten zu Hause eigentlich nie über Politik und tiefgehende Gespräche hatten wir auch nicht wirklich. Es ging eigentlich immer nur über das Geschehen im Dorf, was bei Leni von nebenan passierte oder was Karla von gegenüber gerade machte.

Als ich 13 war, wurde Anna-Sophia, die Tochter von Helga, meine Brieffreundin. In der Bravo standen irgendwann Adressen von Jugendlichen aus dem Ausland, die Brieffreunde suchten. Ha, habe ich gedacht, das will ich auch! Da ich kein gutes Englisch konnte, kam ich auf die Idee, Anna-Sophia zu schreiben. Irgendwie fand ich das noch spannender, weil Leute aus der DDR ja nicht in der Bravo standen. Es hat sich irgendwie besonders angefühlt und endlich passierte mal was in meinem Leben. Damals hatten wir natürlich keinen Computer und auch nicht so viel Spielzeug. Außer Hausaufgaben machen und draußen mit Freunden spielen war nicht viel los.

Es hat mir immer sehr viel Spaß gemacht, Anna-Sophia zu schreiben. Ich hatte ein eigenes Zimmer, ungefähr sechs Quadratmeter groß, und meine Sitzecke bestand aus einer Matratze auf dem Fußboden. Darauf saß oder lag ich, während ich meine Briefe schrieb, meistens zwei Seiten lang. Ich schrieb über das, was ich täglich erlebte. Nun war das natürlich nicht so viel, aber Jungs waren immer ein Thema, denn die gab es natürlich früher auch schon. Ich vertraute Anna-Sophia viele Dinge an, die ich meinen Eltern nicht erzählte, weil es sich in gewisser Weise befreiend angefühlt hat. Ich kannte sie natürlich nicht persönlich, wodurch es leichter war, ihr mein Herz auszuschütten. Meine Briefe beendete ich mit einem roten Lippenstiftkuss, so machten wir das damals. Den Lippenstift habe ich immer heimlich von meiner Mutter genommen, mir die Lippen voll angemalt und dann einen Kuss auf das Papier gedrückt.

Wenn ich Post von Anna-Sophia bekam, war das immer wie Ostern und Weihnachten zusammen. Tja, hatte ich schon erwähnt, dass nicht viel los war in Leese? Ich bin immer sofort in mein Zimmer gegangen, um ihn zu lesen. Komischerweise fühlte es sich so an, als ob wir uns schon jahrelang kannten. Das hatte auch damit zu tun, dass sie sehr offen über alles schrieb, über Jungs, über ihre Gefühle. Ich kann mich nicht dran erinnern, dass wir uns über Politik oder die DDR unterhalten haben. Im Nachhinein hat das ja vielleicht damit zu tun, dass sie darauf vorbereitet war, dass ihre Briefe in den Westen auch mal abgefangen werden würden. In meiner Erinnerung ist das aber nie passiert. Wir haben uns angewöhnt, erst die Antwort von der anderen abzuwarten, bevor wir selbst wieder geschrieben haben. Das klappte immer ganz gut.

Manchmal haben wir uns auch Bilder geschickt. Dadurch habe ich gemerkt, wie ähnlich wir uns vom Stil her waren. In Leese wäre Anna-Sophia zumindest nicht aufgefallen. In der DDR hatten sie natürlich weniger als im Westen, aber bei uns im Dorf gab es auch keine hippe Boutique. Was sage ich da, es gab überhaupt keine Boutique.

Ich hatte echt keine Levi's oder andere schöne Jeanshosen. Als ich 16 war, fing mein ‚wildes Leben' an und ging ich regelmäßig in eine Disco im Nachbarort. Ich hatte zwei Pullis und zwei Hosen, die ich so häufig wie möglich abwechselte. Nach zwei Wochenenden war die Not groß und der Schrank meines großen Bruders musste herhalten. Da fand ich zum Glück eine braune Strickjacke, die mir ganz gut stand, und so hatte ich am Wochenende darauf wieder ‚was Neues' an. Irgendwann wurde es hip, Jeanshosen unten an den Seiten aufzuschneiden und ein Stück Stoff dazwischen zu nähen. Die Hosenbeine wurden dadurch sehr weit und das fanden wir cool. Anna-Sophia und ich haben uns darüber sogar noch ausgetauscht, bei denen war das auch total angesagt.

Trotzdem hatte ich manchmal das Gefühl, dass Anna-Sophia etwas eifersüchtig war. Einmal hat sie zum Beispiel geschrieben, dass sie mein Briefpapier immer so schön fand. Es waren ganz normale weiße Blätter mit einer Blume drauf, aber so etwas gab es in der DDR nicht. Sie hat mir immer auf ganz normalem, weißem Papier geschrieben. Ich fand es sehr toll, dass sie das sagte, weil man mit Komplimenten im Dorf nicht überschüttet wurde. Logisch, wir hatten ja auch mehr oder weniger alle dasselbe. Durch Anna-Sophias Bemerkung habe ich mich eine Zeit lang richtig für Briefpapier interessiert und es mir immer zu besonderen Anlässen wie Weihnachten und Geburtstag gewünscht. Es freute mich immer sehr, wenn Anna-Sophia es danach erwähnte. Manchmal kaufte ich ihr auch ein schönes Set, das meine Mutter ihnen dann zusammen mit der Bettwäsche schickte. Wir hatten zwar auch nicht viel, aber wir fühlten uns immerhin reicher als die Menschen in der DDR. Das hört sich aus meiner heutigen Sicht etwas materialistisch und gemein an, aber es gab mir damals doch ein wenig ein gutes Gefühl.

Als ich Anfang 20 war – wir schrieben nicht mehr so regelmäßig –, bekam ich auf einmal eine Einladung zu Anna-Sophias Hochzeit. Mein erster Gedanke war: Heiraten, jetzt schon? Mein zweiter Gedanke war: Juhu, eine Feier! Meine ganze Familie war eingeladen und ich weiß noch, dass wir unheimlich viele Vorbereitungen treffen mussten. Wir mussten viele Formulare ausfüllen, auf denen wir den Grund unserer Reise, unsere persönlichen Daten, und was weiß ich alles noch angeben mussten. Ich war damals mit Jan zusammen, einem niederländischen Soldaten, der bei einer Einheit war, die den Westen vor den Russen beschützen musste. Als Soldat im Westen hätte er natürlich nie eine Einreiseerlaubnis in die DDR bekommen, weil er als Feind gesehen wurde. Um Probleme vorzubeugen, haben wir darum angegeben, dass ich Single war. Wir wussten natürlich, dass sie alles checken und darauf basierend entscheiden, ob wir einreisen dürfen oder nicht.

Unsere Einreise wurde genehmigt und wir sind dann mit dem Auto von Leese nach Spremberg gefahren. Nach etwa zwei Stunden erreichten wir den Grenzübergang Marienborn[68] bei Helmstedt. Wir mussten mit dem Auto in eine Art Tunnel fahren und durften weder die Fenster runterlassen noch aussteigen. Wir passierten drei verschiedene Kontrollposten. Bei der ersten Kontrolle klopften sie ans Fenster – vielleicht sogar mit einem Gewehr, aber da bin ich mir nicht ganz sicher – und forderten unsere Pässe. Bei der zweiten und dritten Kontrolle mussten wir aussteigen. Wir mussten alle Koffer öffnen und sie haben alles kontrolliert, sogar unter dem Auto haben sie nachgeschaut. In der Zwischenzeit wurden wir ausgefragt. Was wir in der DDR wollten? Wen wir besuchten? Die Antworten hatten wir auch in dem Fragebogen angegeben, also wussten sie das eigentlich schon. Um nichts Widersprüchliches zu sagen, hatten meine Eltern mich und meinen großen Bruder angewiesen, unseren Mund zu halten. Sie hatten wahrscheinlich Angst, dass wir was Falsches sagen würden. Stellt euch vor, ich hätte gesagt: ‚Mein Freund ist ein holländischer Soldat, er kämpft gegen die Russen!‘ Das hätte kein gutes Ende genommen.

Was mir am meisten in Erinnerung geblieben ist, ist der weibliche Grenzsoldat, obwohl sie wenig Weibliches an sich hatte. Sie trug eine olivgrüne Militäruniform und hatte ein Gewehr unter ihrem Arm. Ich denke, das war eine Kalaschnikow, aber da bin ich mir nicht sicher. In meiner Erinnerung hatte sie einen Damenbart, aber

68 Der größte und wichtigste Grenzübergang zwischen der Bundesrepublik Deutschland und der DDR.

das ist vielleicht auch etwas übertrieben. Ich weiß noch genau, wie streng und gemein diese Frau guckte, selbst die Erinnerung daran lässt mir jetzt noch eine Gänsehaut über den Körper laufen. Während dieser ganzen Kontrolle haben wir kein Tageslicht gesehen, so dunkel war es in diesem Schlauch. Das hat es natürlich noch grausiger gemacht. Man sah von draußen auch nicht, was da drinnen passierte und ich weiß genau, dass ich damals dachte: Das machen die extra. Hätten sie uns abgeknallt, hätte niemand das gehört oder gesehen.

Nach einer gefühlten Ewigkeit wurden wir freigelassen und durften endlich weiterfahren. Ganz entspannt war ich aber nicht, denn für mich befanden wir uns auf feindlichem Boden. Zuerst fielen mir die schlechten Straßen auf. Der Asphalt war kaputt, wodurch unser Auto ständig hoppelte. Und dann diese Häuser. Mir fiel auf, dass die verschiedenfarbig waren, zum Beispiel zwei Reihen rote Steine, drei Reihen graue Steine, dann wieder ein paar Reihen rote Steine und so weiter. Hinterher wurde uns erklärt, dass mit den Materialien gebaut wurde, die man gerade bekommen und natürlich auch bezahlen konnte. Wenn keine Steine vorhanden waren, dann musste man halt warten, bis es wieder welche gab. So ein Hausbau konnte sich dadurch jahrelang hinausziehen.

Nach einigen Stunden haben wir uns gefreut, dass wir endlich bei den Eltern von Anna-Sophia angekommen sind. Sie wohnten mitten im Wald, da Anna-Sophias Vater Förster war. Er war ein Riese, bestimmt zwei Meter groß und 200 Kilo schwer. Ich erschreckte mich ein wenig, merkte aber schnell, dass er ein lieber Mann war. Zwischen Anna-Sophia und mir war erst noch ein gewisser Abstand. Wir begrüßten uns per Handschlag und ich habe ganz formell gesagt: ‚Hallo, ich bin Christiane, Dankeschön für die Einladung.' Aber kurz danach war das Eis auch schnell gebrochen. Der erste Abend war gleich ihr Junggesellinnenabschied, wobei wir ihre beste Freundin unter den Tisch getrunken haben. Wir haben ihr immer neue Kurze gegeben und selbst nur Wasser getrunken. Sie war am nächsten Tag so verkatert, dass sie sogar die Hochzeit verpasst hat. Oh, was sind wir da gemein gewesen.

Anna-Sophia und Dieter haben kirchlich geheiratet. Von der eigentlichen Zeremonie weiß ich nichts mehr, aber ich weiß noch, dass wir auf dem Weg zur Feier, die in einem Restaurant stattgefunden hat, alle in einer langen Reihe liefen. Mein Bruder musste ganz nötig pinkeln und sprang hinter einen Busch. Komischerweise stand sofort ein Mann der Volkspolizei hinter ihm. Pinkeln im Freien war natürlich verboten, also musste er, hopp, zurück in die Reihe. Anscheinend waren sie überall. Das Restaurant war nicht so doll geschmückt, wie wir das heute gewohnt sind, aber das riesige Buffet fiel mir sofort auf. Tische voll mit Essen, aber dann auch von allem: Schalen voll mit Kartoffeln, Rotkohl und ganz viel Fleisch. Es hatte den Anschein, dass Anna-Sophias Vater seinen ganzen Wildbestand abgeschossen hatte. In der DDR war es sehr gängig, Tauschgeschäfte zu machen. Ich glaube, dass es Anna-Sophias Familie so gut ging, weil der Vater Förster war. Er ging mit einem geschossenen Reh bei dem Bäcker durch den Hintereingang und kam mit zehn Broten vorne wieder raus. Im Nachhinein ist das logisch, dass es so funktionierte, aber damals fragte ich mich: Mensch, wenn das jeder so macht, dann können sie doch nicht so arm sein?

Die Gäste sahen auch alle sehr schick aus. Die Männer in Anzügen und die Frauen in eleganten langen Kleidern. Vielleicht war vieles selbst genäht, aber es sah doch qualitativ sehr hochwertig aus. Mensch, dachte ich, ich hätte doch ein teureres Kleid kaufen müssen. Weil ich davon ausgegangen war, dass Anna-Sophia und ihre Gäste nur wenig Auswahl hatten und ich Anna-Sophia nicht die Show stehlen wollte, hatte ich ganz bewusst ein günstiges, Hippie-ähnliches Kleid gekauft. Der Stoff war bedruckt und nicht gewebt, wodurch es billiger aussah.

Da ich als Single gekommen war, bekam ich einen Tischherren an meine Seite gesetzt. Anna-Sophia sagte zu mir, dass sie für mich den hübschesten und begehrtesten Mann aus dem Dorf ausgesucht hatte. Ich habe sie nie gefragt, warum sie das so betonte, aber ich glaube, sie hat das gemacht, weil ich das Mädchen aus dem Westen war. Eigentlich ist es ja komisch, dass mir der Gedanke kam. Vielleicht war es gar nicht so, aber vielleicht auch schon. Ich habe keine

Ahnung. Was ich im Nachhinein sehr besonders finde, ist, dass ich stark das Gefühl hatte: Wir sind aus dem Westen, wir sind anders. Ich begriff gar nicht genau, inwiefern wir anders waren, aber dieses ‚Wir gegen euch'-Denken war schon spürbar. Und doch haben wir da während des ganzen Besuches nie drüber gesprochen. Es stellte keiner Fragen über den Westen und unser Leben da und andersrum auch nicht. Nein, das wurde ganz einfach totgeschwiegen.

Die Atmosphäre auf der Hochzeit war eigentlich ganz entspannt und gemütlich, aber trotzdem fühlte ich mich etwas unwohl, sogar ängstlich. Aus dem Fernsehen wussten wir, dass man in der DDR seine Meinung nicht immer frei äußern konnte. Dass man, sobald man was Verkehrtes sagte oder sogar dachte, im Gefängnis landen konnte. Schlimmer noch, manchmal verschwanden Menschen und keiner wusste, wo sie geblieben waren. Während ich im Westen meine Meinung überall zum Besten gab, war ich im Osten so still wie ein Mäuschen. Die Angst, dass sie mich packen, war zu groß. Wir mussten uns auch jeden Tag bei einer Behörde im Dorf melden. Ich weiß eigentlich nicht mehr genau, warum, aber ich schätze, dass sie einfach kontrollieren wollten, ob wir noch da waren. Wir mussten da auch zehn D-Mark pro Tag pro Person umtauschen und bekamen dafür Ost-Mark.[69]

Heute glaube ich, dass auch einige Stasi-Mitarbeiter auf der Hochzeit waren. Irgendwie hatte ich das Gefühl, dass ich beobachtet wurde. Ich kann nicht wirklich erklären warum, aber die Menschen dort schauten mich anders an. Durchdringender, abtastender, keine Ahnung. Wir wussten, dass die Stasi überall war. Ich habe manchmal sogar gedacht, dass Anna-Sophias Vater einer von ihnen war. Durch seine Größe, durch seine Ausstrahlung und durch seine Uniform sah er sehr imposant aus. Wenn er es aber wirklich gewesen wäre, hätten sie nicht diese ganzen westlichen Sachen gemacht. Anna-So-

69 Ab 1964 mussten Westdeutsche fünf West-Mark pro Person pro Tag in Ost-Mark umtauschen. Ab 1973 waren es 20 West-Mark, ab 1974 13 West-Mark und ab 1980 25 West-Mark. Kinder und Rentner waren oft umsonst oder günstiger. Der Kurs war 1:1, obwohl die ostdeutsche Mark viel weniger wert war.

phia hat ihre Kinder zum Beispiel taufen und konfirmieren lassen, das hätten sie sonst ja nicht getan. Dann hätten sie sich unauffälliger benommen und nicht gegen das System verstoßen.

Nach der Hochzeit fuhren wir nicht sofort nach Hause, sondern blieben noch ein paar Tage. Wir mussten auch noch unser Ost-Geld loswerden, außerhalb der DDR war es nichts wert. Wir sind dann für einen Tag in die nächstgrößere Stadt, nach Cottbus, gefahren. Da gab es ein großes Kaufhaus mit verschiedenen Abteilungen, wo aber leider kaum was los war. Die Regale waren so gut wie leer und wir sahen fast keine Menschen. Die wussten natürlich alle, dass es da nichts zu kaufen gab. Nach langem Suchen fand ich ein recht schönes Keramikservice mit bunten Blumen drauf. Leider waren von zwei Tassen die Henkel abgebrochen, aber als ich die Verkäuferin danach fragte, schüttelte sie nur den Kopf. Es waren die einzigen, die sie hatten, also konnte sie sie nicht austauschen. Ich habe noch probiert, sie billiger zu bekommen, aber keine Chance. Mein Gott, ich habe die wirklich gekauft. Danach hatten wir immer noch viel Geld übrig und haben versucht, ein Geschenk für meinen kleinen Bruder zu finden. In der Spielzeugabteilung hatten wir die Auswahl zwischen Mensch Ärger Dich Nicht und Mensch Ärger Dich Nicht. Zu allem Überfluss war es auch noch eine hässliche, altmodische Verpackung. Aber ja, wir mussten unser Geld loswerden.

Nach einigen Tagen war unser Aufenthalt beendet. Ich weiß noch, dass ich mich freute, wieder nach Hause zu können. An der Grenze haben sie wieder unser Auto kontrolliert, sie wollten ja auch sichergehen, dass wir niemanden im Kofferraum versteckt hatten. Und doch ging es etwas schneller und einfacher als bei der Einreise. Als wir weiterfahren durften und wieder im Westen waren, fühlte sich alles irgendwie viel heller und freundlicher an. Als ob die Sonne auf einmal schien und alles am Blühen und Gedeihen war. Vielleicht ist es ja wirklich so, dass wir die Welt nach einer ängstlichen Erfahrung anders wahrnehmen. Es war zwar nichts Schlimmes passiert, aber das Gefühl, dass jeden Moment etwas hätte passieren können, war schon ausreichend. Was dieses ‚etwas' genau war, wusste ich gar nicht wirklich. Für die Stasi war ich doch gar nicht interessant, aber so habe ich das damals nicht empfunden. Komisch eigentlich, wie das so ist mit der Angst. Vielleicht ist sie stärker, wenn man nicht richtig weiß, wer oder was der Feind genau ist. Ich wusste, dass der Osten und die Stasi nicht gut waren, aber viel mehr wusste ich auch nicht.

Nach unserer Heimkehr haben Anna-Sophia und ich uns noch einige Zeit geschrieben, aber irgendwann ist es ein bisschen eingeschlafen. Sie wurde Mutter und ich lernte meinen jetzigen Mann, auch wieder ein niederländischer Soldat, kennen. Nach ungefähr zehn Jahren hörte ich auf einmal wieder von ihr und wir kriegten sogar eine Einladung zur Konfirmation ihres ältesten Sohnes Kim. Ich freute mich sehr darauf, sie mal wieder zu sehen. Es war im Jahre 1990, die Mauer war gerade gefallen, also empfand ich diese Angst auch nicht mehr. Am Tag der Konfirmation erwartete mich eine große Überraschung, als einer der fünf Paten auf einmal zu mir sagte: ‚Ah, du bist die Nummer sechs.' Anna-Sophia hatte nie erwähnt, dass ich auch Patin von Kim war und ich habe das Gefühl, dass sie so viele genommen hatte, damit wenigstens ein oder zwei übrig blieben, wenn die anderen in den Westen gehen würden. In der DDR bestand ja immer die Gefahr, dass Leute in den Westen abhauen oder im Gefängnis landen. Ich habe damals jedenfalls noch schnell zu meinem Mann gesagt: ‚Gib mir dein Portemonnaie, ich muss mehr Geld in den Umschlag tun.'

Die Konfirmation wurde viel fröhlicher und mit mehr Tamtam gefeiert als die Hochzeit. Es wurde viel mehr miteinander gelacht, geredet und es wurden auch mehr Fragen gestellt. Meine Tochter Manon hatte zum Beispiel ein sehr schönes rotes Kleidchen an, das jeder bewunderte. Die Menschen fragten mich sogar, wo ich es gekauft hatte und wie teuer es gewesen war. Das war mit mehreren Sachen so. Ich hatte das Gefühl, dass sie mehr Interesse an diesen Dingen hatten, weil sie jetzt auch für sie käuflich waren. Vielleicht war ihre Neugierde nach materiellen Sachen der erste Schritt in ihre neue Freiheit."

Karl Schwarzenberg (1943) *war Tierarzt im ländlichen Mecklenburg-Vorpommern. Der Beruf seines Vaters und seine Kirchenmitgliedschaft, führten dazu, dass ihm während des Studiums und seiner späteren Arbeit, Steine in den Weg gelegt wurden. Manchmal spürte er den heißen Atem der Partei in seinem Nacken, ließ sich aber davon nicht erschüttern. Das Wohlergehen seiner Tiere war für ihn immer am wichtigsten.*

„Vor ein paar Jahren ist mir ein Schreiben von dem Direktor meiner Oberschule in die Hände gekommen. Das Schreiben war an die Eltern eines Schülers im Jahrgang unter mir gerichtet und enthielt folgende Mitteilung: ‚Wir freuen uns, dass Ihr Kind sich bei uns an der Oberschule beworben hat und dass es einen guten Bildungsweg gehen möchte. Wir müssen aber leider feststellen, dass das volle Bekenntnis zu unserem sozialistischen Staat aussteht. Wir empfehlen deshalb dringend, dass Ihr Kind sich zu unserem Staat bekennt in Form der Jugendweihe[70].‘ Im Klartext hieß das: ohne Jugendweihe keine Oberschule. Und ohne Oberschule keinen Studienplatz an der Uni.

Das war im Jahre 1958. Ein Jahr davor, also im Jahre 1957, bin ich selbst in die Oberschule gekommen. Ich hatte auch keine Jugendweihe gemacht, weil ich der Kirche treu bleiben wollte. In der Kirchgemeinde wurde die Jugendweihe als ein Lossagen von Gott gesehen. Nach der 8. Klasse hat der Lehrer aber trotzdem zu mir gesagt: ‚Karl, du gehst zur Oberschule.‘ Wenn ich ein Jahr später in die Schule gekommen wäre, hätte ich die Chance, wie man dem Schreiben entnehmen kann, also nicht mehr bekommen. Mein ganzer Berufsweg wäre dann womöglich anders gelaufen.

Schon als Kind hat die Natur mich fasziniert und ich war viel draußen. Ich bin im ländlichen Raum aufgewachsen, in einem Dorf in Sachsen. Anfang der Fünfzigerjahre haben wir zu Hause Kaninchen gehalten. Land hatten meine Eltern nicht, also sind wir immer los und haben entlang der Straße Gras gepflückt, bis unsere Taschen voll waren. Damit haben wir die Kaninchen gefüttert. Außerdem habe ich ab der sechsten Klasse bei einem Bauern nachmittags nach der Schule Kühe gehütet. Ich habe sogar meine eigene Herde bekommen: sieben Kühe und zwei Färsen. Elektrozäune gab es noch nicht, also musste ich aufpassen, dass die Tiere auf der eigenen Weidefläche des Bauern blieben und nicht zum Nachbarn oder ins Rübenfeld verschwanden. Sobald ich gesehen habe, dass sie zu weit

70 Die Jugendweihe war eine säkulare Zeremonie, die den Übergang ins Erwachsenenalter feierte. Die meisten Jugendlichen waren etwa 14 Jahre alt. Die Ablehnung der Jugendweihe konnte (sehr) negative Folgen haben, zum Beispiel ein Studienverbot. Seit den Siebzigerjahren nahm die Mehrheit der DDR-Jugendlichen an der Jugendweihe teil, auch neben ihrer Konfirmation (Wolle, 2013).

gelaufen sind, bin ich losgerannt und habe sie zurückgetrieben. Ja, dort habe ich das Rennen gelernt.

Nach der Oberschule habe ich mich für Veterinärmedizin beworben und hatte das Glück, dass ich in Leipzig an der Universität angenommen worden bin. Als Student habe ich im vierten und fünften Studienjahr als Hilfsassistent in der Universitätskleintierklinik gearbeitet. Da habe ich bei Behandlungen und Operationen assistiert und durfte immer mehr selbst machen. Für meine späteren Tätigkeiten hat sich das als sehr wertvoll erwiesen und ich habe sogar noch ein bisschen was verdient: 70 DDR-Mark im Monat. Das Geld konnte ich gut gebrauchen. Ich habe zwar ein Stipendium bekommen, aber viel war das wegen des Berufs meines Vaters nicht. Mein Vater war Angestellter bei der Sparkasse. Er verdiente viel weniger als ein Bergmann, aber weil der zur Arbeiterklasse gehörte, kriegten seine Kinder mehr als ich. Ich kriegte monatlich 160 Mark. [71]

Irgendwann wollte mein Vater nicht mehr bei der Sparkasse arbeiten und hat als Holzarbeiter in einer Sargfabrik angefangen. Ich bin sofort zur Stipendiumsstelle gegangen, um denen zu erzählen, dass mein Vater jetzt kein Angestellter mehr ist, sondern Teil der Arbeiterklasse. Ich habe sogar den Beschäftigungsnachweis mitgenommen. ‚Ist schon richtig,' sagten die, ‚aber erst nach fünf Jahren kommt er in die Arbeiterklasse.' Mein Vater ist aber davor in Rente gegangen. Weil er nur sehr wenig Rente bekommen hat, bin ich wieder zur Stipendiumsstelle hin, dieses Mal mit Rentenbescheinigung. ‚Ach, so wenig bekommt er?' sagten die. ‚Sie kriegen trotzdem nichts, weil er nur drei Jahre Arbeiter war.' Die Frau hatte, glaube ich, Mitleid mit mir und hat mir gesagt, dass ich doch auf jeden Fall einen Antrag für einen Wintermantel stellen sollte. Ich würde dann eine einmalige Zuwendung kriegen, aber dafür war ich zu stolz.

71 Ab 1962 gab es verschiedene Stipendien für Kinder von Bauern und Arbeitern auf der einen Seite und Kinder von Angestellten und Akademikern auf der anderen Seite. Kinder von Bauern und Arbeitern bekamen das höchste Stipendium: 190 Mark. In den Jahren danach gab es verschiedene Reformen. So wurde das Stipendium 1968 vom Einkommen der Eltern abhängig und die Studenten konnten auch Leistungszuschüsse erhalten (Frerich & Frey, 1996).

Die Klassenangehörigkeit war also außerordentlich wichtig in der DDR, aber zum Glück war das tägliche Leben nicht so teuer wie heute. In Leipzig wohnten die meisten Studenten zur Untermiete oder in möblierten Zimmern bei Menschen zu Hause. Mädchen waren weniger beliebt als Untermieter als Jungs, weil die immer Wäsche waschen und die Küche nutzen wollten. Ich habe mit einem Freund zusammengewohnt, der ein höheres Stipendium bekam als ich: 190 Mark im Monat. Seine Mutter war Genossenschaftsbäuerin in einer LPG.[72] Wir hatten ein Schlafzimmer und sogar ein Arbeitszimmer für 25 Mark pro Person. Das war natürlich viel zu billig. Von den geringen Mieteinnahmen konnte keiner in der DDR die Häuser unterhalten. Das sah man auch nach der Wende: alles graue, verfallene Städte.

Im Jahr 1968 habe ich mein Studium mit einem Staatsexamen abgeschlossen. Nach einem Jahr Pflichtassistenz wollte ich mich in meiner Heimatregion niederlassen, aber weil ich da keine Stelle gefunden habe, habe ich mich in den Nordbezirken beworben. Im Bezirk Schwerin, im Kreis Bützow[73], habe ich schließlich eine Praxis gekriegt und war Leiter der Staatlichen Tierarztpraxis Drei. Die zwei anderen Tierärzte im Bezirk waren Leiter der Praxen Eins und Zwei. Leiter war allerdings eine witzige Bezeichnung dafür, denn wir haben alle allein gearbeitet. Die Situation hielt nicht lange an, denn kurz danach, im Jahr 1972, wurden schon die Gemeinschaftspraxen[74] gebildet. Das hatte gewisse Vorteile, wie Spezialisierung und die gemeinsame Nutzung von Räumlichkeiten, aber es war ein

72 In den Fünfzigerjahren begann in der DDR die Kollektivierung der Landwirtschaft. Private Betriebe wurden zur Fusion in sogenannte Landwirtschaftliche Produktionsgenossenschaften (LPGs) gezwungen. Manchmal wurde nur das Land gemeinsam bewirtschaftet, aber oft mussten die Bauern auch ihre Maschinen und Tiere für die gemeinsame Nutzung einbringen. Viele Bauern verloren die Unabhängigkeit, die sie gewohnt waren. 1989 gab es in der DDR fast 4.000 LPGs (Vogeler, 1996).

73 Die DDR war in 15 Bezirke unterteilt, die wieder in verschiedene Kreise unterteilt waren.

74 In den Sechzigerjahren begann die Kollektivierung der Tierkliniken und es wurden staatlich tierärztliche Gemeinschaftspraxen gegründet. Seit den Siebzigerjahren arbeiteten fast alle Tierärzte in solchen gemeinsamen Praxen (Laue, 2017).

Zwang. Es wurde von oben administriert, wodurch es eine ganz andere Qualität hatte. Wir haben das aber ganz gut hinbekommen. Jeder hat drei oder sechs Dörfer zugeteilt bekommen – je nachdem, wie viel Vieh da war – und hatte seinen Teil zu betreuen.

Wir Tierärzte waren alle staatliche Mitarbeiter. Wir kriegten unser Gehalt vom Staat und mussten demzufolge auch als Vertreter des Staates auftreten. Wir mussten, wie die meisten Angestellten, am ‚Parteilehrjahr' teilnehmen, das in der gesamten DDR als ‚Rotlichtbestrahlung' bezeichnet wurde. Während so einer Versammlung gab es politische Phrasen und dann ist jeder wieder nach Hause gegangen. Der Kreistierarzt sprach, alle senkten die Köpfe. Diskussionen gab es kaum. Am Jahresende wurde die erfolgreiche Durchführung der erforderlichen Maßnahmen an die Bezirksverwaltung gemeldet. Dieses Lügensystem zog sich durch alle Bereiche in der Wirtschaft und Verwaltung im ganzen Land. Alle wussten es, nur Honecker nicht. Aber natürlich ist das eine rein subjektive Schilderung. Ich spreche nur für mich.

Mitglied einer Partei war ich nie, ich habe mich immer als Christ bekannt. Im sozialistischen System machte man sich damit bei den Führungskräften kaum Freunde. Ich durfte zwar meinen Beruf ausüben, aber wenn ich irgendwie eine Karriere angestrebt hätte, dann wäre das, glaube ich, ein Problem gewesen. Kreistierarzt hätte ich zum Beispiel nicht werden können und andere Probleme gab es auch. Im Jahr 1976, ich war damals 33, wurde ich zur Armee einberufen. Ich habe gesagt: ‚Ich möchte Wehrdienst ohne Waffen leisten, als Bausoldat.'[75] Ich durfte dann erst einmal nach Hause gehen, aber noch am selben Abend kam ein Nachbar zu mir in die Wohnung. Er war Leiter des Erlaubniswesens der Deutschen Volkspolizei und erzählte mir, dass er meine Jagderlaubnis einziehen müsse. Mein

75 Ab 1964 konnten Männer, die sich weigerten, Waffen zu führen, Bausoldat werden. Diese Soldaten waren Teil der Baueinheit der Nationalen Volksarmee. In den ersten Jahren bauten sie militärische Anlagen, später wurden sie zunehmend als Krankenpfleger in Militärkrankenhäusern oder bei Unternehmen mit Personalmangel eingesetzt. Männer, die als Bausoldat gedient hatten, wurden danach oft beruflich benachteiligt.

Anliegen, Wehrdienst ohne Waffen zu leisten, war angeblich nicht erwünscht.

Nicht viel später musste ich mich beim Rat des Kreises melden.[76] Da saß ich kleines Würmchen vier Genossen gegenüber, die mich in die Mangel genommen haben. Sie haben mir mitgeteilt, dass der Bezirkstierarzt vom Bezirk Schwerin, der selbst nicht anwesend war, gesagt hat: ‚Was machen wir denn jetzt mit dem Kollegen Schwarzenberg? Er hat nach seinem Untreuebekenntnis keinerlei Autorität mehr bei unseren Genossenschaftsbauern. Wie kann er jetzt in den LPGs Einfluss nehmen zur Durchsetzung der sozialistischen Ziele?' Der Bezirkstierarzt könne sich vorstellen, dass ich meinen Beruf weiter in einem Schlachthof ausführe. Das war für mich das Allerletzte. Es ist zwar nicht ausgesprochen worden, aber ich benutze jetzt einfach mal das Wort ‚Berufsverbot'. Ich habe mir Bedenkzeit erbeten und habe mich mit meiner Schwester getroffen, die für mich immer eine große Autorität gehabt hat. Sie und ein Bekannter haben mich bearbeitet und letzten Endes habe ich eingesehen, dass ich keine Wahl hatte. Meine Familie und ich hätten in eine andere Stadt ziehen müssen, eine Stadt mit Schlachthof. Das wollte ich nicht.

Ich war dann also ein halbes Jahr Soldat im Sanitätsbataillon und habe die Zeit zum Glück gut überstanden. Danach konnte ich wieder in der Gemeinschaftspraxis anfangen. Mit meinem Moskwitsch[77] bin ich immer zwischen den Dörfern Kurzen Trechow, Zepelin und Oettelin hin- und hergefahren und von Bauer zu Bauer geklappert. Wegen des schlechten Zustandes unserer Fahrzeuge, mangelnder Ersatzteilversorgung und Werkstattkapazität kamen wir oft in Schwierigkeiten. Aber irgendeine Lösung gab es immer. Ich habe mir zum Beispiel regelmäßig einen Moskwitsch aus einer LPG geliehen, bis meiner wieder in Ordnung war. Seit den Achtzigerjahren hatten wir dann im Veterinärwesen des Kreises eine eigene Werkstatt.

76 Das Vorstandsorgan des Kreis Bützow.
77 Eine Automarke aus der Sowjetunion.

Mein Hauptgebiet waren die Milchkühe und das Ziel war, dass jede Kuh ein Kalb pro Jahr bekommt. Das schönste waren die Geburtshilfen. Die haben einen ganz schönen körperlichen Einsatz gefordert, aber wenn es klappte und das Kalb endlich rauskam, gab es diesen ‚Aaah, jetzt!'-Moment. Das war toll. Weil es in der DDR immer Mangel gab, musste ich oft kreativ sein bei der Arbeit. In der Kleintierpraxis hatte ich zum Beispiel kein Narkosemittel. Zum Glück ist Bützow eine Kleinstadt und in einer Kleinstadt kennt man sich. Ich bin also immer ins Krankenhaus gefahren und habe da Ketamin abgeholt, das schon abgelaufen war. Das habe ich für die Katzen genommen. So haben wir uns geholfen.

Tierrechte waren in der DDR kein so wichtiges Thema wie heute, aber ein Tierschutzgesetz gab es. Das war das Tierschutzgesetz aus dem Jahr 1933, das nach der Machtübernahme der Nazis rausgekommen ist und damit das einzige Gesetz aus der Nazi-Zeit ist, das in der DDR erhalten geblieben ist. Vom Gesetz her war alles also geregelt, aber es gab kaum Leute, die Verstöße geahndet hätten. Wer hätte das auch machen sollen? Während Nachbarschaftsstreitigkeiten wurde schon mal mit ‚Dir schicke ich den Tierschutz auf den Hals!' gedroht, aber das war mehr eine Redewendung und passierte kaum. Vor allem beim Tiertransport wurde gesündigt, wenn die Transporte lange dauerten und die Tiere weder etwas zum Trinken noch Ruhezeit gekriegt haben. Das ist nicht zu rechtfertigen.

Den Fall der Mauer habe ich live im Fernsehen miterlebt. Ich habe gesehen, wie der Schabowski da auf dem Podium saß und sagte: ‚Die Reisen in die BRD sind ohne Antrag möglich. Wann? Na, ab sofort.' Das war ein Donnerstagabend, glaube ich, und am Sonntag haben wir uns schon ganz früh mit den Kindern auf den Weg gemacht. Wir wollten nach Lübeck, da unser Begrüßungsgeld abholen und dann weiterfahren nach Ratzeburg zum Gottesdienst im Ratzeburger Dom. Uns interessierte das Bauwerk, das wir nun endlich bewundern konnten, denn es stand genau hinter der Grenze. Aber natürlich waren wir nicht die einzigen, die an dem Tag in den Westen wollten. Schon vor Wismar stauten sich die Straßen und es ging immer langsamer, immer langsamer. Um zehn hörten wir schon die Kirchenglocken, aber wir waren noch längst nicht da. Wir haben das Auto dann einfach stehen lassen und sind zu Fuß weitergegangen, bis wir endlich in einem Ortsteil von Lübeck ankamen. An der Gartenpforte eines Wohnhauses stand eine Gruppe von freundlichen Menschen, die uns mit Sekt und einer Blume begrüßten. Diese violette Winteraster habe ich den ganzen restlichen Tag in der Hand behalten und nach Hause mitgenommen. In Lübeck selbst wollte meine Frau einen Bekannten anrufen, hatte aber kein Kleingeld. Ein türkischer Gemüsehändler, bei dem sie einen Geldschein wechseln wollte, hat ihr daraufhin eine Handvoll Kleingeld geschenkt.

Meine Frau und ich spielten nie mit dem Gedanken, nach ‚drüben' ausreisen zu wollen. Wir hatten uns eingerichtet und hätten wegen meines Berufs nur schwer Fuß fassen können. Aber reisen, das war unser Traum. Nur die größten Optimisten hielten es wohl für möglich, dass die langersehnte Reisefreiheit so schnell möglich werden würde. Ohne lange Verhandlungen und Einschränkungen. Wer da nicht in Freudentränen ausgebrochen ist, ist ein Holzklotz. In die Freude über die Wiedervereinigung mischten sich aber zunehmend berechtigte Ängste vor gewaltigen Umbrüchen, die wir dann auch zu spüren bekamen. Ich bin ein sparsamer und bescheidener Mensch. Als ich mit meiner Frau Anfang 1990 in Lüneburg bei Bekannten war, schüttelte ich vor den übervollen Regalen eines Lebensmittelmarktes mit Tränen in den Augen den Kopf: ‚Nein, das will ich nicht!'"

Der Sport war in der DDR von großer Bedeutung. Er ermöglichte es dem Land, sich auf internationaler Ebene zu etablieren. Kinder wurden schon sehr früh als für bestimmte Sportarten besonders geeignet beziehungsweise nicht geeignet eingestuft. Die Athleten unterlagen einem strengen Regime, aber das reichte dem Staat nicht. Um die Leistungen weiter zu verbessern, bekamen viele Sportler meistens ohne ihr Wissen ab Mitte der Siebzigerjahre systematisch Doping verabreicht. Bis heute leiden sie unter den psychischen und physischen Folgen. Die ehemalige Sprinterin **Ines Geipel (1960)** *hat am eigenen Leib erlebt, wie die DDR mit ihren Spitzensportlern umgegangen ist.*

„Mein Vater war Terroragent bei der Staatssicheheit.[78] Er ist unter acht verschiedenen Namen fast 15 Jahre lang in den Westen gefahren. In dem Film ‚Ballon' aus 2018 flüchtet eine Familie mit einem selbstgebauten Heißluftballon aus der DDR nach Westdeutschland. Mein Vater hat diese Menschen ausspioniert – die Schulwege der Kinder, die Arbeitswege der Eltern – damit die Stasi sie liquidieren konnte. Wenn man acht verschiedene Identitäten hat und das nicht vier Wochen, sondern 15 Jahre lang lebt, hinterlässt das Spuren. Mein Vater ist sich in dieser Zeit völlig abhandengekommen und hat seinen Hang zur Gewalt in der Familie ausgelebt. Ein Kind kann sicherlich glücklicher starten.

Als ich 14 war, musste ich von zu Hause weg. Ich kam in ein Internat im Thüringer Wald. Es ging mir nicht gut und ich fing an, über die Felder zu rennen. Ich hatte keine Ahnung vom Sport und auch nicht die richtigen Schuhe, ich war einfach ein Waldtier. Wenn man jung ist, geht man nicht so über die Sprache, da ist der Körper enorm wichtig. Bei mir sollte er meinen Schmerz verarbeiten. So schnell laufen, bis die zugeschlossene, statische Welt der DDR in Bewegung kommt und damit auch größer wird. Wir wollten kein Geld, nur einmal im Leben Paris, Rom, Amsterdam sehen.

Ich bin kein klassischer DDR-Sportfall, weil ich relativ spät mit dem Leistungssport angefangen habe.[79] Erst mit 17 wurde ich Mitglied beim SC Motor Jena, ein Jahr später war ich schon in der DDR-Leichtathletik-Nationalmannschaft. Mein Körper war auf diese enorme Belastung in keiner Weise vorbereitet. Weil ich so spät angefangen habe, war ich unwahrscheinlich verletzungsanfällig. Meine Muskeln rissen und meine Schienbeine waren durch den Tartan[80] geschwollen, hochrot und entzündet. Andererseits war ich natürlich völlig unverbraucht. Ich bin ganz frisch in das System reingekom-

78 Er war Teil einer Art Beobachtergruppe, die in den Westen geschickt wurde, wenn die Stasi beschlossen hatte, jemanden zu entschärfen oder aus dem Westen zu entführen. Er hat sozusagen die Vorermittlungen durchgeführt.

79 Die meisten Athleten kamen schon im Grundschulalter in ein Sportinternat.

80 Wetterfester Belag für Laufbahnen.

men, hatte überhaupt keine Ahnung davon. Vor allem zu Anfang habe ich mich wahnsinnig gefreut, so lange laufen und springen zu können, wie ich wollte. Mein Leben hatte ein einziges Ziel: Weltrekord, Olympia. Etwas anderes wollte ich nicht, das reichte mir völlig. Dass ich auch gut vorankam, verband ich ausschließlich mit meinem fleißigen Trainieren. Ich habe nicht geschnallt, dass es auch mit der Chemie zu tun hatte.[81] Unglaublich, wie naiv ich damals war!

Ich wohnte auf dem Gelände des Sportclubs, in einem Internat. Von diesen Leistungszentren gab es in der DDR ungefähr 20. Alles, was unser Leben als Sportler ausmachte, spielte sich auf engstem Raum ab: das Sportclubinternat, der Speiseraum, die Sportmedizin, die Laufhalle, die Trainingshallen, das Stadion. Mein Leben fand über Jahre nur dort statt, wie in einem Karussell. Es gab keine Freunde, kein Kino, kein Theater, aber dafür gab es am Ende eines langen Trainingstages auch keine Kraft mehr. Den weitesten Weg, den ich hatte, war der zum Stadion: einmal über die Straße. Als Sprinterin war ich außerdem komplett allein. Der Sprint geht nur über den Kopf, das ist der reine Psychokrieg. Sprinter sind wie hochgezüchtete Pferde: Die Box geht auf, du musst los. Rechts und links gibt es dabei nicht, nur dich und die Frage, ob du dich aus deiner Mitte heraus maximal beschleunigen kannst. Das hat damals sehr zu meiner psychischen Verfassung gepasst. Ich war eine Einzelkämpferin, die nach ihrem Überlebensmodell gesucht hat. Ich wollte so schnell laufen, dass ich mich selbst hinter mir lassen konnte.

Am Anfang war ich wirklich so naiv, dass ich dachte: Wow, über den Sport werde ich die Welt sehen. Aber außer Flughafen, Bus, Hotel und Stadion sah ich nie etwas. In den Achtzigerjahren hatte ich drei Wettkämpfe in Holland. Es war natürlich toll, in einem Land zu sein, wo man in die Fenster schauen konnte und alles so offen war, aber in Wahrheit konnte ich keinen einzigen Schritt allein machen. Nicht nur mein Trainer, sondern auch die Stasi war immer dabei. Es

81 Ines spricht von der systematischen Verabreichung von Doping an (junge) Sportler. Schätzungsweise wurden zwischen 8.000 und 10.000 Athleten zu Opfern des staatlichen Dopingsystems (Schröder, 2013).

wurde zwar nicht darüber gesprochen, wer genau zur Stasi gehörte, aber es war klar, dass es jemand aus der Crew war. Wir durften gar nichts, wir durften uns noch nicht mal ein Einreibemittel von einer westlichen Sprinterin holen. Wir hatten unseren Wettkampf zu machen und zu gewinnen, das war's. Danach mussten wir unsere Sachen packen und ab ging's ins Hotel. Der Sport war praktisch wie eine doppelte Mauer. Das Land war eine Diktatur, der Sport war wie eine Diktatur in einer Diktatur.

Mein Leben war extrem durchgetaktet. Ich bin früh aufgestanden, habe trainiert und wusste genau, wie viele Steaks und wie viele Eier ich am Morgen zu essen hatte. Alles war im Voraus geplant und kontrolliert und lief auf einen einzigen Punkt zu: Olympia, Weltrekord, Topleistung. Im Nachhinein war es wie in einem Tunnel: Mein Leben war eine Bahn, die immer enger wurde. Das Verrückte ist, dass man wirklich eine extreme Leistung aus einem inneren Nichts heraus laufen kann. Ja, das geht. Ich denke, es würde sich lohnen, bei den Spitzensportlern mal genau zu erfragen, was eigentlich das Motiv für ihr Maximum ist. Was treibt sie wirklich an? Das Glück, tatsächlich? Was passiert da in der Psyche? Das große Problem im Sport ist, dass das ganze Leben praktisch auf das Treppchen hin ausgerichtet ist. Das kann nicht gut gehen.

Im Frühjahr 1984 waren wir in Mexiko, um uns auf die Olympischen Spiele in Los Angeles vorzubereiten. Dort habe ich mich in Ernesto, einen Mexikaner, verliebt. Er war ein ganz anderer Typ Mann, als ich ihn bislang kannte. Er war so schön, von innen und von außen. Ich musste vom Olympiagelände abhauen, damit wir uns heimlich sehen konnten. Irgendwann habe ich beschlossen: Bei den Olympischen Spielen in Los Angeles fliehe ich. Der Plan ist dann aber ins Wasser gefallen, weil der ganze Ostblock die Spiele boykottierte.[82] Ich weiß nicht, ob unsere Liebe eine reale

82 Der Boykott der Sommerspiele in Los Angeles wurde von der Sowjetunion angeführt, unter anderem weil die Sowjetunion davon überzeugt war, dass die Vereinigten Staaten antisowjetische Propaganda verbreiteten und die Sicherheit der sowjetischen Athleten nicht gewährleistet war. Neben der Sowjetunion nahmen auch die DDR, Bulgarien, Ungarn, Polen, die

Chance gehabt hätte, aber es war zumindest eine andere Lebensoption.

Danach war ich also wieder im DDR-Einschluss. Irgendwann wurde mir gesagt, dass bei mir eine Blinddarmoperation gemacht werden müsste. Als ich nach der Operation wach wurde, hatte ich einen riesigen Schnitt quer über den Bauch, von einem Ende zum anderen. Ich hatte danach viele Komplikationen und war letztlich komplett außer Kraft gesetzt. Mit dem Sport war es vorbei, es ging einfach nicht mehr. Ich habe dann Germanistik in Jena studiert. Eine Dissertation wurde mir ebenso wie eine berufliche Perspektive verweigert, weil ich an der Uni ein paar politische Aktionen gemacht hatte. Ich fand, dass sie harmlos waren, aber der Geheimdienst hat sie doch ernst genommen.[83] Im Sommer 1989 bin ich über Ungarn nach Westdeutschland geflohen.

Als die Mauer ein paar Monate später fiel, arbeitete ich in einem Weinkeller in Darmstadt. Irgendwann schob mein Chef mich in unseren Umkleideraum, in dem ein kleiner Fernseher stand. ‚Ich glaube, da ist was für dich', sagte er. Im Fernsehen sah ich in Berlin die Mauer fallen, das war unglaublich. In der Weinstube wurde es zunehmend voller. Ganz hinten saß die hessische Prinzessin, eine ältere Dame und eine herzliche, ganz passable Trinkerin. Sie rief immer: ‚Mehr Wein, mehr Wein!' Als sie mitbekam, dass die Mauer gefallen ist, hat sie für alle spendiert.

Vorüber war meine Vergangenheit mit dem Fall der Mauer natürlich nicht. Ich habe viele Jahre mit extremen Koliken gelebt, bis ich 2003 einen Chirurgen traf, der sagte: ‚Es bleibt uns nichts anderes übrig, als die alte Narbe zu öffnen und zu schauen, was sich darunter befindet.' Die Operation dauerte neun Stunden, denn es stellte sich heraus, dass meine Organe komplett ineinander gewachsen waren. Aus meiner Stasi-Akte habe ich später erfahren, dass ein Freund Ernesto und mich verraten hat. Die Stasi hat da-

---

Tschechoslowakei und Vietnam nicht an den Spielen teil.

83 Sie hatte Kontakte zur Opposition in Jena.

raufhin einen mehrstufigen Zersetzungsplan[84] aufgestellt, dessen letzter Teil die Operation war. Den Blinddarm haben sie tatsächlich rausgenommen, aber sie haben auch meinen ganzen Bauch samt Muskulatur zerschnitten.[85] Historiker haben später geklärt, dass meine Operation medizinisch gar nicht indiziert war und ich auch keine Entzündungswerte hatte. Zu realisieren, was wirklich passiert war und wie weit der Geheimdienst gehen konnte, war hart für mich. Damit hatte ich eine Weile sehr zu kämpfen.

Für die DDR-Athleten waren die Achtzigerjahre die rigidesten und zugleich begrenztesten. Vieles, was in diesem System im System passierte, ist noch immer nicht aufgeklärt. Der Zugriff war total, weil alle Beteiligten – die Ärzte, die Trainer, die Funktionäre – an den Erfolgen der Athleten verdienten. Wenn ein Staat Doping und Betrug legitimiert, findet unter der Legitimationsdecke alles an Zugriff statt, was möglich ist. Natürlich haben wir damals alle gemerkt, dass wir Tabletten bekommen haben.[86] In allen Internatszimmern lagen sie ja herum – in jeglicher Couleur: weiße, rote, blaue, braune und gelbe Pillen –, aber niemand ahnte, wie kreuzgefährlich sie waren. Das war so gewollt, denn es ging um ein geheimes Staatsdopingsystem.

84 Mit einem Zersetzungsplan wollte die Stasi Dissidenten und Regimegegner psychologisch zerstören und somit unschädlich machen. Zersetzungen fanden innerhalb und außerhalb des Gefängnisses statt und Beziehungen, die Reputation und die Karriere wurden zerstört. Die Opfer wurden sozial isoliert, ängstlich, verwirrt und apathisch. Viele Betroffene leiden bis heute unter den psychischen Folgen (Trobisch-Lütge, 2016).

85 Der Staat betrachtete ihre Athleten als „Diplomaten im Trainingsanzug“. Wenn ein Athlet floh – zum Beispiel bei einem Turnier in einem nicht-sozialistischen Land – war das ein großer Gesichtsverlust für die DDR. Außerdem wollte die DDR nicht, dass der betreffende Sportler Medaillen für den Westen gewinnen würde.

86 Wann genau mit der Verabreichung von Doping begonnen wurde, war je nach Sportart unterschiedlich. In vielen Disziplinen begann es bei Sportlerinnen deutlich früher als bei Sportlern. Bei Schwimmerinnen und Turnerinnen setzte es bereits mit 13 bis 15 Jahren ein, bei Leichtathletinnen mit 16 bis 17 Jahren. Das hatte schwerwiegende Folgen. Die Einnahme androgener Steroide verursachte Menstruationsstörungen, männliche Körperbehaarung und Entzündungen oder Veränderungen der Eierstöcke (Schröder, 2013).

Ab März 2000 war ich, zusammen mit 19 anderen, Nebenklägerin im Berliner Dopingprozess. Woche für Woche trafen wir uns in Moabit im Gerichtssaal, die Frauen mit den schweren Schäden und ihre behinderten Kinder.[87] Es gab zwei Angeklagte: Manfred Ewald, der ehemalige Sportminister der DDR, und Manfred Höppner, Sportmediziner und Chefinitiator des konspirativen Chemieprogramms.[88] Ewald hat während des ganzen Prozesses gar nichts gesagt, kein einziges Wort, und Höppner hat letztlich seine Schuld geschickt verleugnet. Ganz am Anfang hat er eine achtseitige Erklärung vorgelesen, in der er sagte, er sei stolz, so viele Athletinnen geschützt zu haben, und dass er im DDR-Sport immer nur gesunde Frauen gesehen habe. Das war obskur. Es kam kein ‚Es tut mir leid, dass es euch heute so schlecht geht', es kam gar nichts. Nach einem Vierteljahr wurde das Urteil ausgesprochen: 22 Monate auf Bewährung für Ewald, 20 Monate auf Bewährung für Höppner. Die Frauen um mich sind danach alle schwer krank geworden, viele mussten ins Krankenhaus, sie waren völlig re-traumatisiert. Es war wichtig, dass der Prozess stattgefunden hat, aber psychisch war das Ganze eine Katastrophe.

Von 2013 bis Ende 2018 war ich Vorsitzende des Doping-Opfer-Hilfevereins[89]. Ich habe viele Geschichten und viele Schicksale von ehemaligen Athleten gehört, die fast alle unglaublich hart sind. Beim Berliner Prozess waren wir 20 Nebenklägerinnen, jetzt haben sich schon mehr als 2.000 Geschädigte gemeldet. Natürlich stoßen wir mit unserer Arbeit nicht nur auf Freunde, es gibt noch immer

87 Die Auswirkungen von Doping auf Sportler und ihre Kinder werden vielfach erforscht. Viele Opfer leiden unter psychischen Beschwerden, zum Beispiel Depressionen. Außerdem haben sie schwerwiegende körperliche Probleme. Das Risiko von Herz-Kreislauf-Erkrankungen und verschiedenen Krebsarten ist erhöht und sie können unter Skelettschäden, Leberschäden oder Stoffwechselstörungen leiden. Viele Frauen haben Fruchtbarkeitsprobleme oder sind sogar unfruchtbar geworden (Fritsch, 2018).

88 Höppner war Leiter der 1974 gegründeten „Arbeitsgruppe unterstützende Mittel": das staatliche Dopingprogramm der DDR. Höppner sagte aus, dass seine „Unterstützung" nicht im Widerspruch zur damaligen Gesetzeslage stand (Schröder, 2013).

89 Der Verein vertritt die Belange der Opfer des Staatsdopings.

viel Widerstand. Das hat vor allem damit zu tun, dass der Sport so ein unglaublicher Mythos für die DDR gewesen ist. Als das Land nach 1989 mit seiner Niederlagengeschichte zu kämpfen hatte, wollte sich die Bevölkerung wenigstens an etwas festhalten. Etwas musste toll gewesen sein, ein paar Strahlebilder mussten bleiben. Ich verstehe, dass das psychologisch schwierig ist, aber mit Blick auf die vielen Opfer geht das einfach nicht. Die Zwangsdopinggeschichte der DDR muss erzählt werden, sie muss richtig erzählt werden. Das sind wir den Opfern schuldig. Die fünf Jahre beim Doping-Opfer-Hilfeverein waren hart, kämpferisch und ruppig, aber ich konnte einiges erreichen. Es gibt zwei Entschädigungsgesetze[90], eine Beratungsstelle in Berlin und seriöse Forschung.

Auf persönlicher Ebene habe ich in den letzten 20 Jahren viel Zeit und Energie in das gesteckt, was man wohl Aufarbeitung nennt. Für mich ist das ein Luxus. Ich erhielt als Schriftstellerin die Möglichkeit und auch den Raum, in Archiven zu sitzen und die Diktaturzeit für mich anzuschauen, zu sortieren, zu klären: Was hat dich gelebt? Was ist überhaupt passiert? Was ist mein Leben jetzt? Wo soll es hin? Wer bist du? Der Sport ist Körper, danach ging es vor allem um Sprache, um Gedächtnis, um Bücher und letztlich um Identität. Das bleibt natürlich ein Prozess. Die harte Substanz der DDR – die Haftgeschichten, die stillen Morde, die Zersetzungen – wird nur von sehr wenigen erzählt und immer noch nicht innerhalb der Familien. Genau da, an die Familientische, sollte Aufarbeitung aber hin. Wenn die dritte Generation Ost ihre Eltern befragt, endet das oft im Schweigen. Das kann sehr unterschiedliche Gründe haben. Jemand redet nicht, weil er Opfer wurde. Jemand redet nicht, weil er Schuld auf sich geladen hat. Kinder spüren, dass etwas komisch ist, fragen aber oft lieber nicht nach. Das ist eine Loyalitätsbarriere und das ist nicht einfach. Ich habe 30 Jahre lang versucht, meine Eltern zu befragen. Wenn du aber Eltern befragen willst, die mit viel Schuld zu kämpfen haben, hast du kaum eine Chance.

90 Dopingopfer können bei der Regierung eine Entschädigung in Höhe von 10.500 € beantragen.

Für mein neues Buch[91] habe ich mich mit Zeit- und Familiengeschichte über vier politische Systeme hinweg auseinandergesetzt: die Weimarer Republik, Hitler, die DDR und nun das geeinte Deutschland. Es ist natürlich unglaublich schwierig, sich mit einer doppelten Diktatur auseinanderzusetzen: erst Nationalsozialismus und Holocaust, dann 40 Jahre DDR. Diese zweifache Aufarbeitung hat bislang nicht stattgefunden in Deutschland, zumindest nicht so, dass wir ruhig in das politisch brisante Jahr 2019 schauen können. Der Osten entdeckt sich mit seinem vielen Nein gerade als politische Kraft. Aber eine negative Selbstwahrnehmung ist keine Lösung. Diktaturen sind vor allem Verantwortungsentlastungen. In meinen Augen ist es Zeit, dass sich der Osten von seiner langen Entlastungsstory befreit und endlich in Verantwortung geht. Für seine Geschichte, für seine Opfer. Es besteht ansonsten die Gefahr, dass er das große Glückspotential von 1989 verspielt."

91 In ihrem Buch „Umkämpfte Zone: Mein Bruder, der Osten und der Hass" zeigt Ines Geipel, wie Verdrängung und Verleugnung der Geschichte die deutsche Gesellschaft prägen.

Nach der Wiedervereinigung Deutschlands nahm die Gewalt gegen Ausländer und Asylbewerber erheblich zu. Laut dem ehemaligen Neonaziführer **Ingo Hasselbach (1967)** *suchten junge Menschen nach der Auflösung der DDR eine neue Ideologie, eine neue Sicherheit. Die Neonazis haben das sehr geschickt genutzt.*

„1986 bis 1988 saß ich unter anderem wegen Republikflucht im Knast. Ich war mit Kriegsverbrechern inhaftiert, wie dem Mörder von Oradour[92] und dem Gestapo-Chef von Dresden, der für die Deportation aller Dresdner Juden nach Auschwitz verantwortlich war. Die Männer waren damals 70, 80 Jahre alt und haben ganz offen über ihre Kriegsverbrechen geredet. Sie waren stolz darauf und waren davon überzeugt, dass die Sachen, die sie getan hatten, kriegsbedingt notwendig waren. Die Juden waren der Feind und mit dem Feind muss man abrechnen.

Diese Männer haben schnell verstanden, dass wir jungen Gefangenen einen gigantischen Hass gegen das System entwickelt hatten. Gegen die ganzen Verordnungen, gegen diese Ideologie. Sie haben das sehr geschickt genutzt und haben uns als knetbare Masse gesehen, die man beeinflussen konnte. Wir haben das zugelassen. Wenn ich mit den Hare Krishnas in den Knast gekommen wäre, dann wäre ich mit denen mitgelaufen, aber in meinem Fall waren es leider Nazis. Im Nachhinein ist es natürlich sehr komisch, dass die uns Jugendliche in ein Gefängnis gepackt haben, in dem fast nur Kriegsverbrecher mit lebenslangen Strafen saßen. Ich habe nie kapiert, was der Hintergrund war, und habe später sogar nochmal mit einem Stasi-Mann darüber gesprochen. Er wusste nichts davon.

92 Am 10. Juni 1944 wurden fast alle Einwohner des französischen Dorfes Oradour-sur-Glane von der SS ermordet. Insgesamt waren es 642 Menschen. Das ganze Dorf wurde umstellt und die Männer wurden erschossen. Die Frauen und Kinder wurden in die Kirche getrieben, die anschließend angezündet wurde. Danach wurde das ganze Dorf niedergebrannt. Die Ruinen des Dorfes sind heute ein Denkmal.

Ich komme aus einer stark kommunistischen Familie. Meine Mutter, mein Vater und mein Stiefvater waren alle Funktionäre der DDR. Mein biologischer Vater hat am meisten an den Kommunismus geglaubt, er war ein richtiger Hardcore-Stalinist. Wegen seiner Ideale war er drei, vier Jahre im Westen im Gefängnis und danach ist er in den Osten abgehauen. Da hat er eine Affäre mit meiner Mutter begonnen – er war schon verheiratet mit einer anderen Frau – und wurde Chef vom Rundfunk der DDR. Eine wirkliche Rolle hat er in meinem Leben aber nicht gespielt, über seine genauen Ideale weiß ich also wenig. Meine Mutter war Journalistin beim Allgemeinen Deutschen Nachrichtendienst (ADN)[93], zu Hause hat sie aber nie wirklich über Politik und den Sozialismus gesprochen. Das hat, glaube ich, damit zu tun, dass sie sich auf der Arbeit schon so viel damit beschäftigt hat, aber auch damit, dass sie womöglich nicht mit voller Überzeugung dran geglaubt hat. Mir gegenüber war sie jedenfalls immer ultratolerant. Natürlich hat sie mir beigebracht, dass es Grenzen gibt, aber sie hat mir nie vorgeschrieben: So und so musst du sein. Sie hat mir immer meinen Freiraum gelassen.

Als ich ungefähr 13 Jahre alt war, wurde ich Punk. Außer typischen Punk-Klamotten – Lederjacke, grüne Militärhose und Stiefel – haben wir als Punks eigentlich nicht viel gemacht. Das ging auch nicht, weil wir immer unter Beobachtung waren. Einmal haben wir ‚Der kleine Spion' laut auf der Straße gesungen. Das Lied war damals sehr beliebt in West-Berlin und wir fanden es cool. Wir haben da gar nicht groß drüber nachgedacht, aber eine halbe Stunde später waren die Volkspolizei und Stasi da. Sie haben ein Riesending draus gemacht, dass wir genau am 17. Juni ein Lied aus dem Westen gesungen haben.[94] Ich dachte die ganze Zeit: What the fuck ist denn los mit diesem scheiß 17. Juni? ‚Ja, heute ist der 17. Juni', habe ich irgendwann gesagt, ‚und morgen ist der 18. Juni. So what?' Wir

93 Zusammen mit Panorama DDR die einzige erlaubte Nachrichtenagentur der DDR.

94 Am 17. Juni 1953 fand in der DDR ein großer Volksaufstand statt. Die Menschen gingen auf die Straße und forderten den Rücktritt der Regierung, freie Wahlen, Reisefreiheit und Meinungsfreiheit. Sowjetische Panzer fuhren schließlich nach Ost-Berlin, um den Aufstand mit Gewalt zu beenden.

wurden festgenommen, aber nicht viel später auch schon wieder freigelassen.

Die Partei war überall und wir Punks wurden immer mehr kriminalisiert. Es gibt Tonbänder von Mielke, auf denen er den Kampf gegen die Punks und Skinheads ankündigt. Das ist natürlich absurd. Egal, wo wir hingekommen sind, die Stasi war schon da. Der Staat hat uns im Prinzip eine politische Identität aufgeschwatzt, die wir zu der Zeit noch gar nicht hatten. Sie haben uns zwangspolitisiert. Wir konnten uns so gut wie gar nicht mehr frei bewegen und haben auch keinen normalen DDR-Ausweis bekommen, sondern einen speziellen.[95] Jeder Polizist wusste dadurch, dass ich ein Staatsfeind war und ich durfte nicht mehr aus Ost-Berlin raus. Das war natürlich unwahrscheinlich frustrierend. Der Staat konnte mit uns machen, was er wollte und ich wusste: Die machen uns fertig.

Es wurde immer extremer, immer heftiger. Seitdem ich 14 war, konnte ich zugucken, wie alle meine Freunde abwechselnd im Knast verschwanden, meistens wegen Kleinigkeiten.[96] Danach waren die wenigsten von ihnen noch Punks. Sie haben verstanden, dass sie den Staat als Skinhead noch mehr ärgern können. Es gab auch linke Skins, aber im Allgemeinen war die Skinhead-Szene mehr rechts orientiert als die Punkszene. Freunde sind wir aber trotzdem geblieben. Wir kannten uns schon lange und hatten einfach alle die Schnauze voll von diesem Staat, der das ganze Leben bestimmen wollte. Das hat uns verbrüdert. Verhärtet hat sich das alles erst spä-

95 Ingo spricht wahrscheinlich von dem PM-12. Offiziell war der PM-12 ein vorläufiger Pass, aber in der Praxis wurde der Pass hauptsächlich aus politischen Gründen ausgestellt, zum Beispiel an politische Gegner. Mit einem PM-12 konnte man nicht ins Ausland reisen. Oft durfte man auch die Stadt nicht verlassen oder es gab eine Meldepflicht.

96 Punks wurden vom Staat diskriminiert und kriminalisiert. Sie mussten zum Beispiel frühzeitig zur Armee, wurden in jugendliche Einrichtungen zur sogenannten „sozialistischen Umerziehung“ gebracht oder mussten ins Gefängnis wegen kritischer Texte (Hahn, 2013). Um Punks inhaftieren zu können, berief sich die Stasi auch gerne auf das mehrfach interpretierbare Strafrecht der DDR, wie beispielsweise § 106 „Staatsfeindliche Hetze“ (Brauer, 2012).

ter, wir waren damals politisch noch sehr unschuldig. Punks, Skinheads: Das waren Jugendkulturen, keine politischen Gesinnungen. Wer will schon als Teenager politische Standpunkte einnehmen? Wir wollten einfach Spaß haben.

1986 kam ich dann, wie gesagt, selbst in den Knast. Als ich im Oktober 1989 rauskam, musste ich mich sofort bei der Polizei melden. Die haben mir keinen Ausweis gegeben – nicht mal den komischen Ausweis, mit dem ich Ost-Berlin nicht verlassen konnte –, sondern den Entlassungsschein aus dem Gefängnis. ‚Das ist jetzt dein Ausweis. Wir wollen dich sowieso wieder einsperren, also brauchst du etwas anderes nicht.' In der DDR warst du nach einer Haftstrafe erledigt, der Staat hat dich ab dem Moment immer verfolgt.

Zum Glück ist die Mauer danach schon schnell gefallen. Ich bin dann erstmal nach Hamburg gefahren, wo Freunde von mir wohnten. Über diese Freunde habe ich Michael Kühnen kennengelernt, der Neonaziführer aus den Achtzigern. Der war ultraclever, der Typ. Er hat verstanden, dass es in der DDR eine große Zukunft für die Neonaziszene gab. Nach dem Fall der Mauer haben die Ostdeutschen ihre Orientierung und ihren Halt verloren. Sie wussten nicht, was jetzt mit ihrem Land passiert und viele Jugendliche haben sich ziellos gefühlt. Kühnen hat sofort verstanden, dass sich daraus ein Riesenpotential für den Aufbau einer rechten Ideologie ergibt.[97] Er hat auch verstanden, dass er dafür junge Leute brauchte, die wütend auf das alte System waren und eine gewisse Aggression in sich hatten. Leute wie meine Freunde und ich.

Mit ungefähr zehn Leuten sind wir nach Ost-Berlin zurück. Der Plan war, so viele Leute wie möglich für den Neonazismus zu rekrutieren und eine gigantische rechte Bewegung aufzubauen. Was die

97 Neonazismus kam schon vor dem Mauerfall in der DDR vor. Am 17. Oktober 1987 griffen zum Beispiel rechtsextreme, mit Knüppeln bewaffnete Jugendliche ein Punk-Konzert in der Zionskirche in Ost-Berlin an. Sie riefen Sprüche wie „Juden aus den deutschen Kirchen" und „Sieg heil". Die DDR-Presse hat nicht darüber berichtet. 1988 ging die DDR-Kriminalpolizei davon aus, dass in der DDR 6.000 Neonazis lebten, von denen 1.000 gewaltbereit waren (Wagner, 2018).

Linken können, können wir auch, dachten wir, und haben erstmal ein Haus besetzt. 1989 war es unglaublich hektisch in Ost-Berlin, das könnt ihr euch gar nicht vorstellen. Viele Häuser standen einfach leer, weil die Eigentümer von einem auf den anderen Tag in den Westen gegangen sind.

Die Wohnung, die wir zuerst besetzt haben, stand in der Weitlingstraße in Lichtenberg. Wir sind da einfach reingegangen, aber die Wohnungsbaugesellschaft kam dann schon relativ schnell. Das Haus war irgendwie historisch wichtig, also sie haben uns gebeten, uns ein anderes auszusuchen. Sie haben uns tatsächlich Schlüssel von bestimmt 15 verschiedenen Häusern gebracht: ‚Hier, sucht euch ein paar aus.' An jedem Schlüssel hing ein Kärtchen mit der Straße und der Nummer drauf. Unglaublich, oder? Wir haben uns für die Weitlingstraße 122 entschieden, da passten viele Leute rein.

Wir haben, wie gesagt, mit zehn Mann angefangen, aber nach zwei Wochen waren wir schon hundert. Fast alle meine Freunde und viele andere, die ich nicht persönlich kannte, kamen zu der Zeit aus den Knästen. Es hat sich ganz schnell rumgesprochen: Da gibt es ein Haus, da kann man sich treffen. Die meisten, die bei uns reinkamen, waren 16 oder 17 Jahre alt. Für diese Jugendliche waren wir megacool. Wir haben allen gezeigt, dass wir keinen Staat brauchen, sondern nur auf unsere eigenen Regeln und Vorschriften hören. Die Medien haben uns in der Anfangszeit unwissentlich sehr geholfen. Sie haben uns viel gefilmt und haben einfach gezeigt, was wir machen, ohne es kritisch zu hinterfragen oder sich wirklich mit unserer Ideologie auseinanderzusetzen. Viele Jugendliche, denen das politische Basiswissen gefehlt hat, konnten sich dadurch genau die Sachen rausziehen, die sie irgendwie spannend fanden. Das war natürlich sehr gefährlich. Warum die Medien so leichtsinnig mit uns umgegangen sind, weiß ich nicht. Bei vielen von den Zeitungen, die über uns berichtet haben, arbeiten ja gute Journalisten.

Im Haus war das Gemeinschaftsgefühl ganz wichtig. Wir haben zusammen saubergemacht, zusammen gekocht und zusammen gefeiert. Eigentlich war es wie eine riesengroße WG. Das Gemeinschaftsgefühl war die Basis für die politischen Gespräche, die wir geführt haben. Propagandamaterial brauchten wir nicht selbst zu machen, das kam alles aus der Neonaziszene im Westen. Vieles davon kam aus Holland. Wir hatten enge Kontakte zu Eite Homan, dem holländischen Neonazileiter zu der Zeit. Er kam regelmäßig nach Berlin und wir unterhielten uns fast immer über die weitere Expansion: Wie kriegen wir noch mehr Leute rein? Wir haben uns Ideen überlegt für Propaganda-Veranstaltungen und Möglichkeiten, Gelder zu akquirieren. Die Presse haben wir zum Beispiel immer für Interviews bezahlen lassen. Mann, von denen haben wir so viel Kohle gekriegt.

Im Januar 1990 haben wir eine Partei gegründet, die Nationale Alternative, von der ich lange Zeit Vorsitzender war. Das hat so viel Interesse erzeugt, dass wir jeden Freitag Pressekonferenzen gehalten und über unsere Ideen gesprochen haben. Dass innerhalb von drei Monaten eine so starke rechte Bewegung im Osten entstehen konnte, war natürlich ein Riesenphänomen. Von der Hitler-Ideologie haben wir uns von Anfang an distanziert. Wir wussten, dass man alles, was von Hitler kommt, den Leuten nicht verkaufen kann: Bei Hitler denken die meisten Leute an Massenmord. Wir waren sozusagen der linke Flügel, die sozialrevolutionären Nationalsozialisten. Wir waren für die Arbeiterklasse und haben uns abgegrenzt vom Großkapital, von den Bonzen. Das hing natürlich mit dem Kommunismus zusammen und damit, wo wir herkamen.

Was außerdem ein starker Fokus war, war ‚das Deutschland der Deutschen'. Durch die Öffnung der Mauer brach für viele Ostdeutsche eine sehr unsichere Zeit an. Viele DDR-Betriebe brachen zusammen, wodurch viele Leute ihre Arbeitsstelle verloren.[98] Außerdem gab es einen unglaublichen Zustrom aus dem Westen.[99] Die

98 Die meisten Unternehmen in der DDR waren Staatsbetriebe und konnten nicht oder kaum mit dem Westen konkurrieren. Um diese Unternehmen zu privatisieren, wurde 1990 die Treuhandanstalt gegründet. Viele Unternehmen wurden aber auch liquidiert.

99 Anfang der Neunzigerjahre erhielt Deutschland viele Asylanträge, unter an-

Menschen hatten Angst vor der Zukunft und wussten nicht, wie sich ihr Land, das es ja plötzlich nicht mehr gab, weiterentwickeln würde. Wir haben gesagt: Was auch immer passiert, Deutschland soll für die Deutschen sein. Schlechte Erfahrungen mit Ausländern hatten wir eigentlich nicht. In der DDR gab es kubanische und vietnamesische Gastarbeiter, aber die lebten abgeschirmt vom Rest der Bevölkerung in Ghettos in Marzahn. Kontakt mit den Einheimischen gab es kaum.

Wir wollten mit unserer Partei bei den ersten freien Wahlen in der DDR[100] mitmachen, aber einen Tag vor der Wahl hat eine Antiterroreinheit die Weitlingstraße gestürmt. Ich und vier andere Köpfe wurden verhaftet. Das war ein unglaubliches Happening. Ich bin gerade vom Einkaufen zurückgekommen, als sie plötzlich mit Maschinengewehren vor mir standen. Wir wurden festgenommen, aber die internationale Neonaziszene hat super Propaganda für uns gemacht: Es waren die ersten freien Wahlen und wir wurden verhaftet?! Durch sie haben wir außerdem Geld für Anwälte bekommen. Nach sechs Wochen wurden wir schon wieder rausgelassen.

Es hört sich vielleicht komisch an, aber für mich war alles, was da passierte, eine unglaubliche Aufwertung meiner Person. Nach den ganzen Jahren im Osten und im Knast war ich plötzlich im Mittelpunkt der Medien. Das war der Hammer! Ich war erst 24 Jahre alt, also noch richtig jung. Irgendwie habe ich in der Zeit meine Wut und Aggression über diese Jahre im Gefängnis ausgelebt. Brutal war ich übrigens nie. Ich habe mich nur geprügelt, wenn ich angegriffen wurde und habe nie Ausländer zusammengeschlagen. Ich war Ideologe, das war für mich wichtiger.

---

derem aus dem ehemaligen Jugoslawien, wo ein Bürgerkrieg ausgebrochen war (Klaus & Oltmer, 2005).

100 Am 18. März 1990 fanden in der DDR die ersten und letzten freien Wahlen statt. Nach der Grenzöffnung im November 1989 war die DDR nicht plötzlich verschwunden, denn dass die Mauer tatsächlich fällt, hat keiner wirklich erwartet. Die Allianz für Deutschland gewann die Wahlen und die Wiedervereinigung wurde in die Wege geleitet. Am 3. Oktober 1990 wurde der Einheitsvertrag unterschrieben. Ingo meint hier jedoch die Kommunalwahlen vom 6. Mai 1990.

Für meine Mutter war es eine schwierige Zeit. Als ich Ende der Achtziger im Knast war, hat ihr Betrieb ihr verboten mich zu besuchen. Meine Mutter hat daraufhin gesagt: ‚Er hat doch eigentlich nichts gemacht. Er wollte nur irgendwo anders leben.' Das war natürlich das Ende ihrer Karriere. Meine Mutter hat mich auch nach meiner Knastzeit immer wieder unterstützt, aber als ich Neonazi wurde, hat sie damit aufgehört. Es war unglaublich schmerzhaft für sie, dass ich als Führer von Berlin überall in den Medien war. ‚Du wirst immer mein Kind bleiben', hat sie zu mir gesagt, ‚aber komm nächstes Jahr wieder, wenn du hiermit durch bist.'

In den Neunzigern wurde das Klima in Berlin immer aggressiver und gefährlicher. Das hatte viel mit den Antifas[101] zu tun, die in einem besetzten Haus in der Kreuzinger Straße wohnten. Wir sind irgendwann bei denen eingebrochen, haben all deren Transparente geklaut und sie bei uns in die Fenster gehängt. Es war so eine unglaubliche Demütigung für die, dass wir da einfach reinmarschiert sind und ihre Sachen geklaut haben. Irgendwie hat es sich dann rumgesprochen, dass die ganze Aktion meine Idee war, denn ab dem Moment konnte ich abends nicht mehr ohne zehn Leute um mich herum nach Hause laufen. Ich musste immer damit rechnen, dass ich auf die Fresse kriege. Ab Juli 1990 wurde es richtig brutal. Sie haben unsere Autos kaputtgeschlagen und in die Luft gejagt und uns keine ruhige Minute mehr gegönnt.

Die Aggressivität nahm immer mehr zu, auch bei uns. Weil wir kurz vor der Wahl verhaftet worden sind, konnten wir keine richtige Parteiarbeit machen. Wir haben uns dann gesagt: Legal können wir hier nichts ändern, also muss es mit Terrorismus oder im Untergrund gemacht werden. Wir wollten einen rechten Kampf aufbauen und die Regierung außer Gefecht setzen: Politiker erschießen, alle Macht für das Volk.

101 Antifa ist eine internationale antifaschistische Bewegung, die Neonazismus, Rassismus, Antisemitismus und Nationalismus bekämpft, manchmal auch mit Gewalt. Der Hass, von dem Ingo spricht, wurde nicht nur durch die Poster verursacht, sondern durch die Ansichten der Nationalen Alternative.

1993 wurde ein Haus in Solingen abgebrannt, wobei einige türkische Frauen und Kinder gestorben sind.[102] Das konnte ich absolut nicht tolerieren. Die Täter kamen aus der Neonaziszene und ich habe stark gespürt, dass ich dafür nicht stehen will. In der Zeit habe ich einen Filmemacher kennengelernt, der ein Jahr lang eine Doku über mich gedreht hat. Er war ein Linker und echt ein cooler Typ. Wir haben uns angefreundet und uns viel ausgetauscht. Ich wollte für solche Sachen, wie sie in Solingen passiert waren, nicht verantwortlich sein, aber das war ich natürlich in gewisser Weise schon. Nach einem Jahr Untergrundarbeit hat dieser Filmemacher mir geholfen auszusteigen. Das war nicht einfach, denn die Neonazibewegung ist wie eine Sekte: Man hat kaum noch Freunde außerhalb. Meine Familie wurde danach überall angegriffen. Meine Schwester und mein Bruder wurden verprügelt und meine Mutter hat eine Bombe gekriegt. Gott sei Dank wurde das Paket mit dem Sprengstoff kurz vor Weihnachten verschickt. Es war dadurch so lange unterwegs, dass die Batterie schon leer war, als meine Mutter es ausgepackt hat.

Die heutige Neonaziszene ist nicht vergleichbar mit der Szene, wie ich sie gekannt habe. Wir haben damals eine gewaltbereite Truppe aufgebaut, die bis 1993, 1994 stark aktiv war. Danach gab es plötzlich keine Führungspersonen mehr, weil alle im Knast waren oder ausgestiegen sind. Die Neonazis sind dann langsam in den legalen Organisationen gelandet. Eine Partei wie die AfD repräsentiert die Szene heute und die sitzen ganz normal im Parlament. Es ist gut, wenn eine Demokratie damit umgehen kann: Es nimmt die Hitze raus. Trotzdem mache ich mir Sorgen um die Zukunft. Ich habe Angst, dass Rassismus immer mehr salonfähig geworden ist. Auf einmal ist es wieder völlig legitim zu sagen: ‚Ich mag keine Schwulen.' Jüngere Generationen können das aufgreifen und das kann in Gewalt umschlagen. Ich habe es ja selbst erlebt.

Als ich ausgestiegen bin, gab es keine Unterstützung. Es gab keine Nummer, die ich anrufen konnte, um zu sagen: Es reicht mir, ich möchte raus. 2000 habe ich darum die Organisation Exit-Deutsch-

102 Bei einem Brandanschlag auf ein Haus in Solingen kamen fünf türkische Frauen und Mädchen ums Leben, acht Menschen wurden verletzt.

land gegründet. Ursprünglich waren wir für rechte Jugendliche da, die aus der Szene rauswollten, aber mittlerweile helfen wir auch Jugendlichen, die mit dem Islam oder irgendeiner anderen Ideologie aufhören möchten. Es gibt ein 24-Stunden-Nottelefon, das sie immer erreichen können, wenn sie Ratschläge oder eine Unterkunft brauchen. Bei Exit arbeiten alles Aussteiger. Die Leitung hat Herr Wagner, ein ehemaliger DDR-Polizist. Er ist cool, die Jugendlichen vertrauen ihm.

Wenn du Pech hast oder eine dumme Entscheidung triffst, kannst du dein Leben mit 16 komplett versauen. Du triffst ganz einfach Entscheidungen, die du nicht mehr triffst, wenn du 30 bist. Als meine Mutter das Bombenpaket bekommen hat, habe ich angefangen, mit der Polizei zusammenzuarbeiten und sehr umfangreich ausgesagt. Ich habe damit Information gegen Sicherheit getauscht. Fast 20 Jahre später habe ich immer noch Polizeischutz und eine geschützte Adresse. Legal findet man mich nirgendwo. Als ich neulich bei der Fahrzeugkontrolle war, waren die Bullen ganz baff: ‚Sie existieren gar nicht!' Ja, schlechte Entscheidungen können ein Leben lang nachwirken."

In der DDR arbeiteten tausende von Vertragsarbeitern. Sie kamen unter anderem aus Vietnam, Mosambik und Kuba. Im Jahr 1989 lebten rund 60.000 Vietnamesen in Ostdeutschland – und waren damit die größte Gruppe ausländischer Arbeitskräfte. Die zusätzlichen Arbeitskräfte waren erforderlich, weil viele junge Menschen die DDR verlassen hatten. Die Migranten hatten wenig Kontakt zum Rest der Bevölkerung, lebten in eigenen Wohnheimen und durften keine Freundschaften mit DDR-Bürgern schließen. Auch Beziehungen zwischen DDR-Bürgern und Ausländern waren völlig undenkbar. Die vietnamesische Mutter von **Lan Böhm (1982)** *kam zum Studieren in die DDR. Ihr „Aufpasser" sollte verhindern, dass sie allzu enge Kontakte zu den deutschen Studenten aufbaute, aber Lans Mutter hat das wenig interessiert.*

„Ich habe einen deutschen Vater und eine vietnamesische Mutter, was für DDR-Zeiten sehr ungewöhnlich war. Meine Mutter war 17, als sie in die DDR gezogen ist. Sie hatte ein Stipendium für das Jura-Studium an der Humboldt-Universität Berlin. Deutsch konnte sie schon, denn alle ausländischen Studierenden haben, bevor sie in die DDR gezogen sind, ein Jahr lang Deutsch gelernt. Mein Vater war in derselben Seminargruppe wie meine Mutter. Sie haben zusammen gelernt und mochten sich auf Anhieb sehr gerne, aber es wurde darauf geachtet, dass nicht zu viele private Kontakte zwischen den ausländischen und den DDR-Studenten entstehen. Meine Mutter wohnte in einem Wohnheim, das nur für vietnamesische Studenten war. Es gab Aufpasser vor Ort, die die Schäfchen sozusagen zusammenhielten und aufpassten, dass keins verloren ging. Emotional, um eine gewisse Orientierung in einem neuen Land zu bieten, aber auch im wahrsten Sinne des Wortes. Der Deal zwischen den sozialistischen Bruderländern war immerhin: Wir schicken unsere Bürger und Bürgerinnen ins Ausland, damit sie das erworbene Wissen später wieder in die Heimat zurücknehmen. Großen Kontakt zur einheimischen Bevölkerung sollten die vietnamesischen Studenten also nicht aufbauen. Wenn meine Eltern sich verabreden wollten, sind sie zum Beispiel immer nacheinander ins Kino gegangen. Der Aufpasser durfte es nicht mitbekommen.

Nach ihrem Studium ist meine Mutter nach Vietnam zurückgegangen. Das war 1980. Einfach in der DDR bei meinem Vater zu bleiben und nicht in die Heimat zurückzukehren, war für meine Mutter keine Option, da sie wusste, dass das für ihre Familie in Vietnam schwerwiegende Konsequenzen gehabt hätte. Sie hätten nicht mehr reisen dürfen oder Schwierigkeiten in der beruflichen Entwicklung gehabt. Es war durchaus bekannt, auch bei meiner Mutter, dass die Möglichkeiten der vietnamesischen Regierung, die persönliche Entwicklung zu behindern, weitreichend waren.

Zum Glück war mein Vater sehr kreativ. Er hat immer neue Wege gefunden, um den Kontakt zu meiner Mutter aufrechtzuerhalten. Als er zum Beispiel 1981 mitbekam, dass die FDJ eine Studienreise nach Vietnam macht, wollte er, wie viele andere natürlich auch, unbedingt mit. Ein alter Kommilitone hat ihm mit einem Empfehlungsschreiben geholfen, wodurch es tatsächlich geklappt hat und er sich in Vietnam heimlich mit meiner Mutter treffen konnte. In Berlin ist er regelmäßig zum Flughafen gefahren, um nach Vietnamesen Ausschau zu halten. Denen hat er Briefe für meine Mutter zugesteckt, damit es nicht immer vier Wochen gedauert hat, bis sie endlich mal da waren.

Nach zwei Jahren durfte meine Mutter für ihre Dissertation in die DDR zurückkehren. Sie und mein Vater haben eine Heiratserlaubnis bekommen – das war ungewöhnlich, aber hatte, glaube ich, damit zu tun, dass meine Mutter wegen ihrer Dissertation ohnehin schon länger in der DDR bleiben würde – und sind zusammen nach Wismar gezogen. Meine Mutter war zu der Zeit die einzige Vietnamesin dort. Nicht nur in Wismar, sondern in der ganzen DDR gab es damals sehr wenige Ausländer.[103]

Ich bin 1982 geboren und hatte eine ganz typische DDR-Kindheit. Wir wohnten in einer Plattenbausiedlung, was damals sehr erstrebenswert war. Die verschiedenen Platten waren durch kleine Gänge miteinander verbunden und standen in einem Karree. In der Mitte war ein Spielplatz, auf dem wir Kinder uns immer alle getroffen haben. Die ganz Mutigen sind zum Spielplatz vom nächsten Karree geschlichen – manchmal habe ich es mich auch getraut. Irgendwann haben unsere Mütter aus den Fenstern geguckt und laut ‚Abendbrot' gerufen.

Ich habe auch, wie viele Kinder in der DDR, schon früh mit dem Sport angefangen. Ich kann mich noch gut dran erinnern, dass Leute aus dem Sportverein in den Kindergarten gekommen sind und uns nach Körpermaß den verschiedenen Sportarten zugeteilt haben. Ich war drei, als ich mit dem Turnen angefangen habe. Es hat mir Spaß gemacht, aber kurz bevor ich eingeschult wurde, gab es einen Wettbewerb, bei dem aus jedem Verein ein Kind für die

103 1989 lebten in der DDR rund 191.000 Menschen mit ausländischer Staatsangehörigkeit, die meisten von ihnen waren Vertragsarbeiter (Schröder, 2013).

Sportschule ausgewählt wurde. Das war ich. Zur Belohnung habe ich von den Trainern einen Kuschel-Waschbären bekommen. Ich fand das fürchterlich, es bedeutete, dass ich nach Schwerin ins Internat musste. Um das zu verhindern, habe ich den Bären unter meinem Bett versteckt. Zum Glück fiel die Mauer kurz darauf und so brauchte ich nicht hin. Ich glaube, dieser Waschbär liegt immer noch irgendwo auf dem Dachboden.

Die anderen Kinder in der Platte, im Kindergarten und im Turnverein waren alle deutsche Kinder. Es spielte aber keine Rolle, dass ich schwarze und sie blonde Haare hatten: Ich habe mich nicht anders gefühlt. Erst 1988 kamen weitere Vietnamesen nach Wismar. Das waren 100 Vertragsarbeiter, die als Lackierer und Schweißer an der Werft angestellt waren. Sie hatten ihr eigenes Wohnheim, eigene ärztliche Versorgung und eine eigene Bank. Ich weiß nicht, ob es viel Kontakt zwischen den Vietnamesen und den Deutschen in Wismar gab, aber sicherlich haben die Arbeiter sich auch mal gegenseitig zum Essen eingeladen – es waren ja Kollegen.

Weil wir so sehr in ein deutsches Umfeld eingebettet waren, war es schwer für meine Mutter, konsequent Vietnamesisch mit meinem Bruder und mir zu sprechen. Wir wurden deshalb vor allem deutschsprachig erzogen. Ein gesellschaftliches Konzept zur Integration gab es damals noch nicht wirklich. Ich glaube, meine Eltern haben einfach drauflos gelebt. Meine Mutter sagt, sie hat sich frei gefühlt, selbst zu entscheiden, welche vietnamesischen Traditionen und welche deutschen Gepflogenheiten sie in unsere Erziehung einfließen lassen hat. Es gab diesbezüglich keinen Erwartungsdruck. Gleichzeitig waren die vietnamesischen Traditionen, die wir gelebt haben, eher nach innen gerichtet. Samstags hat meine Mutter immer vietnamesisch gekocht und wenn alle paar Wochen ein langer Brief von unseren Verwandten kam, saßen wir alle zusammen am Tisch und sie hat den Brief für uns übersetzt. Diese Sachen haben nicht für Anstoß im öffentlichen Raum gesorgt, wie ein Kopftuch oder Burka es vielleicht tun.

Nach der Wende hat meine Mutter die deutsche Staatsbürgerschaft angenommen. Ich weiß nicht, ob das davor nicht möglich war oder ob sie es nicht wollte, aber jedenfalls ging es nach der Wende ganz einfach und schnell. Ihre vietnamesische Staatsbürgerschaft musste sie abgeben. Meine Eltern haben sich dann selbstständig gemacht und sich eine neue berufliche Existenz aufgebaut. Ein paar Jahre nach der Wende haben sie auch ihr erstes Haus gekauft.

Für die vietnamesischen Vertragsarbeiter in Wismar war die Wende schwieriger. Die Schiffswerft war der Hauptarbeitgeber für die Bevölkerung und nach der Wende wurde bestimmt der Hälfte der Mitarbeiter gekündigt. Die Werft konnte den wirtschaftlichen Maßstäben einfach keinesfalls standhalten. Den Vietnamesen wurden als erstes gekündigt und sie konnten sich entscheiden: Mit einer Abfindung – vielleicht 2.000 Mark? – zurück nach Vietnam gehen oder bis zum eigentlich vertraglich vereinbarten Zeitpunkt, 1992, in Deutschland bleiben.[104] Von den circa 50 Vietnamesen, die geblieben sind, haben die meisten eigene Marktstände oder Imbissstände errichtet.

Nach der Wende entstanden auf einmal rechtsextremistische Probleme in Wismar und in anderen Teilen der ehemaligen DDR. Einen gewissen Fremdenhass gab es sicherlich auch schon zu DDR-Zeiten, aber nach der Wende wurde er sichtbar.[105] Meine Mutter wurde ein

104 Die Vertragsarbeiter erhielten entweder 3.000 Mark Ausreiseprämie und ein Flugticket in ihr Herkunftsland oder hatten die Wahl, bis zum Ablauf ihres Vertrages – die meisten Verträge hatten eine Laufzeit von vier oder fünf Jahren – in Deutschland zu bleiben. Die Mehrheit der Vertragsarbeiter entschied sich für die erste Option. 1989 lebten 91.000 Vertragsarbeiter in der DDR, Ende der Neunzigerjahre waren es in Ostdeutschland noch 28.000 (Schröder, 2013).

105 In den Medien wurde nicht über Rassismus und Neonazismus berichtet, denn laut Partei waren es „westliche Phänomene“. Die Realität sah jedoch anders aus. Nach Angaben des Berliner Historikers Harry Waibel wurden Tausende von Menschen in der DDR Opfer von Rassismus, Antisemitismus und Fremdenfeindlichkeit. Die rassistischen und rechtsextremistischen Aktionen reichten von nicht bedient werden im Restaurant bis hin zu Mord. So wurde Manuel Diego aus Mosambik am 30. Juni 1986 in einem Zug von Berlin nach Dessau von Neonazis ermordet.

paar Mal auf der Straße angepöbelt und auch ich wurde auf einmal Fidschi und Schlitzauge genannt. Weil ich im Vergleich zu anderen vietnamesischen Kindern nicht ganz so ausländisch aussehe, hielt sich das bei mir aber in Grenzen. Andere haben da sicher schlimmere Erfahrungen gemacht als ich.

Dieser Fremdenhass hängt aus meiner Sicht mit der Orientierungslosigkeit zusammen, die viele ostdeutsche Jugendliche plötzlich empfunden haben. Vor der Wende hat es an vielem gemangelt, aber in gewisser Weise war es für alle gleich schlecht – außer man war irgendein Parteibonze. Nach der Wende wurde alles neu verhandelt. Die eigenen Eltern waren kein Hilfsanker mehr, denn sie wussten auch nicht, wie dieser neue Staat funktioniert. Die rechten Kameradschaften, die damals entstanden, boten durch Führung Orientierung und demonstrierten diese, indem sie Ausländer und alle Minderheiten herabwürdigten. In Wismar hat die Kampfzone sich vor allem zwischen den Punks und den Neonazis abgespielt. Es gab Schlägereien, es gab Sprüche, es gab Hakenkreuze und es gab rechtsextremistische Vorfälle. Als die ersten Asylbewerber, vor allem aus Rumänien und dem ehemaligen Jugoslawien, nach Wismar kamen, gab es einen Brandanschlag auf die Asylunterkunft.

Fremdenhass hat nicht viel mit Realität oder Vernunft zu tun. Es ist ein psychologischer Mechanismus, den man in vielen gesellschaftlichen Debatten erkennt: Wenn es mir schlecht geht, kann es nur an dieser einen Bevölkerungsgruppe liegen, die ich irgendwie als die Schuldigen identifiziert habe. Das ist natürlich verrückt, aber es wird oft noch verrückter, wenn man sich mit Menschen, die so denken, unterhält. Bei mir im Bekanntenkreis ist jemand, den ich dem rechten Spektrum zuordnen würde. Wenn ich erwähne, dass meine Mutter doch auch gebürtig Ausländerin sei, höre ich, dass die Vietnamesen ‚doch ganz was anderes' seien. Sie sind die guten Migranten, so wie der Mann, der den Döner macht. Wenn man versucht, Fremdenhass konkret zu machen, wird zurückgerudert oder es werden komische Einschränkungen gemacht.

Meine Eltern haben immer sehr im Jetzt und in der Zukunft gelebt. Über die DDR und die Herkunft meiner Mutter haben wir zu Hause nie viel gesprochen. Für mich war es aber wichtig, diesen Teil von mir zu entdecken. Ich bin darum nach dem Abi ein Jahr in Vietnam gewesen und habe die Zeit genutzt, um meine Familie und das Land besser kennenzulernen. Ich habe dadurch gemerkt, dass ich viele Traditionen und Wertvorstellungen schon aus meinem Alltag in Deutschland kannte. In Vietnam hat jede Wohnung zum Beispiel einen kleinen Altar, um der Ahnen zu gedenken. Zu bestimmten Anlässen werden Räucherstäbchen angezündet und es wird zu den Ahnen gesprochen. Das waren Situationen, die ich aus meiner Kindheit wiedererkannt habe und die mir nicht fremd waren. Es war wichtig für mich zu erfahren, dass meine vietnamesische Seite ein Teil von mir ist. Um diesem Teil der Familiengeschichte Rechnung zu tragen, habe ich meinen beiden Kindern einen vietnamesischen Mittelnamen gegeben. Wenn sie darauf angesprochen werden, können sie erklären, dass das mit ihrer vietnamesischen Familienherkunft zu tun hat. Manchmal schauen wir uns Fotos von unseren Verwandten in Vietnam an und ab und zu gibt es vietnamesisches Essen. Einfach ist es aber nicht. Ich bin schon eher Deutsch geprägt und aufgewachsen.

Meine Eltern waren nicht politisch aktiv. Wir haben zu Hause fast nie über Politik diskutiert und auch in der Wendezeit erinnere ich meine Eltern eher als zurückhaltend. Sie haben meinem Bruder und mir aber beigebracht, weltoffen zu sein. Nach der Wende sind wir durch ganz Europa gereist: Spanien, Frankreich, Dänemark, Osteuropa. Wir haben dort immer viel mit den Einheimischen gesprochen und haben uns Sachen angeschaut, die anders waren als zu Hause, zum Beispiel die Schulen. Ich habe unter anderem dadurch ein großes Interesse an anderen Lebensumständen und -weisen entwickelt und habe gelernt, mit einem wachen Blick durch die Welt zu gehen.

Momentan bin ich bei der Bundeszentrale für politische Bildung für das Förderprogramm ‚Zusammenhalt durch Teilhabe' verantwortlich. Wir unterstützen Ehrenamtliche dabei, ihren Verein demokratisch zu gestalten und zu lernen, mit undemokratischen Vorfällen umzugehen. Das kann alles sein: Im Fußballverein ist es ein schlechter Witz in der Umkleidekabine über schwarze Zuschauer, bei der Freiwilligen Feuerwehr vielleicht die fehlende Bereitschaft, Migranten als Mitglieder zu akzeptieren. Wir wollen die Vereine für solche Sachen sensibilisieren und wollen mit ihnen drüber sprechen, was die eigenen Werte sind. In der Feuerwehr wird im Einsatz zum Beispiel allen geholfen, egal, welche Hautfarbe oder Religion die Person in Not hat. Diese Einstellung gilt es dann auf den Freizeitbereich zu übertragen. Erst recht seit 2015, als wir außergewöhnlich viele Geflüchtete in Deutschland aufgenommen haben und die anfängliche Euphorie mancherorts schnell in Populismus umgeschlagen ist, haben wir gemerkt, wie wichtig solche engagierten Projekte sind. Es gibt nicht nur den aufrechten Demokraten und den überzeugten Nazi, sondern es gibt sehr viel dazwischen: sehr viele Ängste, sehr viele Zweifel und sehr viele Fragen. Wir glauben, dass Vereine ein guter Ort sind, über solche Sachen zu sprechen. In der Sprache, die die Menschen dort verstehen und in einem Rahmen, der respektvoll und aufrichtig ist. Demokratie ist keine Wohlfühldecke, in die man sich einkuscheln und drauf warten kann, dass einem schön warm wird. Die Demokratie braucht auch Leute, die immer wieder nachschauen, ob alles noch in Ordnung ist."

Die Staatstheater der DDR mussten das sozialistische Menschenbild auf der Bühne vermitteln. Alle Stücke dieser subventionierten Theater mussten daher vom Staat genehmigt werden. Einige Theater hielten sich strikt an die Richtlinien, aber **Ruth Reinecke (1955)** *arbeitete bewusst für Häuser, die die Grenzen der Vorschriften ausloteten, um engagiertes Theater machen zu können.*

„Zum Abschluss an der Staatlichen Schauspielschule Berlin habe ich 1976 die ‚Iphigenie' von Goethe gespielt. Das lief sehr erfolgreich und ich bekam einen Preis. Heute würde man wohl sagen, dass ich so etwas wie ein Shootingstar war, aber diesen Begriff gab es damals nicht. Eitel zu sein war überhaupt nicht Mode. Man war einfach Künstler und machte seine Arbeit. Es gab keine öffentliche Selbstdarstellung in der DDR. Das Individuum stand nicht im

Mittelpunkt, sondern das ‚sozialistische Menschenbild', was auch immer das war. Auch das Wort Karriere wurde nicht verwendet. Die DDR war ein geschlossenes Staatssystem, es war eine Diktatur. Von den Freiräumen, die die Menschen dort gesucht und gefunden haben – und das waren gar nicht so wenige –, ging eine unendliche Kreativität aus. Die Kirchen und auch die Theater hatten in den Siebziger- und Achtzigerjahren den größten öffentlichen Raum. Das gab es ja sonst im Prinzip nicht. Die besten Theaterleute haben diesen Raum stets genutzt. Auch mich hat das sehr geprägt.

Nach meinem Studium bekam ich ein sehr gutes Engagement in Schwerin. Die DDR war klein und man hatte einen guten Überblick, wo die interessanten Theaterleute arbeiteten, und wo die Langweiler und linientreuen Stalinisten. Schwerin war ein wundervoller Start für mich. Der damalige Oberspielleiter Christoph Schroth machte sehr engagiertes Theater. Ihm war es wichtig Stücke zu finden, in denen die Probleme der Menschen erzählt wurden. Er hat politisches und unterhaltendes Theater gemacht und er hatte großen Erfolg damit. In Schwerin haben sich die Menschen nicht wirklich für Theater interessiert, aber Schroth hat die Stadt aufgeweckt.

In meiner Anfängerzeit habe ich sehr viel gespielt und bin mit tollen Rollen beschenkt worden. Ich hatte Rollen in klassischen Stücken – Elisabeth in ‚Don Carlos', Alkmene in ‚Amphitryon' –, habe aber auch in vielen Gegenwartsstücken gespielt. Es gab zum Beispiel eine Reihe von sehr engagierten neuen Stücken aus der Sowjetunion, deren Autoren viel mutiger waren. Nachdem die Stücke dort aufgeführt worden waren, konnten sie auch in der DDR gespielt werden. Ich erinnere mich an ‚Die Nacht nach der Abschlussfeier' von Wladimir Tendrjakow. In der Sowjetunion war es üblich, dass die Absolventen nach der zehnten Klasse zu einem Ehrenmal für die Opfer des Großen Vaterländischen Krieges gezogen sind. Das war ein Ritual, man sollte der Opfer gedenken. In dem Stück feierten die Schüler an dem Denkmal und sprachen über ihre Moral in Schule und Gesellschaft. Es ging um Wahrheit und Wahrhaftigkeit und um Fragen wie: Warum lügen wir, um eine gute Note zu bekommen? Warum sagen wir nicht wirklich, was wir denken? Es war eine harte Auseinandersetzung und in dem Stück wurden Dinge angesprochen, die öffentlich in der DDR nicht behandelt wurden. Nach der Vorstellung gab es regelmäßig Zuschauergespräche. Damit wurde den Zuschauern ein Forum gegeben, sich persönlich zu äußern. Es wurde über Bildung im Sozialismus gesprochen, aber es wurden auch Fragen gestellt, zum Beispiel: ‚Ich bin Christin, warum darf mein Kind nicht studieren?' Diese gemeinsamen Gespräche in der Öffentlichkeit, der Austausch miteinander und das Akzeptieren von unterschiedlichen Ansichten war großartig in einem Land, in dem es nur gleichgeschaltete positive Berichterstattungen in den Zeitungen gab. Neben dem Spielen waren das ganz wichtige Erfahrungen, die mich sehr geprägt haben.

Ein anderes Beispiel ist der Roman ‚Franziska Linkerhand', der in einer Theaterfassung in Schwerin inszeniert wurde. Die Autorin Brigitte Reimann war eine wunderbare Schriftstellerin, die es immer schwer hatte, ihre Arbeiten im Ministerium durchzubekommen. Dann klappte es aber doch und sie war sehr, sehr erfolgreich. ‚Franziska Linkerhand' erzählt die Geschichte einer jungen Architektin in einer neuen Industriestadt in der DDR. Diese Architektin, eine Individualistin, die ihre eigenen Wege geht, kämpft darum, schönen und lebenswerten Wohnraum bauen zu dürfen. Immer wieder stellt sie die Frage, wie wir im Sozialismus leben wollen. Ich habe die Gertrud, die Sekretärin der Franziska Linkerhand, gespielt. Sie war eine Alkoholikerin, also kein vorbildlicher sozialistischer Charakter. Solche Theateraufführungen waren unglaublich wichtig für die Zuschauer. Sie stellten Menschen und Probleme in den Mittelpunkt, über die man in den Zeitungen und im Fernsehen nichts erfuhr. Damit hat das Theater Tabugrenzen überschritten.

Das Staatstheater Schwerin wurde vom Staat subventioniert, aber es gab nicht die staatstragenden Theater auf der einen und den Untergrund auf der anderen Seite. So schwarz-weiß kann man das nicht sehen. Die Stücke, die man spielen wollte, mussten von der Partei- und Kulturverwaltung der Städte genehmigt werden. Das war, glaube ich, seit 1978 vorgeschrieben. Wenn die sich nicht sicher waren, gingen sie damit zum Ministerium für Kultur und zum ZK, dem Zentralkomitee der SED. Stellen Sie sich diesen Aufwand vor und wie lange so etwas gedauert hat! Die Theaterleitungen mussten geschickt sein, um ihre Sachen durchzubekommen. In der Kunst und auch im Theater sollte das sozialistische Menschenbild präsentiert werden. Wenn, wie gesagt, nur einer gewusst hätte, was das war. Es war ein Gummibegriff, eine Art Normvorgabe. Was schreibt man in einen Antrag, wenn man ein Stück aufführen will? Man schreibt bestimmte Sachen rein, die die Erfolgschancen erhöhen. Das ist heute vielleicht genauso, wenn man Fördermittel beantragt.

Christoph Schroth hat es immer wieder gereizt, gegen die engen Gedankengrenzen der Funktionäre der SED zu kämpfen. Das war sehr mutig, das gab es nicht so oft in der Theaterlandschaft. Die drei Jahre in Schwerin waren für mich als junge Schauspielerin eine Lebensschule. Es gab eine Menge guter Theaterleute und Schriftsteller, die das Land auf Grund der engen Beschränkungen Ende der Siebziger- und in den Achtzigerjahren verlassen haben. Das war keine Option für mich. Mein Leben war in der DDR und hier waren die Leute, für die ich Kunst machen wollte.

1979 holte mich Thomas Langhoff, der mit mir die Iphigenie gemacht hatte, an das Maxim Gorki Theater in Berlin.[106] Eigentlich wollte ich gar nicht weg aus Schwerin, aber in der DDR war es sehr schwierig das Theater zu wechseln. Es gab keine freien Stellen. Nur, wenn jemand verstarb oder aus disziplinarischen Gründen gekündigt werden musste. Das war als soziale Errungenschaft gedacht. Man hatte natürlich lange einen sicheren Arbeitsvertrag, aber die Kehrseite war, dass eine personelle Bewegung innerhalb der Theater unmöglich wurde. Das war für einen künstlerischen Betrieb nicht produktiv. Als ich das Angebot bekam, war es eine gute Chance, mit anderen Schauspielern und Regisseuren zusammenzuarbeiten und mich herauszufordern.

106 Das Theater wurde 1952 gegründet und ist nach dem russischen Schriftsteller Maxim Gorki benannt. Heutzutage wird im Gorki zeitgenössisches Theater gemacht.

Das Maxim Gorki Theater galt lange Zeit als sehr linientreu, aber Thomas Langhoff und Rolf Winkelgrund veränderten das Haus mit einer sehr eigenen Regiehandschrift. Es waren starke, gute Regisseure, die mit einer anderen Fantasie und neuen Formen arbeiteten. Andere Literatur wurde inszeniert, es wurde viel individualistischer. Das Maxim Gorki Theater war auf einmal nicht mehr so brav und ich hatte wirklich Glück, da mittendrin zu sein.

1982 hat Rolf Winkelgrund das Erfolgsstück ‚Einer flog über das Kuckucksnest' inszeniert. In dem Roman und dem Film ging es darum, wie man in einem diktatorischen System überlebt und genauso hat Winkelgrund es inszeniert. Es hatte alle Bezüge zur DDR und die Zuschauer haben die von ganz allein hergestellt. Ich habe Oberschwester Ratched gespielt und fühlte mich völlig überfordert. Ich fand sie nur scheußlich und war eigentlich viel zu jung für die Rolle, aber der Regisseur wollte eine junge Besetzung, die durchgreift. Es hat eine Weile gedauert, bis ich den spielerischen Wert erkannt habe und die Rolle mit Spaß spielen konnte. Das Stück wurde ein Riesenerfolg, eine Kultveranstaltung: Wir haben es 450 Mal gespielt. Die Zuschauer identifizierten sich total mit McMurphy, der gegen das autoritäre Regime der Oberschwester ankämpfte. Es hat den Zeitgeist der damaligen DDR sehr gut getroffen.

Das DDR-Theater hatte einen exzellenten Ruf, das darf man nicht vergessen. Das Maxim Gorki Theater hat verschiedene Gastspiele in der Bundesrepublik gemacht. Für die DDR war das auch ein Geschäft. Wie das genau lief, weiß ich nicht, aber der Staat bekam Devisen für unsere Gastspiele. Die Freude war groß, wenn wir mal rausdurften in diese uns verschlossene, andere Welt des Westens. Wir bekamen ein kleines Tagegeld, für uns war das sehr viel. Bei meinem ersten Gastspiel habe ich, glaube ich, überhaupt nicht geschlafen. Ich habe die Vorstellung gespielt und bin ansonsten um die Häuser gezogen. Wir waren meistens nur ein paar Tage unterwegs, aber es gab auch mal eine größere Tour durch die BRD. Spielen, schlafen und weiter. Wir sind auf neugierige und offene Menschen getroffen, es gab viele Gespräche und nette Einladungen. Ich habe alles aufgesaugt wie ein Schwamm.

Sie fragten nach der Stasi, so wie alle, wenn sie etwas über die DDR wissen wollten. Die Stasi gehörte zur DDR, aber das allein war nicht die DDR. Irgendwie war mir bewusst, dass es auch Stasi-Leute bei uns im Theater gab. Es war für mich überhaupt kein Thema, bis sie mich angeworben haben. Das war noch in Schwerin. Die Kontaktaufnahme fand auf privater Ebene statt. Sie haben mich gefragt, ob ich mich mal mit ihnen unterhalten würde. Ich habe kühn gesagt: Warum nicht? Natürlich hatte ich Schiss, ich hatte ja keine Ahnung, was das überhaupt heißt. Ich habe zwei, drei Mal mit jemandem gesprochen. Sie wollten wissen, wie ich zur DDR stehe, welche Probleme ich habe und so weiter. Ich habe Blut und Wasser geschwitzt und wusste schnell: Ich will das nicht. Ich will das nicht, ich will das nicht. Meine Mutter war Jüdin und im Widerstand. Denunziation und Bespitzelung sind Verbrechen gegenüber anderen, so bin ich erzogen worden. In meiner Stasi-Akte habe ich später gelesen, dass ich die folgenden Verabredungen immer habe platzen lassen. Ich bin einfach nicht mehr hingegangen. Ich hatte das vergessen, erst in den Akten konnte ich alles genau nachlesen. Ich war zu naiv und labil, stand da. Na gut, das war dann eben meine Rettung. Sie haben mich danach in Ruhe gelassen.

Wie die Staatssicherheit wirklich funktioniert hat, was das für ein schreckliches System und ein Staat im Staate war, habe ich erst nach der Wende wirklich verstanden. Ich habe viel gelesen, war in verschiedenen Gedenkstätten. Das mache ich auch immer wieder. Ich will einfach verstehen, wie das alles funktioniert hat und wie was zusammenhing. Die Stasi-Strukturen waren ja so aufgebaut, dass der eine Mitarbeiter nicht wusste, womit der andere Mitarbeiter gerade beschäftigt war. Man wusste also ganz viel und gar nichts. Ein Geheimdienst eben. Die Möglichkeit der Akteneinsicht und die historische Aufarbeitung halte ich für eine zivilisatorische Errungenschaft. Das ist einzigartig auf der Welt, so schmerzhaft es auch ist.

Am 9. November 1989 hatte ich einen freien Abend. Sowas war wirklich selten, denn ich hatte in der Zeit sehr viele Vorstellungen zu spielen. Der Abend gehörte meiner Tochter, mit der ich allein lebte. Der Fernseher war nicht an. Sehr früh am nächsten Morgen rief mich mein Cousin aus New York an und schrie durchs Telefon: ‚You are free, you are free!' Erst dann hörte ich im Radio, was los war. Die Dynamik, die losbrach, war sehr überwältigend. Es strömten Menschenmassen über die Grenze, Autoschlangen von überall her verstopften die Straßen. Alle wollten rüber nach West-Berlin und dieser Taumel, dieser Strudel ging über mehrere Wochen. Ich wohnte in der Nähe der Friedrichstraße und wir konnten vom Fenster auf die Straße hinuntergucken. Die Menschen waren mit Tüten bepackt, sie hatten im Westen eingekauft. Meine kleine Tochter fragte mich: ‚Mama, was ist das? Ich will nicht raus, ich will nicht raus.' Diese Massen waren auch wirklich beängstigend. Ich war 35 Jahre alt, als die Mauer fiel. Man musste sich innerlich erst mal sortieren und erfassen, was das eigentlich bedeutete. Es hat eine Weile gedauert, sich im Kapitalismus zurechtzufinden. Das war nicht leicht. In den Westen bin ich erst später gefahren, ich hatte dort auch keine Verwandten.

Ich glaube schon, dass der Mauerfall ein großes Glück für die Deutschen war. Es gab plötzlich so viele Möglichkeiten, einander und die Welt kennenzulernen. Mein persönliches Leben hat sich enorm erweitert. Wenn ich heute irgendwo im Westen Deutschlands oder im Ausland bin, habe ich immer noch dieses neugierige und staunende Gefühl, das alles sehen zu dürfen. Nach der Wende bin ich im Gorki Theater geblieben. Ich hatte andere Angebote, aber meine Tochter war gerade eingeschult worden und ich wollte nicht umherziehen, wie es so üblich ist in dem Beruf. Meine kleine Familie war mir sehr wichtig. Ich bin also geblieben, aber das Theater hat sich in der Nachwendezeit sehr verändert. Die Leute kamen zunächst gar nicht mehr. Sie hatten andere Ziele. Sie wollten nachholen, was ihnen gefehlt hatte. Das waren harte Zeiten; leere Zuschauerreihen sind schrecklich. Die alten Stücke konnten wir natürlich nicht mehr so weiterspielen oder nur ganz wenige. Die Welt hatte sich komplett gedreht und dieses DDR-Gefühl, das wir in den Aufführungen widergespiegelt haben, gab es nicht mehr. Das wollte auch keiner mehr sehen. Es war ein radikaler Schnitt.

Es folgten verschiedene Phasen des Theaterspielens. In den Neunzigern war Trash sehr modern. Das Entertainment nahm immer mehr Raum auf den Bühnen ein, man wollte unbedingt und ausschließlich unterhalten. Seit vier, fünf Jahren habe ich das Gefühl, dass Theater wieder ernsthafter sein will. Es ist wieder politischer geworden und in gewisser Weise auch verzweifelter. So verzweifelt, wie uns die Welt erscheint. Theater ist ja wirklich die Kunst, die am dichtesten und direktesten die Stimmung in der Gesellschaft spiegelt. Man versucht wieder, mit den Zuschauern in eine Auseinandersetzung über Themen zu kommen. Keiner hat eine Erklärung für die Entwicklungen, die durch die Globalisierung in Gang gesetzt werden. Die Zuschauer nicht, die Theaterleute nicht. Aber man sucht und will sich verständigen."

Dem Staat war es wichtig, kostenlose, moderne medizinische Behandlungen anzubieten, die für alle zugänglich waren. Investiert wurde unter anderem in fundierte Ausbildungen, Forschung und die Errichtung von Polikliniken. In der Praxis hatten Ärzte jedoch mit hohen Arbeitsbelastungen, politischem Druck und Mangel an medizinischer Ausstattung zu kämpfen. **Kathrin Bakker**[107] **(1954)** *war Hausärztin und arbeitete oft von sieben Uhr morgens bis sieben Uhr abends, um all ihren Patienten helfen zu können. Als ihr Mann nach einem Besuch in den Westen nicht in die DDR zurückkehrte, fing für sie ein Albtraum an, der mehr als ein Jahr dauerte.*

„Mein damaliger Mann hatte einen Reiseantrag bei der Stasi gestellt und Erlaubnis bekommen, eine Woche lang nach Westdeutschland zu fahren. Er hatte Familie dort. Die Stasi dachte natürlich: Der hat eine Frau und drei Kinder, der kommt auf alle Fälle zurück. Am Abend vor seiner Abreise sagte ich noch zu ihm, dass er sich genügend ausruhen sollte. Ich machte mir nämlich ein wenig Sorgen, dass die Reise seine Gesundheit gefährden würde. Er war seit einigen Monaten wegen Gleichgewichtsstörungen und Kopfschmerzen krankgeschrieben und die Ärzte wussten nicht, was los war. Mein Mann beruhigte mich und sagte mir, dass es schon gut gehen würde. Am nächsten Morgen haben wir uns schnell verabschiedet. Die Kinder mussten rechtzeitig in der Schule sein und ich musste zu meinen Patienten.

Zwei Tage nach seiner Abreise rief mein Schwager an: ‚Kathrin, ich muss dir was erzählen. Setz dich doch kurz hin.' Mein Schwager war schon immer ein Witzbold, also nahm ich ihn in dem Moment nicht ernst. Er wiederholte, dass ich mich hinsetzen sollte, aber es war schon halb zehn abends. Ich hatte mich den ganzen Tag um meine Patienten gekümmert und musste auch noch den Haushalt machen. Für blöde Spielchen hatte ich keine Zeit. ‚Dein Mann hat mich gerade angerufen', sagte mein Schwager dann. ‚Er kommt nicht wieder, er bleibt in der Bundesrepublik.' Ja, da habe ich mich endlich hingesetzt. Ich habe keine Ahnung, warum mein

107 Name geändert.

Mann mich an dem Abend nicht selbst angerufen hat und ich wusste nicht, dass er diese Pläne hatte. Er hatte nie erwähnt, dass er in den Westen wollte und war sogar ein einigermaßen überzeugter Kommunist. Wir hatten auch keinen Ärger, nichts. Ich war zu dem Zeitpunkt 34 Jahre alt, unsere Kinder waren fünf, neun und zehn.

Am Morgen nach dem Telefonat hat es an der Tür geklingelt. Es war halb sieben und ich hatte kaum geschlafen. Meine Welt stand ja plötzlich auf dem Kopf. Vor der Tür standen zwei Männer von der Stasi: ‚Wir müssen mit Ihnen reden.' Bevor ich etwas sagen konnte, waren sie schon in der Wohnung. Ich sagte, dass meine Kinder in die Schule mussten und dass ich um sieben Uhr im Poliklinikum, in dem ich als Hausärztin arbeitete, erwartet wurde. ‚Das haben wir alles schon geregelt', sagten sie nur. Dann fragten sie, ob die Papiere meines Mannes noch da waren. Ich habe nachgeschaut und sie waren tatsächlich verschwunden. Es war der Anfang eines Elends, das schrecklich lange gedauert hat.

Ich wusste natürlich, dass es die Stasi gab. Ich hatte zum Beispiel per Zufall entdeckt, dass sie Zugang zu medizinischen Patientenunterlagen hatte. Eines Tages musste ich mich bei dem Chef des Poliklinikums melden. Ich hatte etwas in eine Akte geschrieben, das ich nicht hätte reinschreiben dürfen. Die Akte war die einer Mutter, deren Sohn einen Ausreiseantrag gestellt hatte und einfach verschwunden war. Die Kollegen ihres Sohnes hatten zu ihm gesagt: ‚Beim Haupteingang wartet jemand auf dich.' Er war zum Eingang gelaufen und danach fehlte jede Spur von ihm – den hatten sie natürlich in ein Stasi-Gefängnis gesteckt. Seine Mutter war am Boden zerstört. Sie konnte nicht schlafen und hatte allerhand gesundheitliche Beschwerden. Ich hatte die Geschichte ihres Sohnes, wie gesagt, in ihre Patientenunterlagen geschrieben und musste dafür Rechenschaft ablegen. Ob mein Chef für die Stasi gearbeitet hat, weiß ich nicht, aber die Stasi hat sich sowieso Informationen eingeholt. Sie lasen die Unterlagen – wie hätten sie sonst wissen können, was ich aufgeschrieben hatte? Ab dem Moment habe ich alle Informationen immer sehr uneindeutig aufgeschrieben. Ich habe es zwar verstanden, aber für andere war es viel schwieriger zu begreifen. Das lernt man.

Nach der Wende haben Leute mich regelmäßig gefragt: Warum hast du nie etwas gesagt? Warum hast du nichts dagegen unternommen? Tja, wenn du das getan hast, war es aus mit der Zukunft. Ich wollte, dass meine Kinder sich entwickeln können, dass sie ein gutes Leben haben. Wenn du zu sehr aus der Reihe getanzt hast, wurden dir in der DDR überall Steine in den Weg gelegt. Das habe ich ja am eigenen Leib erfahren, als mein Mann im Westen geblieben ist. Die ersten 14 Tage wurde ich jeden Tag von der Stasi verhört, auch sonntags. Sie kamen zu mir nach Hause und fragten mich unter anderem, ob mein Mann sich schon gemeldet hatte und ob ich wusste, dass er Pläne hatte, die DDR zu verlassen. Irgendwann habe ich gesagt: ‚Ich bin Hausärztin in einer Kleinstadt. Mein Mann ist weg und jeden Tag stehen fremde Männer bei mir vor der Tür. Was müssen die Nachbarn wohl denken?' Ich bin eine zu respektierende Frau, das wollte ich einfach nicht. Danach fanden die Verhöre in ihrem Büro statt.

Einmal musste ich zur Polizeistation. Da wurde ich in einem kleinen Zimmer mit nur einem vergitterten Fenster verhört. An der Wand hing ein Bild von Erich Honecker, in der Ecke saß eine Sekretärin hinter einer Schreibmaschine an einem Holztisch. Ich saß an einem anderen Tisch, zusammen mit jemandem von der Stasi. Eine Lampe schien mir die ganze Zeit ins Gesicht. ‚Wer sind Sie?' fragte mich der Stasi-Mann. ‚Das wissen Sie doch', antwortete ich, ‚sonst wäre ich doch nicht hier.' Mir wurde sofort gesagt, dass ich seine Fragen ordentlich beantworten musste, sonst sah es nicht gut für mich aus. Es war eine schreckliche Situation und ich machte mir große Sorgen um meine Kinder. Ich wusste: Wenn ich nicht tue, was sie sagen, kommen meine Kinder ins Heim. Sie haben zwar nie direkt damit gedroht, aber sie ließen es mich spüren. Zu meiner ältesten Tochter hatte ich vor dem Verhör gesagt, dass sie mit ihren Geschwistern zu meiner besten Freundin Ingrid gehen soll, falls ich abends nicht wieder nach Hause komme. Zum Glück war das nicht nötig, aber ich hatte die ganze Zeit das Gefühl, auf einem dünnen Drahtseil zu laufen und nicht zu wissen, auf welcher Seite ich lande. Wenn du irgendwas getan hast, was denen nicht recht war, konntest du ins Gefängnis kommen.

Während dieser Verhöre machte die Stasi sehr klar, dass ich versagt hatte, weil ich meinen Mann nicht an das sozialistische System gebunden hatte. Dafür bekam ich eine Geldstrafe. Sie schickten mir einen Gerichtsvollzieher ins Haus, der den Gesamtwert meines Haushalts bestimmen sollte. Er öffnete meine Schränke und zählte alles nach: die Teelöffel, die Spielblöcke der Kinder. Von dem Gesamtwert musste ich die Hälfte an den Staat überweisen. Das war aber nicht einfach, weil ich die Sachen natürlich nicht für die von dem Gerichtsvollzieher festgestellten Beträge verkaufen konnte.

Außerdem hatte ich für meine drei Kinder eine Art Lebensversicherung abgeschlossen. Zu ihrem 21. Geburtstag würden sie eine tolle Summe bekommen, mit der sie zum Beispiel ihr Studium hätten finanzieren können. Dieses Geld wurde jeden Monat per Dauerauftrag von meinem Konto abgebucht, aber irgendwann hörte das auf. Ich hatte den Auftrag aber gar nicht eingestellt, also habe ich sofort bei der Versicherung angerufen, um zu klären, was passiert war. Am Telefon wurde mir erzählt, dass der Staat meinen Dauerauftrag gekündigt hatte. Als ich fragte, wo das bereits eingezahlte Geld sei, sagte der Mann am Telefon: ‚Das ist weg.' Tja, da stand ich nun: Ich war bankrott und hatte nur noch eine Mark auf meinem Konto. Mehr arbeiten war nicht möglich. Ich war schon von sieben Uhr morgens bis sieben Uhr abends im Einsatz und außerdem waren alle Ärzte staatliche Mitarbeiter. Wir bekamen ein festes Gehalt. Ob wir am Tag zehn oder 100 Patienten hatten, war unwichtig.

Manchmal kam die Stasi auch zu meinen Sprechstunden. In der DDR waren Sprechstunden mit Termin nicht möglich, wenn man also Pech hatte, musste man schon mal vier Stunden warten. Keiner hat sich aber beschwert. Es war einfach, wie es war und viele Leute nahmen Tee, ein Buch oder Strickzeug mit. Die Stasi hat sich während der Sprechstunden regelmäßig vorgedrängelt. Wenn ich einen Patienten aufgerufen habe, ist ein Stasi-Mitarbeiter einfach aufgestanden und in mein Zimmer gelaufen. Oft war das eine Stasi-Frau mit ganz kurzen Haaren, so ein richtiges Mannsweib. Irgendwann hat es mir gereicht und ich habe zu ihr gesagt: ‚Sie sehen eigentlich gar nicht gesund aus. Darf ich Ihnen vielleicht schnell Blut abnehmen?‘ Ich habe sie danach drei Wochen zur Kur geschickt. Ich war froh, dass ich sie los war, aber der nächste Stasi-Mitarbeiter stand schnell wieder vor der Tür. Sie belästigten meine Kinder und mich ständig, zu Hause und während meiner Sprechstunden. Meine Güte, wie oft die mich mitten in der Nacht angerufen haben: ‚Kontrolle … sind Sie zu Hause?‘ Natürlich war ich zu Hause, wo hätte ich denn sonst sein sollen?

Ich habe versucht, das Beste aus der Situation zu machen, aber es war schwer, auch für meine Kinder. Sie waren noch sehr jung und nur meine älteste Tochter hat sich einigermaßen ernsthaft damit befasst. Wenn sie mich fragte, wann Papa wiederkommt, sagte ich ehrlich, dass ich nicht wüsste, ob das je passieren würde. Ich habe immer versucht meine Kinder zu beschützen, aber die Stasi war auch in ihrem Leben anwesend. In den ersten paar Wochen hat regelmäßig ein Mann morgens bei uns im Hauseingang die Zeitung gelesen. Wenn ich mit meinem Sohn zum Kindergarten gefahren bin, kam er hinter uns her. Irgendwann sagte mein Sohn: ‚Mama, der Mann verfolgt uns.‘ ‚Weißt du was?‘ sagte ich zu ihm. ‚Aus Spaß nehmen wir heute mal einen ganz anderen Weg.‘ Der Mann war kurz verwirrt, aber am nächsten Tag war er ganz normal wieder da. Man hat Sachen ausprobiert, aber es war schwierig. Sie kamen immer wieder zurück.

Irgendwann hatte eine meiner Töchter Geburtstag. Ihre Oma hatte ein Paket geschickt, das ich bei der Post abholen musste. Das Paket war komplett kaputt. Es war aufgerissen und sah schrecklich aus. Der Post-Mitarbeiter sagte sogar noch zu mir, dass ich dem Absender sagen sollte, dass er es das nächste Mal doch bitte besser verpacken müsste. Ich kenne meine Mutter, die ist ganz ordentlich und genau. Die Stasi hat einfach alles aufgemacht. Sogar Energierechnungen lagen offen in meinem Briefkasten. Einmal wurde meine älteste Tochter in der Schule von der Stasi aus dem Klassenzimmer geholt. Sie fragten sie: ‚Hast du denn schon ein Paket aus dem Westen bekommen von deinem Papa?‘ Meine Tochter war damals zehn Jahre alt. Natürlich war ich wütend, dass sie sogar mein Kind da mit reingezogen haben, aber ich habe es mir nicht anmerken lassen. Jede falsche Bemerkung war schließlich ein Schritt in Richtung Gefängnis.

Nach einem Jahr Stasi-Elend wollte ich mich von meinem Mann scheiden lassen. Ich dachte, dass es dann vielleicht aufhören würde, aber weil mein Mann im Westen war, war das nicht möglich. Ich bin darauf zum SED-Kreisleiter gegangen und habe gesagt: ‚Ich bin Hausarzt und tue mein Bestes für die Bürger. Mein Mann lässt mich mit drei kleinen Kindern sitzen und ich muss irgendwie meinen Kopf über Wasser halten. Ich möchte hierbleiben und nicht wie viele andere einen Ausreiseantrag stellen. Das erzähle ich jedes Mal wieder, wenn ich verhört werde. Jetzt möchte ich mich scheiden lassen und auch das geht nicht. Wollen Sie vielleicht doch, dass ich das Land verlasse? Aber das möchte ich doch gar nicht! Meine Arbeit ist hier, meine Patienten sind hier, meine Familie ist hier. Warum sind alle damit beschäftigt, mir Steine in den Weg zu legen? Ich verstehe es nicht.‘

Der Mann wusste nicht, wie ihm geschah. Er sagte, er habe es noch nie so betrachtet und versprach mir, es zu regeln. Am nächsten Tag bekam ich einen Anruf: Ich wurde vor Gericht erwartet. Innerhalb von zwei Minuten, zwischen zwei Hausbesuchen, war die Scheidung vollzogen. Danach hörte es langsam auf. Ich war, glaube ich, auch etwas langweilig für sie geworden. Das war auch immer meine Strategie: so uninteressant wie möglich für sie sein. Wenn die Stasi versucht hat, mich zu Aussagen zu bringen, die negative Auswirkungen auf Kollegen oder andere haben könnten, sagte ich etwas Unbedeutendes wie: ‚Die Spatel sind immer alle.‘ Oder: ‚Ich habe keine Zeit, ich muss zu meinen Patienten.‘ Das war ja auch so. Es gab nur vier Hausärzte in der Stadt, in der ich arbeitete, wir waren Tag und Nacht aufeinander angewiesen. Ich hatte keine Haushaltshilfe, einkaufen war immer eine Herausforderung und wir hatten eine Kohleheizung zu Hause. Und das mit drei Kindern.

Nach dem Verschwinden meines Mannes und den vielen schrecklichen Stasi-Verhören hatte ich keine Lust mehr auf Männer. Es hat mir echt gereicht, aber letzten Endes kann man die Liebe natürlich nicht steuern. Ich war Mitglied der Kirche und irgendwann suchte der Pfarrer eine Unterkunft für Menschen, die über die Kirche zu Besuch kamen. Er wusste, dass ich eine gigantische Wohnung hatte – in der DDR waren die spottbillig – und verkündigte: ‚Herr Bakker aus den Niederlanden wird bei Ihnen übernachten. Er ist ein Gerichtsvollzieher.' Am liebsten hätte ich den Pfarrer erwürgt! Ich hatte gerade den ganzen Ärger mit diesem anderen Gerichtsvollzieher gehabt und jetzt musste ich einen in meiner Wohnung unterbringen. Ihm hatte der Pfarrer gesagt, dass er bei einer Frau Doktor schläft, also er dachte: Das ist so eine alte Schachtel mit einem Dutt und einer Lesebrille. Später erzählte er mir, dass er ganz schön überrascht war, als ich junge Frau die Tür aufgemacht habe und hinter mir eine Reihe von Kinderschuhen stand.

Es war ein tolles Wochenende, ohne das ‚etwas' passierte, aber wir blieben in Kontakt. Ein Jahr später, im August 1989, hat Roland mich besucht und wir sind zusammengekommen. Wir gingen davon aus, dass wir keine gemeinsame Zukunft haben, denn ich wohnte natürlich in der DDR. Als am 9. November die Grenze geöffnet wurde, sagte er aber ganz selbstverständlich: ‚Nun, dann kommst du eben hierher.' Am nächsten Tag bin ich sofort zur Polizei gegangen, um einen Reisepass zu beantragen. Im Innenhof standen 100 bis 200 Leute und ich stand sieben Stunden lang Schlange. Es war eiskalt, aber alle waren gut gelaunt. Gegen zwei Uhr nachmittags wurde plötzlich angekündigt, dass es keine Pässe mehr gab. Alle bekamen darum einen speziellen Stempel in den Personalausweis, aber irgendwann war der Stempel kaputt: der Gummi hatte sich gelöst. Darauf haben sie einfach nur mit dem Stück Gummi weiter gestempelt. Stellt euch das mal vor! Als ich an der Reihe war, haben sie doch noch einen richtigen Pass gefunden. Die Frau hinter dem Schalter sagte mir, dass mein Zug nach Holland um vier Uhr losfahren würde. Das schaffe ich nie, dachte ich sofort. Die Kinder waren noch in der Schule, ich musste unsere Sachen noch packen. Die nächste Möglichkeit wäre am 27. November. Ich sagte zu und die Frau erzählte mir, dass wir pro Person einen Koffer mitnehmen durften. Geld durften wir nicht mitnehmen. Drei kleine Kinder, vier Koffer, kein Geld. Meine Güte, dachte ich, wie soll ich das alles regeln?

Ich beschloss, ein Notvisum für Roland zu beantragen, damit er uns beim Umzug helfen konnte. Ich musste wieder zur Polizeistation und der dort anwesende Polizist sagte mir, dass er tatsächlich wusste, dass ich in die Niederlande reisen würde. ‚Sie haben gesagt, dass es Ihnen nicht um die Niederlande geht', sagte er, ‚sondern um den Mann. Wenn er in Sibirien wohnen würde, würden Sie dahinziehen.' Das hatte ich tatsächlich gesagt. Zu Freunden, in meinem Wohnzimmer. Ich habe es in dem Moment nicht gemerkt, weil ich so nervös war, aber Jahre später wurde mir bewusst, dass sie das Gespräch also abgelauscht hatten. Dieser Polizist wollte mir zuerst kein Visum geben, aber gerade als ich bei ihm war, rief seine Frau an. Ihr Trabant war kaputt, aber der Polizist hatte sechs Monate vorher einen Reiseantrag von dem Automechaniker abgelehnt. Der Polizist wusste also, dass der Mechaniker ihm nicht helfen würde. Ich sagte darauf: ‚Wenn Ihre Frau ihm die herzlichen Grüße von Frau Doktor ausrichtet, dann kommt das in Ordnung.' In der DDR bekam man als Doktor kein sehr hohes Gehalt, aber immerhin die Dankbarkeit der Menschen.

Ich habe sofort ein Visum bekommen, also durfte Roland kommen, um mir zu helfen. Zu fünft sind wir kurz nach der Wende ins Auto gestiegen und in die Niederlande gefahren. Wir bekamen ein Touristenvisum, dass 14 Tage gültig war, danach habe ich einen westdeutschen Pass bei der Botschaft in Amsterdam beantragt. Meine Qualifikationen wurden nach der Wiedervereinigung auch anerkannt. Ich habe daraufhin drei Monate einem Hausarzt, der ursprünglich auch aus der DDR kam, über die Schulter geguckt. Die Praxis brauchte ich nicht mehr zu lernen, aber den administrativen Teil schon. Wie sehen Laborformulare hier aus? Wie kann ich Röntgenbilder beantragen? Schon nach 14 Tagen durfte ich Sprechstunden halten. Das war eine fantastische Zeit.

Ich habe zwölf Jahre lang als Arzt in der DDR gearbeitet und habe dort auch studiert. Es ist logisch, dass diese Zeit mich geprägt hat. In der DDR hatten wir, wie gesagt, oft keine Spatel, meine Patienten wussten also zum Beispiel, dass sie einen Löffel mitnehmen mussten, wenn sie mit Halsschmerzen zu mir kamen. Wenn ich heutzutage einen Hausbesuch abstatte und jemandem in den Hals schauen muss, laufe ich fast immer noch in die Küche und hole mir dort einen Löffel aus der Schublade. Ich verschreibe auch nicht immer sofort Medikamente. In der DDR gab es die zwar, aber oft waren sie nicht auf Vorrat oder für bestimmte Krankheiten reserviert. Es war darum ganz normal, natürliche Mittel zu empfehlen. Patienten mit Hämorrhoiden ließ ich zum Beispiel ihren eigenen Eichenrindenextrakt herstellen, in dem sie anschließend sitzen mussten.

Was ich auch sehr schätze, ist, dass in der DDR jeder umsonst medizinisch versorgt wurde. Natürlich lief das anders, als wir es heutzutage in den Niederlanden und Deutschland gewohnt sind. Wenn man ins Krankenhaus musste, nahm man sein eigenes Besteck und seine eigenen Handtücher mit. In manchen Krankenhäusern musste man sogar sein eigenes Kissen mitbringen. Es gab einen ständigen Materialmangel und Material, das nur einmal verwendet wurde, gab es nicht. Glasspritzen spülten, kochten und sterilisierten wir. Jede Abteilung hatte ihre eigene Kochnische, in der die Spritzen in einer Emaille-Schüssel auf dem Herd ausgekocht wurden. Jetzt, wo ich es sage, höre ich diese Glasspritzen wieder gegeneinanderstoßen.

Ich bin in den Niederlanden geblieben und bin immer noch mit meinem Mann zusammen. Jahre nach meinem Umzug war ich zu Besuch in meinem ehemaligen Wohnort in der DDR und traf einen früheren Kollegen. Er erzählte mir, dass er irgendwann beschlossen hatte, meine alte Wohnung in eine Praxis umzuwandeln. Er hatte Bauunternehmer damit beauftragt, den Zustand der elektrischen Kabel zu beurteilen und sie hatten Wanzen in all den Verteilerkästen gefunden. Das ganze Haus war voll davon: die Kinderzimmer, das Badezimmer, die Küche, die Toilette, das Wohnzimmer, alles. Die Stasi hat also immer alles gehört, was ich gesagt habe. Ich habe keine Ahnung, wie lange diese Wanzen da waren – vielleicht ja schon, bevor mein Mann in den Westen gegangen ist.

Meinen Ex-Mann habe ich nach seinem plötzlichen Verschwinden noch zwei Mal gesprochen. Beim ersten Mal ging es um Unterhaltszahlungen für die Kinder, die ich übrigens nie bekommen habe.

Das zweite Mal habe ich eine Namensänderung für die Kinder gefordert. Er hat nie erklärt, warum er damals nicht zurückgekommen ist und die Kinder haben nie wieder Kontakt mit ihm gehabt. Sie wollen das nicht.

Wir bedanken uns

Dieses Buch würde es ohne die Hilfe einiger großartigen Menschen nicht geben. Holger Kulick von der Bundeszentrale für politische Bildung hat uns von Anfang an unterstützt und war so lieb, seine Kontakte, Bilder und Zeit zur Verfügung zu stellen. Ohne seine Überzeugung, dass dieses Buch geschrieben werden soll, wäre dieser Prozess wesentlich schwerer gewesen. Außerdem hatten wir das Glück, mit zwei unglaublich guten Lektorinnen zusammenzuarbeiten: Josefine Andrae für die deutsche und Dorien Dijkwel für die niederländische Version des Buches. Wenn man, wie Manon, zwar Muttersprachlerin ist, aber 20 Jahre in den Niederlanden gewohnt hat, kann es mal passieren, dass ein Verb nicht am Ende des Satzes landet oder ein Komma verkehrt platziert wird. Das großartige Coverdesign verdanken wir Andrea Schulz und Christoph Engelhard von FÖRM, die unsere „Idee“ („Irgendwas mit Sehnsucht oder Zurücklassen, aber bitte kein Bild“) hundertmal besser verstanden haben als wir selbst. Unsere Eltern, Jörg, Freunde und Kollegen waren ausgezeichnete Mitleser und Versorger. Danke für eure Zeit, Geduld und die vielen herrlichen Mahlzeiten.

Unser größter Dank gebührt natürlich den 20 Menschen, die so mutig waren, ihre Geschichte mit uns zu teilen. Stefan, Steffen, Detlef, Gabi, Ines, Christiane, Karl, Paul, Klaus, Bernd, Valeria, Jana, Claudia, Ingo, Lan, Joachim und Evi, Ruth, Kathrin und Reinhard: Dieses Buch ist von und für euch.

Literatur

Bücher

Behnke, Klaus und Jürgen Fuchs Zersetzung der Seele: Psychologie und Psychiatrie im Dienste der Stasi (Hamburg 2013).

Frerich, Johannes und Martin Frey, Sozialpolitik in der Deutschen Demokratischen Republik (1996 München).

Gieseke, Jens Die Stasi 1945 – 1990 (München 2011).

Hertle, Hans-Hermann Die Berliner Mauer (Bonn 2015).

Laue, Anett Das sozialistische Tier. Auswirkungen der SED-Politik auf gesellschaftliche Mensch-Tier-Verhältnisse in der DDR (1949-1989) (Köln, Weimar, Wien 2017).

Müller, Helmut M. Schlaglichter der deutschen Geschichte (Berlin 2003).

Schröder, Klaus Der SED-Staat. Geschichte und Strukturen der DDR 1949 – 1990 (Köln, Weimar, Wien 2013).

Van de Grift, Liesbeth Voorwaarts en vergeten. De overgang van fascisme naar communisme in Oost-Europa 1944-1948 (Amsterdam 2010).

Wolle, Stefan Die heile Welt der Diktatur. Alltag und Herrschaft in der DDR 1971 – 1989 (Berlin 2013).

Artikel

Brauer, Juliane 'Clashes of Emotions: Punk Music, Youth Subculture, and Authority in the GDR (1978-1 983)', Social Justice 38 (2012) 53-70.

Oliver Fritsch 'Vergiftet von der DDR', Die Zeit , 26. März 2018.

Hahn, Anna 'Pogo auf dem Altar. Punk in der DDR', in: Philipp Meinert en Martin Seeliger (ed.), Punk in Deutschland. Sozial- und Kulturwissenschaftliche Perspektiven (Bielefeld 2013) 127-154.

Vogeler, Ingolf 'State Hegemony in Transforming the Rural Landscapes of Eastern Germany: 1945-1994', Annals of the Association of American Geographers 86 (1996) 432-458.

Artikel Bundeszentrale für politische Bildung

Bade, Klaus J. und Jochen Oltmer, 'Flucht und Asyl seit 1990', 15.3.2005.

Beleites, Johannes 'Der verhasste Freiraum Kirche', 17.11.2017.

Görtemaker, Manfred 'Zusammenbruch des SED-Regimes', 19.3.2009.

Kowalczuk, Ilko-Sascha '"Ich habe ein behindertes Kind" – DDR-Doping und die Folgen', 30.9.2005.

Kulick, Holger, 'Die Angstmacher: Stasi – was war das?', 17.1.2017.

Michael, Klaus 'Die Galerie im Flur', 6.9.2012.

Oltmer, Jochen 'Innerdeutsche Wanderungsbewegungen', 28.1.2016.

Stöss, Richard 'Geschichte des Rechtsextremismus', 12.9.2006.

Trobisch-Lütge, Stefan 'Psychofolgen bis heute: „Zersetzungs" – Opfer der DDR-Geheimpolizei', 7.10.2016.

Wagner, Bernd 'Vertuschte Gefahr: Die Stasi & Neonazis', 2.1.2018.

Wehr, Laura 'Vergessene Migrationsgeschichte/n? Die Ausreise aus der DDR in der Erinnerung von Übersiedler-Eltern und -Kindern', 14.12.2016.

Webseiten

https://www.welt.de/geschichte/article157749931/In-der-DDR-gab-es-Neonazis-Sie-lynchten-Gastarbeiter.html [12.07.2018]

https://criminologia.de/2013/07/musik-unter-staatlicher-kontrolle-musikzensur-in-der-ddr/ [17.10.2018]

https://www.bundesregierung.de/breg-de/service/medizin-nach-plan-das-gesundheitswesen-in-der-ddr-556380 [02.01.2019]

https://www.kas.de/veranstaltungsberichte/detail/-/content/das-ddr-gesundheitswesen-zwischen-mythos-und-wirklichkeit [02.01.2019]

https://www.berliner-mauer-gedenkstaette.de/de/uploads/berliner_mauer_dokumente/kurze_geschichte_der_teilung.pdf [12.01.2019]

http://www.chronik-der-mauer.de/material/180129/gelungene-fluchten-aus-der-ddr-und-ost-berlin-durch-die-grenz-sperranlagen-1961-1989 [12.01.2019]

https://www.bundesregierung.de/breg-de/themen/deutsche-einheit/eine-traurige-bilanz-393916 [12.01.2019]
https://www.bstu.de/ueber-uns/bstu-in-zahlen/#c2417 [26.02.2019]

https://www.zeit.de/zeit-geschichte/2015/04/ddr-propaganda-auslaender-einwanderer/seite-2 [27.02.2019]

Achtung: Sie verlassen den literarischen Sektor dieses Buches.